KB048639

진진, 왕육성입니다

진진, 왕육성입니다

미쉐린 가이드를 홀린 골목식당, 백년가게를 꿈꾸다

왕육성 말하고 안충기 쓰다

동아시아

차례

津津

2부 나의 살던 고향은

나의 살던 고향은

달려라 철가방

광화문사거리 26년

화교로 산다는 것

3부 백년가게를 꿈꾸다

만난 사람만 100만 명

津津

중국음식 5대 천왕 이야기

존중하면 존중받는다

세 가지 희망

津

저희 진진 본관은 연중무휴 입니다.

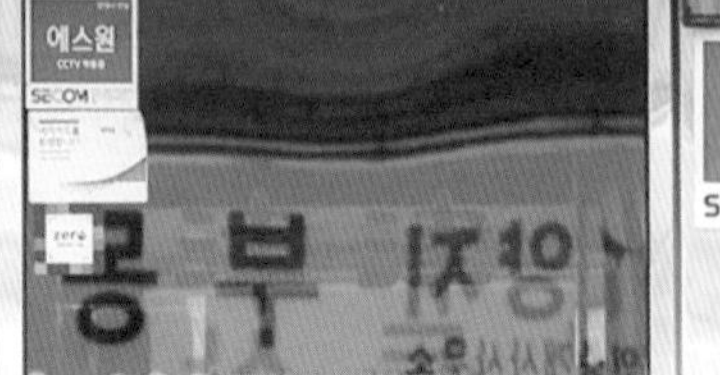
에스원
CCTV 작동중
SECOM
본관은
12:00 ~ 15:00
17:00 ~ 22:00
감사합니다.

津
진진 Chinese Restaur

三羊開泰
津津
津津
津津

서교동의 빨간약 장수 왕육성,
나도 나중에 형처럼 살아야지

박찬일
(글 쓰는 셰프, 『짜장면: 곱빼기 있어서 얼마나 다행인가』 저자)

사람이 곧 죽게 생겼다면 구원의 존재를 찾게 된다. 조상이거나, 신이거나. 나는 언젠가 '아, 이러다가 죽겠군' 할 때가 있었다. 죽음의 공포가 실체적으로 몰려왔다. 나는 신을 믿지 않는다. 그런데도 놀랍게도 알라와 여호와, 하느님과 하나님, 부처님과 단군을 다 찾았다. 돌아가신 아버지도 불렀다. 어쨌든 살아났다. 여러분도 위급한 상황에서 아마 비슷할 경험을 했을 수 있다.

우연히 나는 어떤 한 인물을 알게 되었다. 굳이 죽을 지경까지는 아니더라도, 곤란의 끝에서 다급해지면 신 말고도 부를 이름이 생긴 것이다. 빨간 주머니, 파란 주머니 같은. 아니, 바르기만 하는 낫는 빨간약 같은 사람. 그 사람이라면, 적어도 나를 수렁에서 건져주고 따뜻한 국물을 내어 위로를 해줄 것이라는 믿음이 있다. 그가 이 책의 주인공 왕육성이다. 다들 '큰형'으로 부르는 '그' 말이다. 실제로 그를 잘 설명해 줄 사건이 있었다. 몇 해 전의 일이다. 왕육성과 내가 함께 아는 한 지인이 갑자기 쓰러진 적이 있다. 그의 말을 빌리면 "종합병원 응급실에서 사경을 헤매다가 깨어나니 옆에 왕육성 형이 있었다"라고 했다. 나도 소식을 뒤늦게 듣고 병원에 달려갔다. 한 남자가 뒷수습을 하고 있었다. 물론 왕육성이었다. 마치 형님 죽고 대신 업어 기른 조카의 환란에 맞서는 비장한 삼촌의 몸짓이었다. 나는 살면서 걱정에 빠진 온갖 인간들의 표정을 봐왔는데, 그 순간처럼 '진짜 걱정'을 하는 얼굴은 본 적이 없다. 소설가 이문구는 언젠가 『유자소전兪子小傳』이라는 작품을 쓴 적이 있다. 문학판에서 갖은 고달픈 일을 묵묵히 뒤처리하는 유 씨라는 실존 인물이 죽자 그에게 바치는 헌사로 쓴 작품이다. 이런 사람을 흔히 '아무개 반장'이라고도 한다. 각종 문제를 능숙하게 수습하는 마당발 같은 분들을 뜻한다. 왕육성은 그런 사람으로 내게 각인되어 있다. 물론 반장보다 급수가 한참 높은 분이지만. 힘든 일이 있으면 그에게 연락하라. 아마도 나 외에 많은 주변 사람들이 그를 그렇게 생각할 것이다.

그를 만나게 된 건 이연복 형과의 인연 덕이었다. 이연복 형이 존경하는 몇 '쓰부'가 있다며 내게 소개를 해줬다. 그중 한 분이 왕육성이었다. 당시 코리아나호텔 대상해의 총괄 셰프였다. 초면에 대상해 룸에서 컵에 따른 배갈이 오갔다. 그 자리에 여러 사람들이 있었는데, 한 잔씩 따라주고는 잔을 꽉꽉 채워 돌려받은 배갈을 연신 들이켜던 강단 있던 남자가 왕육성이었다. 그때만 해도 그는 지금보다 더 팔팔했고, 에너지가 넘쳤다. 취해도 혀가 꼬이지 않고, 눈빛마저 허물어지지 않던 남자였다. 게다가 잘생겼다. 나는 그를 볼 때 그의 혈통적 고향인 톈진의 어떤 미남자를 상상한다. 『삼국지』식으로 말하면, 그의 얼굴은 대춧빛으로 붉고 환했으며 입매는 곧았으나 눈꼬리는 다정하고 말이 달아서 주변에 사람이 많았다. 그와 인연이 생기고 나서, 위로받고 싶을 때 그에게 여러 번 찾아갔다. 나보다 한참 연배가 높은데도 지금까지, 설사 배갈에 취하더라도 단 한 번 말을 놓은 적이 없다. 오히려 내가 응석을 부리느라 말을 놓는다. 위아래가 뒤바뀐 기묘한 대화다.

"형, 사는 게 왜 이리 힘들어!"

"그래요, 찬일 씨. 어떡해요. 조금 참고 기다려 봐요."

그러고는 더운 술잔을 잡아 내게 따른다. 그에게 위로받고 오는 날은, 처졌던 어깨도 조금 올라가고 기운도 살아난다. 파격적인 중국집 '진진'을 연다고 했을 때, 그리고 자리가 어디쯤이라고 들었을 때 나는 크게 놀랐다. 지금도 그다지 좋은 상권은 아니지만, 그 무렵 그 동네는 번듯한 장사라고는 할 수 없는 곳이었다. 통행인은 없었고, 배후에 무슨 아파트 단지가 있는 것도 아니었으며, 전철역에서부터 찾아가다가는 너무 멀고 찾기 힘들어 신경질을 내고 중도 포기할 그런 위치였다. 듣기로, 개업 초기에 진진을 예약하고 찾아간 손님들은 얼굴이 좋지 않았다고 한다. '뭐 이런 동네에 있는 거야?' 하는 표정이었다고. 나는 의아했다. 그가 돈이 아주 없는 것도 아니고, 굳이 저 풍진 동네에 식당을 연다고? 특급호텔 요릿집 주인이? 그 답을 언젠가 전해 듣고는 놀랍고도 슬펐다. 그 시절, 일식을 하는 정호영과 내가 서교동 역세권에 있었다. 후배들 있는 곳에서 가급적 멀리 떨어진 쪽으로 간다고 현재의 자리까지 들어간 것이었다. 나는 한동안 전율에 휩싸였다. 사람을 저렇게 생각하는 이도 있구나. 그는 인정과 도리에 살고 죽는다. 그래서 큰형이 됐다.

앞에서 진진이 파격이라고 썼다. 우리나라 중국집은 거의 50년 동안 변화가 없다. 1970년대에 이뤄진 어떤 전형성이 그대로 답습되고 있다. 오히려 퇴보했다. '짱깨'라는 차별적인 용어까지 받아안고 산다. 중국음식이 간편식, 배달식의 대명사가 된 건 뭐라 할 일이 아니다. 다만, 상당수의 경우 저급 음식으로 고착화되었다. 그건 중국요리를 만들어 왔던 화교들의 책임도 있다. 그걸 떠안고 풀어간 화교 쓰부들이 꽤 있었고, 왕육성이 그중 한 분이었다. 그런 그의 첫 번째 실험이 진진이었다. 미쉐린 가이드는 그 시도에 별을 주었다. 소박한 주택가 비슷한 동네에 있는 허름한 중식당에! 오직 왕육성이 빛나고 있었다.

진진 이야기를 좀 더 하자. 한국 중국집의 몇 가지 금칙이 있다. 하나, 군만두는 서비스로 줘버린다. 돈 받자고 들면 손님과 싸우게 되니까(그래서 대부분 직접 만들지 않고 저가의 제품을 사서 쓴다). 둘, 싫든 좋든 손님이 원하니 탕수육을 팔아야 한다. 셋, 채소요리는 주문이 없어서 재료를 버리게 되니 절대 시도하지 않는다(그래서 가지 요리라고 시켜보면 고기 볶음이 들어 있다). 넷, 싱싱한 생선요리는 안 팔리니 메뉴에 넣지 마라(해산물은 있어도 생선은 없다). 그는 이런 금칙을 깼다. 짜장면도 짬뽕도 없는 것까지 합치면 진진은 순 거꾸로 가는 중국집이다. 그의 의도였다. 남이 안 하는 것을 하고, 나른한 고정관념을 깨고, 손님들이 상상하는 것을 넘어서려고 했다. 그의 오랜 고민을 현장에서 시도했다. 그리고 성공시켰다. 순결한 의미의 돈키호테였다. 그는 늘 다정하게 웃지만 무서운(!) 사람이다.

그는 진진의 자매 브랜드를 내고서야 비로소 짜장면을 만들었다. 그의 일생의 목표 중에는 맨손으로 먹고살아야 할 제자들을 독립시키는 항목이 있다. 일정 수준으로 가르쳐서 "이제 하산해라!" 하고 명령할 것이다. 짜장면은 그 핵심 메뉴다. 그 목표를 위해 그가 좁은 주방에서 짜장을 볶느라 어깨를 구부리고 있는 장면을 본 적이 있다. 노주사의 격이 거기 있었다. 짜장면 한 그릇을 위해 최선을 다하는 마음 같은 것.

어느 날, 그에게서 카톡이 날아왔다. 내가 짜장면에 대해 쓴 책을 내고 얼마 지나지 않은 시점이었다. 책 수십 권을 늘어놓고 찍은 사진이 담긴 카톡이었다.

"반성합니다. 찬일 씨 책을 통독해 보니, 내가 그동안 짜장면을 제대로 만들고 있지 않았네요. 너무 쉽게 생각했어요. 짜장면이 이토록 중요한 것인지 다시 생각하게 됐어요. 이제 짜장면 공부를 다시 해야겠어요. 감사의 의미로 찬일 씨 책을 대량 주문했습니다. 이걸 사람들에게 나눠주고, 제대로 해보겠다는 다짐을 합니다."

나는 그 책에서, 한국의 짜장면이 하향 평준화하고 있다고 신랄하게 비판했다. '쓰부들'에게 던진 어떤 도전이었고 호소였다. 그가 그걸 수용해 줬다고나 할까. 기뻤다. 한데 그게 아니었다. 그는 그저 내 책을 팔아주려고, 내 자존심을 건드리지 않으면서 책을 왕창 주문할 방법을 찾았던 것이다.

코로나가 끝나면 그는 중국에 같이 가자고 했다. 배울 곳이 너무도 많다고. '그래, 형!' 하고 대답했지만 따라가지 않을 작정이다. 그를 따라 몇 해 전 타이베이에 갔다가 죽을 뻔했다. 아침부터 저녁까지 그는 엄청난 속도로 걸었다. 또다시 그의 등만 보면서 다니고 싶지 않다. 그를 절대 따라가지 마라. 여행하러 갔다가 하루 3만 보 걷기 운동을 하게 될 것이다.

그저 힘들 때 그의 가게에 들러 밥 한 그릇을 청하곤 한다. 그러면 그는 바쁜데도 슬그머니 주방에서 나와 옆에 앉는다. 보살처럼 따뜻하게 웃으며.

"힘들지요?"

괜히 목울대가 무거워진다. 나중에 나도 왕육성처럼 살아야지, 다짐하게 된다. 나는 긴 세월 공짜로 그렇게 형을 뜯어먹고 살았다. 나뿐이랴. 일렬종대로 서교동을 돌아 열 바퀴, 그만큼의 인간이 있다. 사람들은 오늘도 외친다.

형, 고맙습니다!

이연복

(목란 대표)

왕육성 형님은 바보다. 주위에 마냥 베풀면서도 되레 민폐를 끼칠까 걱정한다. 대가를 바라서 하는 일이 아니다. 예수님도 부처님도 아닌데 이러니 바보가 맞다. 만난 지 40년이 넘도록 선배든 후배든 이 양반 욕하는 사람을 한 명도 못 봤다. 그런데 실행력은 불도저 같아서 이거다 싶으면 바로 움직인다. 서교동 구석에 허름한 중국집을 열 때 놀랐다. 미쉐린 가이드 별을 받는 걸 보며 '역시' 했다. 어떨 때는 옆에서 지켜보자니 안타깝기까지 하다. 나이 일흔을 바라보면서도 손님에게 내놓을 만두를 직접 싸고 가게 구석구석을 살핀다. 이제 그만 쉬시라고 잔소리를 해도 듣지 않는다. 일이 그렇게 좋단다. 항상 가르침을 주는 육성 형님은 중화요리계의 BTS요, 내 인생의 스승이다.

박정배

(음식 칼럼니스트, 『음식강산』 저자)

엉? 실패한 적이 없어? 왕육성 셰프의 삶을 보면 이런 생각이 든다. 10대에 철가방을 든 뒤 거침없이 달려왔으니 그럴 만하다. 진진 요리를 맛보면 더욱 그렇다. 그러나 자세히 보면 진진의 성공 뒤에는 『삼국지』 뺨치는 전략과 전술이 촘촘하게 숨어 있다. 낙관과 긍정은 난관을 돌파하는 힘이다. '다 계획이 있구나'라는 말은 '요리하는 현자' 왕육성을 두고 하는 말이다. 그런데 왕 사부님. 적당히 퍼주세요. 그러다가 살림 거덜 나면 어쩌려고요, 네?

들어가며

"불맛 쥑이는 형이 있는데 한번 만나볼튜?"

10여 년 전 어느 날, 글 쓰는 주방장 박찬일이 장난스레 말을 던졌다. '죽이는'이 아니고 '쥑이는'이라니. 찬일의 평소 행실로 보아 뻥은 아닐 터였다. 그러고는 까맣게 잊었다. 계절이 두 번 바뀌고 여름이 됐다. 음식 칼럼니스트 박정배와 청계천 수표교 옆 골목에서 소주를 마시고 있었다. 비가 내리는 날이었다. 갑자기 '쥑이는 형'이 생각났다. 술기운이었는지 장난기가 발동했는지 휴대전화를 꾹꾹 눌렀다.

"찬일이가 쥑이는 형이라기에 진짜 쥑이는지 궁금해서요."

기습 공격을 받고 잠시 비틀대던 전화기 저쪽의 '쥑이는 형'이 조금 뒤에 보자고 했다. 20여 분을 걸어 세종문화회관 뒤 작은 횟집으로 들어갔다. 뒤따라 들어온 추리닝 차림의 아저씨가 손을 내밀었다.

"이연복입니다."

연희동 목란이 그때는 강북삼성병원 뒤 평동에 있었다. 동네

재개발로 가게 문을 닫게 돼 공식 백수라고 했다. 그런데 이런 젠장, 술도 제대로 못하는 주방장이라니. 맹숭맹숭한 분위기에서 이야기를 하다가 그가 말했다.

"내가 진짜 좋아하는 형님이 있는데 거기 가서 한잔 더 하죠. 진짜 쥑이는 분이에요."

'쥑이는 형'이 '쥑이는 분'이라 하니 초절정 고수일 텐데, 공중부양을 볼 수도 있겠다는 기대에 부풀어 따라나섰다. 10시가 넘었지만 밤이 깊어도 거리가 북적이던 시절이었다. 가는 길에 이연복이 빈대떡을 몇 장 샀다. 광화문사거리 지나 도착한 곳은 코리아나호텔이었다. 아닌 밤중에 호텔이라니, 견적 좀 나오겠다는 공포가 엄습했다. 간이 콩알만 한 생계형 봉급쟁이인지라 재빨리 지갑 사정을 헤아렸지만 엎질러진 물이었다. 번쩍이는 대리석 계단을 올라가니 3층 중식레스토랑 대상해 입구였다. 깔끔한 정장 차림에 넥타이를 맨 중년 웨이터가 활짝 웃으며 안내했다.

"이분이 그분이에요."

이연복이 중년 웨이터를 가리키며 말했다.

"왕육성입니다."

알고 보니 '쥑이는 분'은 대상해 주인장이었다. 이상하게 서로 죽이 맞았다. 타고났는지, 살아오며 이력이 붙었는지 왕육성의 이야기 솜씨는 은근했다. 만날 때마다 슬금슬금 늘어놓는 이야기 보따리에 가랑비 옷 젖듯 녹아들었다. 들을수록 놀라웠다. 처음에는 재미로 듣다가 어느 순간 '이야, 이거 혼자 알기엔 아깝잖아,

이런 생생한 현장이 묻혀버리면 국가 손실이야' 하는 생각이 들었다.

왕육성 인생의 날줄은 중화민국·대만·인천·안동·전주·대전·충주·서울이다. 씨줄에는 중국 대륙 내전기의 혼란, 제국주의 일본강점기의 야만, 한국전쟁기의 공포, 산업화 민주화시기의 빛과 그늘이 있다. 바닥에는 고향을 떠난 이민 화교의 신산한 삶이 깔려 있다. 무슨 사연이 마오쩌둥·장제스시대까지 걸쳐 있냐고 하겠지만 아버지가 한국에 온 배경까지 살피면 그렇다는 말이다. 왕육성 요리 인생 50년은 한국 중화요리 역사의 거의 절반을 차지한다. 살아온 궤적이 중화요리 변천사요, 미시로 본 한국현대사인 이유다.

전설의 중국집 뒤에는 뛰고 나는 주방장들이 있었다. 아쉽게도 이런 맹장들이 남긴 기록은 별로 없다. 예측할 수 없는 시대에 고단한 노동으로 나날을 살아온 이들에게 기록은 사치였을지도 모른다. 왕육성도 그렇다. 그나마 있던 기록도 이사를 다니며 대부분 없어졌다. 그런데 왕육성에게는 일기장이 울고 갈 기억력이 있다. 60여 년 전 전주 화교소학교 다닐 때 막걸리 한 주전자 값이 5원이었다. 50년 전 잡화점에서 잠시 같이 일한 선배 이름이 장가부다. 1974년 대관원에서 받은 월급이 1만 5,000원이고, 1976년 태평로 삼성본관 뒤 주차장에 서 있던 차가 벤츠 600이었다. 1986년 코리아나호텔 대상해 입사를 마음먹은 날은 비가 왔다. 코에 걸치고 있는 안경을 찾아 헤매고, 집 전화번호도 생각이

나지 않아 쩔쩔매는 나로서는 뒤로 나자빠질밖에.

왕육성이 현장에서 뛰던 당시 일들을 중간중간에 이정표 삼아 넣었다. 그동안 한국이 어떻게 변해왔는지 이해를 돕기 위함이다. 1984년에 지하철 2호선이 뚫리고, 1988년 맥도날드 1호점이 문을 열었다. 1994년까지는 버스나 지하철에서도 담배를 피웠다.

왕육성을 처음 만나던 날의 진실을 최근에 이연복에게 들었다.

"그때 대상해 왜 갔는지 알아? 딱 만났는데 두 사람 술이 장난 아닌 거야. 안 되겠다 싶어서 왕 사부님한테 떠넘기려고 끌고 갔지."

왕육성은 속으로 생각했단다.

"오, 이거 술꾼들이 왔어? 적적하던 차에 잘됐네. 얼마나 마시나 한번 볼까."

요리 공부하러 이탈리아를 다녀온 박찬일은 취재하다가 이연복을 만났고, 이연복과 왕육성은 젊을 때부터 고락을 같이해 온 동지이자 형제 같은 사이다. 진진이 문 열던 날 이연복이 주방에 들어가 웍을 잡은 이유다. 이제 박찬일은 글발 '쥑이는' 셰프 작가가 됐고, '쥑이는 형' 이연복은 TV만 켜면 나오는 유명 셰프가 됐고, '쥑이는 분' 왕육성은 미쉐린 가이드 스타 셰프가 됐다.

우연한 만남이 중화요리 110년의 줄기 하나를 들춰냈다.

2022년 살구꽃 피는 날, 안충기

1부

미쉐린 가이드 스타 탄생

거기서
되겠어
?

코로나19 날벼락

가게 문을 닫기로 했다. 팬데믹이 언제 끝날지 알 수 없었다. 손님과 직원들의 안전이 무엇보다 걱정됐다. 왕육성은 세 가지 방안을 생각했다. 진진 네 곳을 모두 닫거나, 두 곳을 닫거나, 본관만 여는 방안을 두고 저울질했다. 직원들 생계가 마음에 걸렸다. 휴업하는 기간 동안 실업급여가 나오긴 하지만 월급보다 많을 수는 없다. 수입이 줄어 생활이 곤란해지는 직원이 있으면 안 될 일이었다. 개별 면담을 했다. 대부분 이 기회에 좀 쉬며 재충전을 하겠다는 반응이었다. 딱한 사정도 있었다. 지방에서 올라온 직원이 있었고, 혼자서 가족 생계를 책임져야 하는 직원도 있었다. 결국 본관만 열기로 했다. 안내문을 내걸었다.

코로나19 확산으로 인한 고객님의 안전을 위해 임시 휴업합니다.

문의. 02 5035 8878

찾아주셔서 대단히 감사합니다.

나머지 세 곳은 예비 매장으로 돌렸다. 본관을 다녀간 손님 중에 확진자가 나오면 예비 매장을 열 생각이었다. 본관은 테이블을 절반으로 줄여 여덟 개만 남기고 예약 손님만 받았다. 거리두기를 감안한 대비였다. 직원들은 마스크를 두 겹씩 썼다. 이제껏

겪어보지 못한 상황이었지만 재빠르게 움직였다. 위기에 타격을 줄이는 방법은 빠르고 정확한 대처다.

2019년 말, 코로나19가 발생했다. 중국은 우한을 봉쇄했지만 바이러스는 세계 곳곳으로 퍼져나갔다. 하늘길이 막히며 해외 관광객이 뚝 끊겼다. 한국에서도 환자가 생겼다. 진진에도 여파가 미치리라고 직감했다. 환자가 폭증하고 사망자까지 나오며 우려는 현실이 됐다. 예약 취소 전화가 걸려 오기 시작했다. 기업들은 회식을 금지하고 재택근무를 도입했다. 저녁이면 북적이던 거리에 날이 갈수록 인적이 줄어들었다. 상권을 돌며 분위기를 살펴봤다. 목이 좋은 곳은 그나마 나았지만 배후 상권은 적막했다. 주인 혼자 앉아 있는 가게도 많았다.

북한이 미사일을 쏘아 올려도 눈 하나 깜짝 않던 사람들이 보이지 않는 바이러스 앞에서 극도로 움츠러들었다. 휴대전화를 통해 환자 동선이 시시각각 전해졌다. 환자가 들렀던 상권이나 가게는 방역을 위해 즉시 폐쇄됐다. 백화점과 대형마트도 예외는 아니었다. 재난의 시기에 정치인들은 계산기를 두드렸고, 언론은 공포를 부추겼다. 작은 가게에 의지해 사는 자영업자들은 발을 동동 굴렀다. 모르는 새 감염자가 스쳐 지나갔을 뿐인데, 문 닫은 가게를 조롱하고 손가락질하는 사람들도 있었다.

코로나19는 질겼다. 백신과 치료제 개발은 진도가 느렸다. 밤 9시가 넘으면 버스나 지하철도 띄엄띄엄 다녔다. 문 닫는 식당들이 줄을 이었다. 내외국인들로 발 디딜 틈 없던 명동마저 충격을 피하지 못했다. 결국에는 한 집 건너 한 집꼴로 가게 유리창에 임대나 폐업 문구가 나붙었다. 길 가운데 빼곡하던 노점상들도 사라졌다. 서울미래유산으로 등록된 비빔밥집도 폐업했다. 반소매 옷을 입고 다니던 여름에서 갑자기 한겨울이 된 모양새였다.

1997년 아시아 금융위기, 2002년 사스 유행, 2008년 세계 금융위기, 2012년 메르스 유행 때와는 전혀 다른 상황이었다. 모퉁이를 돌면 큰길이 나올지 낭떠러지가 나올지 알 수 없었다. 후퇴냐, 수성이냐, 전진이냐. 지나온 날들이 스쳐 갔다.

왕육성이 망했다고?

왕육성이 망했다는 소문이 퍼졌다. 유명 호텔 레스토랑 오너셰프로 잘나가던 중식 대부가 낸 조그만 가게 때문이었다. 크게 성공한 뒤 은퇴했다고 알려져 있었기에 파장이 컸다. 오랫동안 알고 지내던 요리사가 찾아왔다. 앞에서는 내색하지 않았지만 돌아가서 울었다고 했다. 형편이 얼마나 좋지 않기에 이런 가게를 냈느냐고 생각했단다.

서울시 마포구 잔다리로 123(서교동 469-67). 진진 본점은 서울 강북의 평범한 주택가에 있다. 3~4층짜리 다세대주택이 늘어선 동네다. 홍대부속초등학교 앞 삼거리에서 가깝다. 2차선 도로를 따라 동네사람들이 이용하는 작은 가게들이 군데군데 있다. 망원역 1번 출구에서 500미터 거리로 걸어서 8분, 홍대입구역 1번 출구에서 1,200미터 거리로 걸어서 18분 정도다. 주변의 소문난 상권인 망원시장에서 12분, 연남동에서 20분, 홍대에서 20분 정도 걸린다. 가게 앞을 지나가는 지선버스는 없다. 상암에서 홍대입구를 오가는 8번과 15번 마을버스뿐이다. 교통이 불편하니 지나다니는 사람들이 많지 않다. 상권이라고 할 수 없는 동네다.

사무실과 아파트 단지가 없고 지하철역에서 멀어 유동인구가 적어요. 해가 떨어지면 인적이 드물고요. 어떻게 봐도 장사가 안되는 위치예요. 그러니 음식점을 내려는 사람들이 쳐다보지도 않는 동네죠.

누구나 좋은 상권에서 성공하고 싶어 하지만 피 터지는 경쟁 속에서 살아남는 가게는 극소수다. 누구나 생각할 수 있는 방식으로 장사를 하면 99퍼센트 망한다. 왕육성은 생각했다. 판을 바꾸자.

인생 2막

2013년 12월 31일 코리아나호텔 중식 레스토랑 대상해 문을 나섰다. 중식업계에 발을 들여놓은 지 40년, 대상해와 인연을 맺은 지 28년 만이었다. 이제 인생 2막이다. 30대부터 환갑 은퇴를 계획해 왔다. 1막 때는 열심히 벌고 2막 때는 나누며 살자고 생각했다. 일단 쉬고 싶었다. 매일 손님들을 모시고 매장을 살피느라 잠시도 긴장을 늦출 수 없는 나날이었다. 몸도 마음도 방전된 상태였다. 2년 동안은 아무 생각 없이 지내고 싶었다. 친구를 만나고, 책을 읽고, 여행도 다니고 싶었다.

그런데 놀기도 쉽지 않아요. 젊어서는 돈이 없어 못 놀고, 돈을 벌면서는 시간이 없어 못 놀아요. 일을 접고 나니 시간이 남고 돈도 쓸 만큼 있지만 같이 놀아줄 친구가 많지 않아요. 친구들이 있어도 서로 처지가 다르니 함께하기 힘들더군요. 일하고 있는 친구들이 내 시간에 맞춰서 놀 수는 없잖아요. 낚시를 좋아하지만 그것도 물때가 맞아야 가지 매일 갈 수도 없고요. 혼자서도 잘 노는 방법을 배워야 했는데 그러지 못했어요.

마음은 준비가 됐는데 몸은 무한 여유에 쉽게 적응하지 못했다. 때마침 누님이 영종도에서 운영하는 작은 면세점이 규모를 키워 김포공항 옆으로 옮겼다. 소일거리 삼을 겸 짬짬이 일을 돕다 보니 8개월이 지나갔다. 슬슬 시동을 걸어야겠다는 생각이 들었다. 대상해를 접을 때 함께 나온 황진선 셰프와 할 일이 있었다. 황진선은 10년을 함께 일해온 동료이자 제자다.

닭 머리가 될지언정 용 꼬리는 되지 않겠다. 스스로 다짐하며 살아왔고 후배들에게 항상 해온 말이다. 호텔 레스토랑을 오랫동안 경영했지만 이번에는 전혀 다른 일을 해보려고 작정했다. 테이블 몇 개짜리 작은 식당을 열자. 돈을 더 벌자는 욕심은 오래전에 버렸다. 새로운 일을 하려는 이유가 있었다.

큰 굴곡 없이 여기까지 왔어요. 제가 잘나서가 아니라 좋은 분들을 많이 만난 덕이죠. 이제는 돌려줄 때라고 생각했어요. 기부니 봉사니 그런 말은 너무 거창하고요. 직원들 지갑 부족하지 않게 채워주면 기부고, 손님들에게 좋은 음식 싸게 내면 봉사고, 제가 쌓아온 노하우를 후배들에게 전해주면 나눔이라고 생각해 왔어요. 후배들이 성공해서 또 누군가에게 도움을 주며 꼬리에 꼬리를 물고 발전해 가면 모두가 좋잖아요. 그런 선순환 구조를 만들어 보고 싶었어요.

가게의 세 가지 조건

세 가지 기준을 세웠다. ▸권리금이 없는 자리에 ▸시설 투자를 많이 하지 않고 ▸1층에 40~50석 규모의 가게를 열자. 이유는 간단했다. 모바일이 대세인 시대다. 인기 상권이 아니어도, 골목 깊이 숨어 있어도, 간판 없는 식당이라도 입소문이 나면 줄을 선다. 스마트폰으로 이미 메뉴며 가격이며 서비스와 리뷰까지 꼼꼼하게 훑어본 손님들이다.

> 맛난 음식을 먹으러 외출하고 여행도 가는 시대가 됐어요. 제주도에 놀러 간다면 돌아오는 날까지 맛집 리스트를 주욱 뽑아서 가요. 맛집 인증샷은 기본이고요.

걱정은 따로 있었다. 주변 작은 식당들이 피해를 입으면 안 될 터였다. 다른 이의 눈물을 보며 가게를 열고 싶지는 않았다. 상권이 취약한 동네에 있는 가게는 대개 임대료가 싸고 권리금이 없다. 식당은 가족끼리 운영하는 생계형이 대부분이다. 이들과 함께 살 수 있는 방법을 궁리했다. 호화 상권에 있는 매장 권리금은 억 소리가 난다. 경쟁이 치열하다 보니 인테리어에도 많은 돈을 들인다. 비용은 고스란히 손님 부담이 된다. 투자비를 건지고 이익을 내야 하니 식자재 품질은 떨어지고, 음식값은 올라간다. 굳이 이런 상권에 들어가야 할 이유는 없었다.

층수도 중요하다. 1층과 2층 매장은 차이가 크다. 1층은 누구나 쉽게 문을 열고 들어온다. 지나가는 사람들이 궁금해서 문 앞을 기웃거리기도 한다. 2층 이상은 계단이나 엘리베이터를 타고 일부러 올라가 보지 않으면 내부 사정을 알 수 없다. 임대료가 싸지만 그만큼 눈길을 끌기 힘들다. 왕육성이 생각한 가게 크기는 최대 40평이었다. 이 정도면 주방장 한 명과 보조 서너 명이 감당할 수 있다. 이보다 크면 주방 인력이 더 필요하다. 게다가 같은 요리를 여럿이 만들면 재료와 레시피가 같더라도 일정한 맛을 유지하기 쉽지 않다. 그러니 '내' 음식을 내기에는 작은 식당이 낫다고 판단했다.

괜한 허세를 버리고 본질에 집중할 방법을 생각했다. 요리 수준에 초점을 맞췄다. 쓸데없는 비용을 줄여 재료에 투자하고 직원들에게 한 푼이라도 더 주고자 했다.

원칙에 맞춰 가게 후보지를 좁혀나갔다. 외식 인프라가 잘 갖춰진 강남보다는 강북지역을 택했다. 마음에 드는 자리는 쉽게 나타나지 않았다. 교통이 편하면 월세가 높고, 월세가 적당하다 싶으면 권리금을 터무니없이 불렀다. 권리금이 없으면 건물이 낡거나 교통이 지나치게 좋지 않았다.

"이런 가게가 나왔는데요."

어느 날 후보지를 보러 다니던 황진선 셰프가 말했다. 오토바이를 수리하는 점포였다. 망원역과 홍대역에서 멀리 떨어져 아직 상권이 형성되지 않은 조용한 동네였다. 권리금도 없었다. 보는 순간 딱이다 싶었다. 그 자리에서 두말 않고 계약했다. 지금의 진진 본점 자리다.

진진津津이라는 이름

가게 이름을 두고 고심했다. 작명가에게 부탁해서 받은 후보가 있고, 왕육성 혼자 지은 후보도 있었다. 그중에서 서담瑞潭이 마음에 들었다. 상서로운 물이 솟는 샘이라는 의미다. 서소문 강서면옥에서 냉면을 먹으며 지인들 생각을 들어봤다. 음식업계에서 이름난 분들이었다. 의외로 반응이 신통찮았다. 가게가 지향하는 바에 비해 서정적이다, 한정식집 느낌이 난다, 작은 중식당에 어울리지 않게 고급스럽다…. 물론 부르기 쉽고 깔끔하다는 의견도 있었다.

무엇보다 걸리는 말은 '서'는 상서롭다瑞는 뜻도 있지만 '쥐鼠'가 연상된다는 지적이었다. 쥐는 환영받지 못하는 동물이다. 좀도둑 또는 임파선이나 결핵 같은 병을 말하기도 한다. 간신을 비유하거나, 근심 걱정을 뜻하기도 한다. 못이라는 뜻을 가진 담潭도 그렇다. 못은 물이 흘러들어 오거나 빠져나가는 자리다. 물이 흘러들어 고이면 썩고, 샘솟아 흘러나가면 쌓이지 않는다. 재물로 따지면 복이 없는 셈이니 물水이 들어간 글자는 쓰지 않는 게 좋다고들 했다. 미처 생각하지 못한 부분이었다. 미련은 남았지만 서담을 버렸다. 다시 원점으로 돌아가 생각을 거듭했다. 그러던 어느 순간 머릿속이 번쩍했다.

진진進進.

앞으로 앞으로 조금씩 나아간다는 의미다. 욕심내지 않고 정성을 다하겠다는 뜻도 들어 있다. 무엇보다 단순하다. 부드럽고 부르기도 쉽다. 한 번 들으면 잊지 않을 이름이다. 다시 물어보니 이번에는 하나같이 좋다고 했다. 그런데도 2퍼센트가 부족하다는 느낌이었다. 가만 보니 가게를 여는 마음가짐은 들어 있는데 식당의 뿌리랄까, 역사가 스며 있지 않았다. 가게는 신생이지만 신생이 아니다. 그 안에는 왕육성 요리 인생 40년이 고스란히 녹아 있고, 부모의 신산한 삶이 들어 있다. 아버지와 어머니는 중국에서 건너왔고 자신은 한국에서 태어났다. 자식 세대는 또 이 땅에서 대를 이어 살아갈 테다.

아버지 고향은 톈진이다. 왕육성은 지금 한강변 마포에 살고 있다. 톈진은 서해에서 중국 수도 베이징으로 들어가는 입구다. 마포에 있던 양화진은 서해에서 한강을 거슬러 온 배가 조선 수도 한양으로 들어오는 입구였다. 물길은 톈진과 양화진을 잇고, 과거와 현재를 잇고, 시간과 문화를 잇고 앞으로도 영원할 테다. 그런데 공교롭게도 톈진天津과 양화진楊花津에는 나루 진津이 함께 들어 있지 않은가.

진진津津.

한자를 바꾸니 이 모든 이야기가 녹아들었다. 단순한 두 글자 속에 과거와 현재, 미래가 모두 담겨 있다. 상호로 확정했다. 박정배 음식 칼럼니스트가 상호에 쓸 한자를 집자해 줬다. 청나라 말기 서예가인 정불언丁佛言(1878~1931)의 예서체다. 톈진과 양화진에, 어머니와 고향이 같은 정불언의 글씨까지…. 진진津津에는 왕육성의 가족사가 배어 있다.

동네서 즐기는 호텔 요리

홍대 상권은 젊다. 젊은 입맛은 쉽게 변하고 그만큼 가게들의 부침도 심하다. 자본력만 믿고 투자했다가 코피 터지고 떠나는 이들도 많다. 왕육성은 진진 자리를 결정하기 전에 상권을 오랫동안 살폈다. 오가는 사람들의 취향을 알아보기 위해서다. 경쟁이 가장 치열한 업종인 카페의 변화를 유심히 살폈다. 젊고 경쾌한 중식을 생각하고 있었기 때문이다. 크고 작은 점포들이 생기고 사라지는 중에도 스타벅스는 늘었다. 합정역과 홍대입구역 사이에는 여섯 곳이 있다. 하나같이 요지에 자리 잡은 대형 매장이다. 커피 한 잔에 4,000원이 넘는다. 주위에 1,500원, 2,000원짜리 카페들이 널렸는데도 항상 붐빈다. 비결이 뭘까 눈여겨봤다.

스타벅스는 1999년 한국에 들어왔다. 이화여대 앞에서 시작해 매장 수가 2021년 말 1,600개를 넘어섰다. 미국·중국·캐나다·일본에 이어 세계 다섯 번째란다. 주변 상권에 활력을 불어넣으니 '스세권'이란 말까지 생겼다. 스타벅스 역세권의 줄임말이다. 월마트 같은 거대 외국자본도 손을 들고 나간 한국 시장에서 대단한 일이다. 하나같이 넓고 쾌적한 매장에서 온갖 종류의 커피와 관련 상품을 판다. 좌석 옆에는 콘센트가 있고 와이파이가 무료로 제공된다. 떡·오미자·매실 같은 지역 특산물을 반영한 계절 메뉴를 내고, BTS와 협업해 노트북 파우치·컵·머그잔·열쇠고리·쇼핑백 등을 묶은 기획 상품을 만든다. 시즌별로 내놓는 가방, 의자, BMW MINI 텀블러처럼 한정판 사은품을 사려고 MZ세대는 밤새워 줄을 선다. 미리 사이렌 오더를 하고 매장에 가면 커피가 대기하고 있다. 손님에게 갖가지 맞춤 서비스를 제공하는 셈인데 물론 그 매개는 커피다.

손님들이 스타벅스라는 문화를 소비하는 거죠. 물론 요리와 커피는 전혀 달라요. 게다가 진진은 스타벅스처럼 여유를 가지고 즐길 수 있는 문화 공간이 아니고요. 매장 규모와 효율을 생각할 때 많은 메뉴를 제공할 수도 없어요. 제가 동네 스타벅스를 통해서 읽는 점은 시장이 흘러가는 방향이에요. 젊은이들이 비싼 돈을 내면서도 스스로 문을 열고 들어가는 데는 이유가 있거든요.

호텔 음식은 누구나 선망하지만 비싸다. 품위와 체면을 유지하는 데는 그만한 대가가 따르기 때문이다. 호텔 문을 열고 나가면 음식값이 비쌀 이유가 줄어든다. 어깨에 힘을 빼면 부담 없는 가격으로 얼마든지 고급 요리를 낼 수 있으니 말이다. 중화요리를 노땅들의 추억 요리가 아니라 젊은이들도 만만하게 여기는 감성 요리로 만들고 싶었다.

'동네서 즐기는 호텔 요리'

진진의 콘셉트는 이런 과정을 거치며 가닥을 잡았다. 한 가지 문제가 있었다. 도심과 호텔이라면 모를까, 동네와 호텔 요리는 추리닝 입고 불도장을 먹는 모양이라 어딘지 아귀가 맞지 않는다. 어색한 느낌의 두 단어를 하나로 꿰어내는 일이 진진의 숙제였다.

1월 11일 오전 11시 11분

2014년 10월 28일부터 개업 준비를 시작했다. 주방기기 전문 상점이 몰려 있는 황학동을 둘러봤다. 가게를 열고 닫는 사람들로 항상 북적이는 동네다. 한·중·일·양식 기물은 물론 어떤 품목이라도 있다. 포장을 뜯지 않은 물건도 있고, 신제품과 구분이 가지 않는 중고도 흔하다. 문을 열지도 못하거나 문 연 지 얼마 되지 않아 폐업한 가게가 그만큼 많다는 얘기다. 중고 테이블과 의자 여덟 세트를 들여놨다. 개업 날짜를 따로 잡지는 않았다. 차근차근 시험가동하다가 됐다 싶으면 공개할 생각이었다.

가게를 낼 때는 대부분 인맥을 총동원해서 오픈 날짜를 알려요. 날마다 들어가는 비용 때문에 하루라도 빨리 시작해 수익을 내고 싶은 거죠. 주머니 탈탈 털고, 은행 돈 빌려 내는 가게이니 마음이 조급하잖아요. 그럴수록 한 번 더 생각해야 돼요. 초대장 돌리고, 카톡을 보내고, 전화를 해서 개업 날짜를 알리면 한꺼번에 손님이 몰려와요. 관계를 생각해서, 얼굴을 봐서 모른 척할 수 없으니 다들 오는 거죠. 그러면 난리가 나요. 주

Carrier
예약석

방과 홀이 미처 호흡을 맞추기도 전에 손님들이 들이닥치면 대처할 방법이 없잖아요. 수용 가능한 손님 수를 넘어버리면 어떻게 되겠어요. 주인은 주인대로, 주방은 주방대로, 홀은 홀대로 허둥지둥하죠. 주문은 마구 들어가고, 음식은 엉망이 되고, 순서는 뒤죽박죽되고, 테이블을 치우지도 못하니 난장판이 돼요. 눈도장 찍으러 왔는데 정작 주인은 바빠서 얼굴도 제대로 못 보고요. 주인은 미안하고 손님들은 불만 가득하죠. 첫날 인상을 망치면 다시는 안 가요. 지인들도 빚 갚았다고 생각하면 그만이에요. 맛이 있다면 당연히 가겠지만 첫날 무슨 맛을 알 수 있겠어요. 돈 벌어야 한다는 강박을 가지고 서두르면 대부분 결과가 좋지 않아요.

인테리어는 차분한 분위기로 했다. 검은색과 깊이 있는 붉은색을 기본으로 했다. 무겁지 않고 그렇다고 가볍지도 않은 느낌을 주도록 했다. 호텔급 요리를 일반 가격에 낸다는 콘셉트에 맞췄다. 출입구 옆 통유리에 대형 안내 문구를 내걸었다.

津津은…

중국의 텐진天津과 한국의 양화진楊花津 속의 津을 더한 이름입니다. 텐진은 진진 요리의 뿌리입니다. 양화진은 한강 북쪽 마포 인근의 옛 이름입니다. 한국과 중국이 만나는 흥미진진한 공간, 푸짐한 음식과 풍성한 이야기가 넘치는 놀이터라는 뜻도 담았습니다.

CHEF LINE

왕육성 셰프는 코리아나 호텔 중식당 大上海의 오너를 지냈습니다. 40여 년의 풍부한 현장 경험을 갖춘 장인입니다. 10년간 호흡을 맞춰 온 황진선 셰프와 유려한 팀워크로 서비스합니다.

FOOD LINE

엄선한 요리 10여 가지만 냅니다. 품질 높은 제철 식재료로 만듭니다. 선택과 집중을 통해 원가를 낮춰 착한 가격으로 모십니다. 메뉴에 없는 요리들도 예약하시면 제공합니다.

LIQUOR LINE

중국 고량주, 한국 전통주, 세계 각국의 맥주와 와인을 준비해 선택의 폭이 넓습니다.
요리에 맞는 술을 추천해 드립니다.

지나가던 동네사람들이 걸음을 멈추고 가게를 살피기 시작했다. 문을 열고 가게 안을 들여다보거나 들어와서 이것저것 물어보기도 했다.

지난 시절 음식 장사의 무기는 상권과 인맥이었어요. 맛은 기본이고요. 그런 지상전시대는 저물었어요. 공중전시대에는 이슈 메이킹이 중요해요. 짜장면을 내놓는다면 많고 많은 짜장면 가게를 제치고 일부러 찾아올 이유를 만들어야겠죠. 진진에서만 경험할 수 있는 특별한 무엇이 있어야 사람들이 소문을 내줄 테니까요.

한 가지만 생각했다. 손님들을 외진 동네까지 찾아오게 할 무기가 뭘까…. 기본 메뉴를 정하고 다양한 분들을 초대해 평가를 부탁했다. 맛의 기준을 잡기 위해서였다. 요리에서 가장 중요한 일이다. 짜다, 싱겁다, 심심하다, 세다, 약하다, 개성이 없다, 독특하다, 놀랍다, 새롭지 않다…. 100인 100색이었다. 경험이 많은 이들은 큰 문제부터 소소한 문제까지 다양하게 조언해 주었다. 중심을 세워놓고 반응을 종합하며 수정해 나갔다. 지인들은 요리보다 호텔 중식당 오너 셰프로 잘나가던 사람이 왜 손바닥만 한 가게를 열었는지를 더 궁금해했다.

임시 오픈 상태에서 손님을 받았다. 테이블이 비는 날이 많았지만 신경 쓰지 않았다. 주방과 홀의 체계가 제대로 갖춰지지 않아 맛도 서비스도 들쭉날쭉했다. 식사 중이나 식사 뒤에도 손님들을 살피며 의견을 구하고 부족한 점을 계속 보완해 나갔다. 한 달이 지나 11월이 되니 어느 정도 가게의 틀이 잡혔다. 송년회 시즌이 되면서 단체 예약이 들어오기 시작했다. 테이블을 네 개 더 늘려 열두 개를 돌렸다.

주방을 가동한 지 40일 만에 만석이 됐어요. 예상보다 훨씬 빨랐어요. 정식 오픈도 하지 않았는데 연일 자리가 꽉꽉 들어차더군요.

얼마 뒤 업계 소식을 꿰고 있는 소문난 블로거가 찾아왔다. “소리 없이 오픈했다는 소문을 들었어요. 왜 내가 몰랐지?” 그제야 다녀간 분들 입을 통해 가게가 조금씩 알려지고 있음을 느꼈다. 서비스 수준이 궤도에 오르려면 시간이 더 필요했지만, 손님들이 끊임없이 찾아오니 공식 오픈 날짜를 정해야겠다고 생각했다. 2015년 1월 11일 오전 11시 11분에 정식으로 문을 열었다.

제 마음속으로 정한 날이에요. 1은 1등이나 최고라는 의미가 아니라 어떤 손님이라도 초심으로 모시겠다는 뜻을 담았어요. 1등 하겠다고 생각하면 스트레스가 되거든요. 일만 즐거우면 그만이죠. 진진 같은 중국 식당은 처음이라는 의미도 있어요.

열 가지 요리

작은 가게라고 동네 중식당들과 같은 메뉴를 낼 생각은 하지 않았다. 그래서는 조그만 파이를 놓고 경쟁하는 꼴이 되고, 그렇고 그런 식당 중의 하나가 될 뿐이다.

1970년대까지만 해도 동네에서 청요리를 먹을 수 있었어요. 그 뒤 화교가 운영하는 중식당이 줄어들며 고급 요리는 호텔에나 가야 만날 수 있게 됐죠. 서민들은 호텔에 가서 값비싼 요리를 먹기 힘들잖아요. 그렇게 세월이 흐르다 보니 중국음식 하면 짜장면·짬뽕·탕수육에 서비스로 나오는 군만두처럼 값싼 메뉴부터 떠올리게 됐어요. 직장인들이 점심에 마땅히 먹을 게 없으면 '짜장면이나 먹지', '난 짬뽕'이라는 말을 농담처럼 하잖아요. 그만큼 격이 떨어졌다는 말이에요. 진진을 구상하며 어떤 요리를 핵심으로 삼을까 오래 궁리했어요. 잊혀져 가는 요리를 살려내서 진진의 대표 이미지로 만들고자 했죠.

개성 있는 메뉴 10여 가지에 집중하기로 했다. 작은 주방 형편을 고려해 최적의 조합을 찾아갔다. 대게살볶음·오향냉채·멘보샤·칭찡우럭·마파두부·전복팔보채·카이란소고기볶음·마의상수·어향가지·소고기양상추쌈… 조정을 몇 번 거쳐 내놓은 주력 메뉴들이다.

메뉴판을 이렇게 구성한 이유가 있다. 중국은 대륙이다. 땅덩이가 큰 만큼 지역별로 요리가 많이 다르다. 같은 지역 내에서도 입맛이 갈린다. 식재료는 셀 수 없을 만큼 다양하다. 온갖 육류와 어류, 곡식과 채소를 이용한다. 중국요리를 한마디로 표현할 수 있는 단어는 없다.

중식당에 가면 주로 고기나 볶음을 시키잖아요. 메뉴판에서 생선·채소·찜요리는 잘 안 봐요. 좋은 채소요리도 많은데 손님들은 그깟 풀이나 먹자고 중국집 왔냐며 고기를 찾아요. 회도 어딜 가든 먹을 수 있는데 무슨 생선요리냐는 분들도 많고요. 찜요리는 준비에 30분 넘게 걸리니 성질 급한 사람은 못 기다려요. 식당 문을 열며 '짜장면', '짬뽕'을 외치고 식탁에 앉자마자 단무지와 양파를 춘장에 찍어 씹으며 주방만 쳐다보는 분들 생각해 보세요. 손님은 빨리빨리를 외치고, 식당은 식당대로 회전율을 늘려 이익을 키우려 하니 공력 들어간 요리가 점차 밀려나는 거죠.

제대로 된 동파육을 먹으려면 하루 전에 주문해야 한다. 품격 있는 요리는 기다릴 만한 여유를 가진 손님들이 만든다. 한국은 이제 선진국이다. 음식 문화도 그만큼 격이 높아졌다. 제대로 된 중국요리를 선보이고 싶었다. 모든 식재료가 골고루 어울린 요리로 메뉴판을 짠 이유다. 종류는 많지 않지만 재료의 풍미를 제대로 살릴 수 있는 요리들이다.

진진 요리 바탕은 산둥 음식이다. 그 시작은 오향냉채다. 살집 풍성한 대게살볶음과 매콤한 마파두부는 은근하다. 멘보샤는 다진 새우살을 식빵 사이에 넣어 튀긴다. 섭씨 130도부터 180도까지 온도를 조금씩 높여가며 익힌다. 겉은 바삭하고 속은 촉촉하게 튀겨내는 요령이 핵심이다. 새우향과 맛을 기름이 압도하지 않게 온도와 시간을 잘 맞춰야 한다. 여성 입맛에 맞는 메뉴가 대개 인기가 높은데 멘보샤도 그중 하나라 택했다. 진진에서 메뉴로 내놓자 처음 본다며 신기하게 생각하는 손님들이 많았다. 사실 멘보샤는 새로 개발한 메뉴는 아니다. 멘보샤는 주방 일꾼들이 식재료로 쓰고 남은 빵과 새우를 튀겨 먹다가 탄생했다고 한다. 요깃거리가 뜻밖의 별미가 된 셈이다. 영국에서 탄생한 식빵이 홍콩과 산둥을 거쳐 서울까지 왔으니 음식도 역사를 타고 흐른다.

칭찡우럭은 우럭을 통째로 쪄낸 요리다. 살아 있는 우럭의 피를 빼고 냉장 숙성시키면 질긴 식감이 없어진다. 담백한 생선살과 튀긴 대파채·고수·생강·간장소스·홍고추가 어울려 짭짤하고 향긋한 맛을 낸다. 남은 소스로 밥을 비벼 먹으면 딱 좋다.

닭고기가 불을 만나면 궈사오지鍋燒鷄가 된다. 궈사오지는 본래 산둥의 명품 요리다. 연회의 전채 요리로 내는 경우가 많다. 제주의 대표적 토종닭인 구엄닭을 쓴다. 일제강점기 이후 외래닭이 토종닭을 밀어낼 때 뭍에서 먼 거리의 섬에 있어 살아남은 종이라고 한다. 야생성이 강해 날아다닌다. 개량닭보다 작아 10개월을

대파채를 올린 칭찡우럭. 소스에 밥을 비벼 먹으면 별미가 된다.

색다른 향취가 있는 카이란소고기볶음. 아삭아삭 씹히는 카이란의 식감이 좋다.

키워도 1킬로그램이 될까 말까다. 공장형 닭장에서 키운 육계는 한 달 만에 1.5킬로그램이 된다. 구엄닭은 천천히 자라 가성비가 떨어지지만 풍미가 뛰어나 씹을수록 고소하다.

큼직한 통전복과 왕새우 등을 넣은 전복팔보채는 화려하고 묵직하다. 카이란소고기볶음은 색다른 향취가 있다. 카이란은 독특한 향을 가진 대만 채소인데 식감이 좋다. 한국 기후에 맞지 않아 계약 재배하는 농가에서 가지고 온다. 메뉴는 철 따라 조금씩 변화를 주기도 한다. 요리 수가 많지 않으니 재료 준비를 그만큼 충실히 할 수 있다.

짜장면 없어요, 단무지도 없어요

짜장면, 짬뽕 같은 식사거리는 메뉴에서 뺐다. '경쟁하지 않겠다'고 한 원칙을 지키기 위해서였다. 그렇잖아도 취약한 상권인데 식사 메뉴를 내면 동네 식당들이 더 힘들어질 게 뻔했다. 작은 파이를 염치없게 나눠 먹느니 새로운 파이를 만들어 전체 상권이 커지면 모두에게 도움이 되리라 생각했다. 그래서 진진 메뉴는 같은 동네 여느 중국 식당들과 다르다. 면을 내지 않으면 그만큼 일손이 줄고 요리에 집중할 수 있다는 점도 감안했다. 손님들이야 이런 사정을 알 리가 없으니 짜장면·짬뽕 없는 중국집이 말이 되냐며 화를 내는 분들도 많았다. 하지만 원칙을 깰 수는 없었다. 그런 분들을 위해 가벼운 식사거리로 볶음밥과 물만두를 준비했다. 시간이 지나며 이웃들도 경계를 풀기 시작했다. 동네에 이상한 중식당이 생겼다는 소문이 서서히 퍼졌다.

기본 식탁을 호텔식으로 구성했다. 짜사이榨菜 무침과 볶은 땅콩, 고수 세 가지만 내놨다. 간장·식초·고춧가루·소금병을 없앴다. 처음에는 손님들이 테이블에 단무지·양파·춘장이 왜 없냐고 불만을 터뜨리기도 했다. 김치를 주는 중국집도 있는데 동네 식당에서 뭘 그리 까다롭게 구느냐며 막무가내로 가져오라고 화를 내기도 했다. 고춧가루 내놓으라고 소리치는 사람도 있었다. 술 목록에서 한국 소주도 뺐다. 요리는 술과 궁합이 맞아야 제맛이 나기 때문이다.

초기에는 막걸리를 찾는 손님들도 있었어요. 다른 가게는 파는데 왜 없냐고 따지는 거예요. 괜찮은 술은 격 있는 손님을 부르죠. 주종을 가리지 않고 내놓으면 과음해서 실수하는 분들이 생겨요. 그러면 옆자리 손님들에게 폐가 되고 매장 분위기가 망가지고요. 이런 일이 쌓이면 진진은 그저 그런 싸구려 식당이란 말을 들었을 거예요.

경쟁하지 않겠다

진진은 요리와 술을 내는 만찬 식당이다. 오후 5시에 가게 문을 열고 5시·7시·9시, 2시간 단위로 예약을 받는다. 자정이 넘어도 마지막 손님이 일어서야 문을 닫는다. 대개 1시간에서 1시간 30분 정도면 손님들이 충분히 요리를 즐긴다. 자리가 비어도 다음 예약 손님을 바로 안내하지 않는다.

> 줄 세우기가 아니라 고객을 위해서 그래요. 손님은 깔끔한 식탁에서 서비스받을 권리가 있어요. 내가 앉을 식탁 위에 앞 사람들이 먹은 음식물 잔해가 널려 있는 모습을 보면 거북하잖아요. 미리 입장하면 직원이 치우는 동안 식탁 옆에 서 있어야 해요. 손님이 서두르면 직원도 불안하고요. 시간이 없어 대충 훑어내 행주 자국이 번들거리는 식탁에 앉으면 손님 기분이 언짢아지겠죠. 그런 경우 손님이 휴지를 꺼내 식탁을 닦기도 하잖아요. 있을 수 없는 일이죠. 식사를 하는 손님들에게 다 먹었으면 빨리 일어나라고 눈치를 주는 식당도 있어요. 먼저 비는 테이블을 이용하면 다른 예약 손님을 얼마든지 모실 수 있는데 말이에요.

진진이 조금씩 알려지며 대기줄이 생기기 시작했다. 그중에는 예약 시간보다 미리 오는 분들이 있고, 예약하지 않고 오는 분들도 있었다. 왜 저녁에만 하느냐, 점심에도 열어달라는 부탁도 늘었다. 안 되겠다 싶어 새로운 가게 자리를 찾아 나섰다. 근처에 적당한 물건이 나왔지만 건물주가 이런저런 조건을 내세우며 흥정을 걸었다. 받아들일 수 없는 수준이었다. 그러던 중 길 건너편에 빈 가게가 나왔다. 주인이 오래된 건물을 리모델링하는데 그 자리에 들어오면 어떻겠냐고 했다. 본관 코앞이니 여러 모로 장점이 많았다. 곧바로 신관 자리로 계약했다.

SNS에 점심에도 문 여는 신관을 내겠다는 이야기를 올린 적이 있어요. 성급했어요. 주변 가게들 사정을 알아보지 않고 섣불리 꺼낸 말이거든요. 그 때문인지 가까이 있는 식당 주인이 편지를 보내왔어요. 장사가 안돼서 걱정인데 진진이 자기네 가게를 인수하면 어떻겠냐는 내용이었어요. 상권 형성이 제대로 안 된 동네이니 주위에 있는 다른 점포들도 상황은 비슷했어요. 저녁 장사가 안돼 낮에만 문 여는 식당도 있고요. 이런 동네에서 진진이 점심에도 장사를 하면 될까 싶더군요. 그나마 얼마 안 되는 손님을 진진이 빼앗을 수 있잖아요.

신관도 점심에는 열지 않기로 했다. 고객과의 약속도 중요하지만 동네사람들과 함께 사는 일이 먼저라고 생각했다.

첫째도 사람, 둘째도 사람, 셋째도 사람

손님이 오든 가든 무심하다. 주문하려고 부르면 대답이 없다. 음식을 식탁에 던지듯 놓는다. 이런 식당에는 공통점이 있다. 주인이든 직원이든 웃지 않는다. 장사가 시원찮아 웃음을 잃었는지, 웃지 않아서 장사가 그런지 모르지만 이런 곳은 대부분 오래가지 않아 문을 닫는다.

반대의 경우도 있다. 냄새에 절어 있어도, 문짝이 삐걱대도, 질러대는 소리가 뒤섞여 대화가 힘들어도, 자리가 비좁아 옆 손님과 어깨를 붙이고 앉아도, 바퀴벌레가 기어다녀도, 주인 할머니가 욕쟁이라도 붐비는 식당이 있다. 사람들이 투덜거리면서도 찾아가는 이유가 있다. 모든 걸 용서할 수 있는 맛이 있으니까. 하지만 더 중요한 게 있다.

> 저는 그 뒤에서 일하는 사람을 봐요. 음식은 사람이 만들고 서비스도 사람이 하잖아요. 맛은 손끝에서 나오는 것 같지만 사실 마음에서 나와요. 음식업계는 인력 유출입이 잦아 괜찮은 사람 찾기가 힘들어요. 조금이라도 편하고 돈을 더 준다면 언제라도 보따리를 싸죠. 오래 같이 일하며 철석같이 믿던 사람이 인사도 없이 사라지는 경우도 많고요. 사람이 자주 바뀌면 주방이고 홀이고 다 흔들리죠. 손님을 항상 웃으며 반기는 식당은 특징이 있어요. 주인이 직원들을 아껴요. 당연히 직원들

처우도 좋지요. 음식 장사는 첫째도 사람, 둘째도 사람, 셋째도 사람이에요.

주인과 직원 사이에 신뢰가 없거나, 주방장이 제멋대로거나, 주방과 홀 사이에 알력이 있으면 바로 티가 난다. 음식맛은 균형이 깨지고 매장에 흥이 사라지며 서비스는 엉망이 된다. 이런 가게를 좋다고 찾아갈 손님은 없다. 본관을 두 달 넘게 시험가동하고, 신관 오픈을 서두르지 않은 이유는 바로 사람 때문이었다.

공개 구인을 하면 품성을 제대로 알 수 없으니 알음알음으로 사람을 찾았다. 그래도 만족스럽지 않았다. 하나가 마음에 들면 다른 하나가 아쉬웠다. 채용한 주방장들은 황진선 셰프보다 경력이 많았다. 총괄 셰프인 황진선을 제대로 인정하지 않으려 했다. 나이가 어리고 경험이 적다는 이유였다. 주방장이 왕이던 시절 수모를 겪으며 기술을 배운 세대니 알면서도 모른 체했다. 같이 굴러가며 팀워크를 만들어 가야 했기 때문이다. 황 셰프도 내색하지 않았다.

직원들 사기에 특히 신경 썼다. 임금과 자존감은 비례한다. 많이 받으면 그만큼 인정받는다고 생각한다. 2017년 시간당 최저시급이 6,470원이었다. 2018년엔 7,530원, 2019년엔 8,350원으로 뛰었다. 진진은 2014년 개업할 때부터 아르바이트 직원에게 시간당 1만 원을 줬다. 얼마 지나지 않아 1만 3,000원으로 올렸다. 상식 밖이라 부담스럽다며 출근하겠다고 하고는 나오지 않는 경우도 있었다. 일 잘하는 사람을 구하고 싶었을 뿐인데 다른 꿍꿍이가 있으리라고 생각했을지도 모르겠다.

그렇게 괜찮은 사람들이 하나둘 모였다. 표정 밝은 직원들 덕에 매장이 환해지니 손님들이 즐거워했다. 칭찬을 받는 직원은 따로 격려금을 줬다. 그만두는 직원들이 줄어들었다. 나갔다가 다시 들어오기도 했다. 시간이 지나며 팀워크가 점점 단단해졌다.

예약제, 약자를 위한 배려

사람 심리는 의외로 허술하다. 이를 파고들어 지갑을 열게 할 방법은 많다. 꼬치 굽는 노점상 앞에 줄이 길다. 한 손에 꼬치를 잔뜩 들고 춤추는 모습이 재미있어 사람들이 자꾸 모여든다. 구워놓은 꼬치는 불티나게 팔린다. 그런데 마지막 남은 2~3인분은 손에 들고 흔든다. 팔아도 되는데 팔지 않고 잡고만 있으니 바로 앞 손님은 애가 탄다. 약이 오르지만 기다린 시간이 아까워 떠나지 못한다. 그사이 다른 사람들이 또 줄을 선다.

손님을 끌려고 테이블 한두 개에 거짓 예약 팻말을 올려놓는 가게도 있다. 항상 만석이라는 걸 보여주기 위한 잔꾀를 손님들은 알 수 없다. 줄 선 사람들은 가게 음식 사진과 홍보 문구와 안에서 식사하는 모습을 보며 꼬르륵거리는 배를 달랜다. 소문난 맛집에서 종종 볼 수 있는 풍경이다.

상술이에요. 가게 입장에서는 손님을 선착순으로 받으면 관리하기 편해요. 전화 받을 일 없고 예약 장부가 없어도 되니까요. 예약하고 나타나지 않는 노쇼 걱정 없고요. 줄을 세우면 지나가는 사람들 호기심을 불러 입소문이 나니 꿩 먹고 알 먹는 셈이죠. 하지만 그래서는 안 돼요. 어떻게 보면 갑질이잖아요.

진진 초기에 줄을 세운 적이 있다. 손님 수를 예측하지 못해서였다. 얼마 지나지 않아 바로 예약제를 도입했다. 손님 중에는 어린아이를 안고 온 부부가 있고, 나이 든 부모님을 모시고 온 이가 있고, 몸이 불편한 노인들도 있다. 멀리서 일부러 시간을 내서 오는 이들도 많다. 손님들이 기다리는 모습을 보면 불편했다. 진진 매장은 내부가 넓지 않으니 대기할 공간이 없어 한데 서 있어야 한다. 따스한 봄날이나 선선한 가을날은 그나마 낫다. 무덥고 비 오는 여름이나 찬바람 부는 겨울이 문제다. 손님들은 힘들고 직원들은 미안하다.

줄 세우기는 손님들에게 예의가 아니라고 생각한다. 장사는 운이 좋아 잘될 수도 있고 안될 수도 있다. 그렇지만 어떤 경우든 손님을 먼저 생각해야 한다.

진진도 좌석 상황을 봐가며 한두 자리를 비워놓을 때가 있어요. 하지만 용도는 달라요. 예약 시스템에 서툴러 그냥 온 노인들을 오래 기다리게 할 수는 없잖아요. 휠체어 탄 분처럼 약자들은 좀 더 넓은 공간이 필요하고요. 예약 없이 와서 줄 서는 손님들에게는 연락처 남기고 동네 한 바퀴 돌고 오시라고 해요. 대기 시간에 옆 가게에 가서 차라도 사서 마시면 누이 좋고 매부 좋은 일이잖아요.

회원제, 손님을 다시 부르는 마법

한편으로는 회원제를 도입했다. 3만 원을 내면 바로 진진 회원이 돼서 20퍼센트를 할인받는다. 10만 원어치 요리를 먹으면 2만 원을 아끼는 셈이다. 일행 중에 회원이 한 명만 있어도 혜택은 같다. 3만 원이 부담이 될 수 있지만 그렇지 않다. 한두 번만 이용해도 가입비가 빠지고 올 때마다 혜택을 받으니 말이다.

회원제 전략은 코스트코가 모델이다. 코스트코 상품 가격은 다른 대형마트보다 저렴하고 품질도 좋다. 그 대신 회원만 이용할 수 있다. 개인 회원 가입비는 3만 8,500원이고 사업자 회원 가입비는 3만 3,000원이다. 매장에 가면 대부분 대량구매를 하니 손님들은 한 번만 가도 본전을 뽑는다고 생각한다. 코스트코는 매년 회원비를 낸다. 진진은 한발 더 나아갔다. 한 번 가입하면 평생 회원이다.

20퍼센트 할인이면 꽤 커요. 진진은 이익이 그만큼 줄어들죠.

단순히 계산하면 그렇지만 한 번 더 생각하면 달라져요. 가성비가 뛰어나니 회원들의 재방문 빈도가 그만큼 높아지거든요. 생각보다 싸니 추가로 요리를 시키기도 하고요. 초기에는 계산대에서 고개를 갸웃거리는 분들이 많았어요. 혹시 셈을 잘못하지 않았냐고 물어보는 손님도 있었어요.

2021년 12월 기준으로 회원 수는 5만여 명이다. 회원 가입비는 품질 높은 재료 구하는 데 그대로 재투자한다. 개업 초기에는 뜨내기 손님들이 소동을 부리거나 시비를 거는 경우가 종종 있었다. 회원제와 예약제를 도입한 뒤로 점잖은 손님들이 늘며 매장 분위기도 차분해졌다.

본관 앞 신호등

2016년 겨울, 꽤 쌀쌀한 날이었다. 트럭을 타고 온 사람들이 본관 앞 플라타너스 가로수를 잘라내기 시작했다. 마포구청에서 나온 사람들이었다. 그 자리에 신호등을 만든다고 했다. 생각지도 못한 일이었다.

본관과 신관 사이에는 건널목이 없어 무단횡단하는 사람들이 많았다. 차량 통행이 많지 않은 길이지만 매일 불안했다. 인적 드문 밤에는 속도를 높여 달리는 차량들이 꽤 된다. 술 마신 손님들이 길을 건너다 자칫하면 사고가 날 수도 있었다. 신호등이 있으면 좋겠다고 생각했지만 설치가 까다로웠다. 도로교통법은 신호등과 신호등 사이 최소거리를 200미터로 규정하고 있다. 미국은 90미터고 일본은 100미터다. 진진 양옆에 신호등이 있는데 그 사이의 거리가 220미터였다. 본관은 두 신호등 중간쯤에 있다. 혹시나 해서 구청에 민원을 넣어봤다. 신호등을 설치해 주면 고맙겠다, 깜빡이 등이라도 설치해 달라고 요청했지만 규정상 안 된다는 답변을 들은 터였다. 포기하고 있었는데 갑자기 작업을 하니 놀랄 일이었다. 단골 손님들에게 안전이 걱정이라며, 신호등 이야기를 한 적은 있다. 얘기가 돌고 돌아 보이지 않는 손이 도와주지 않았나 생각했다. 신호등이 새로 생기자 가게 앞이 한층 밝아지고 건너다니는 사람들도 늘었다.

중식당과 중국집 사이

사소취대捨小取大. 바둑 격언 위기십결圍棋十訣의 하나로 '작은 걸 버리면 큰 걸 얻는다'는 뜻이다.

다들 간절한 마음으로 가게를 열어요. 손님들에게 잘해주면 그만큼 감동하고 입소문이 날 거라고 잔뜩 기대하죠. 그런데 성심껏 서비스를 하다가 생각만큼 매출이 오르지 않으면 조바

심이 나요. 문제점을 점검하고 부족한 부분을 보완할 때죠. 여기서 엉뚱하게 손님 탓을 하는 사람들이 있어요. '내가 이만큼 선심을 쓰는데 너는 고마워해야 하는 거 아냐', '내가 손해를 보면서 모시는데 고마운 줄도 모르네? 잘해줘 봐야 소용없어' 이런 마음이 들거든요. 주인이 갑, 손님이 을이라고 생각하니 그래요. 이런 생각이 조금이라도 깔려 있으면 힘들어요. 본전 생각이 나는 순간 초심을 잃기 쉬워지죠.

조급증에 빠지면 계산기를 두드린다. 재료 품질을 낮추고 서비스를 줄인다. 당장은 수지가 나아지겠지만 달라진 분위기를 손님들이 먼저 알아챈다. 좋은 소식은 걸어가지만 나쁜 소문은 날아간다.

왜 진진을 열었나 항상 생각해요. 눈앞의 이익에 집착하면 시야가 좁아지거든요. 개업 후 지금까지 변함없이 지켜온 마음이지요. 좋은 요리를 싸게 즐길 수 있으니 손님들은 고맙다고 해요. 그런데 고마운 건 오히려 저예요. 손님들 덕에 진진이 있으니까요. 저는 그저 믿고 찾아오는 분들을 열심히 모실 뿐이에요. 좋은 인상을 받고 간 손님들이 또 다른 손님을 모시고 와요. 그런 분들이 또 단골이 되니 선순환이 생기는 셈이죠.

2021년 회원가 기준으로 진진 마파두부는 1만 6,000원이다. A

호텔은 8만 7,000원을 받는다. 진진 XO새우볶음밥은 7,600원, B호텔은 3만 원이다. 진진 팔보채는 3만 9,600원, C호텔은 9만 원이다. 임대료·시설·서비스의 급이 다르니 호텔과 진진을 평면 비교할 수는 없다. 하지만 진진은 호텔과 비교할 수 없을 만큼 싼 가격으로 비교할 만한 품질의 요리를 낸다. 왕육성은 시장에 없던 새로운 모델을 만들어 냈다.

중국음식점을 부르는 말은 여러 가지다. 중국집·중식당·청요릿집…. 같은 말인 것 같은데 조금씩 뉘앙스가 다르다. 우스갯소리로 짜사이가 나오면 중식당, 단무지가 나오면 중국집, 만두를 직접 만들어 팔면 중식당, 공장 만두를 서비스로 주면 중국집이란다. 또 메뉴판을 보고 누가 돈을 내줬으면 하는 생각이 들면 중식당, 내가 사야지 하는 생각이 들면 중국집이란다. 청요릿집은 화교들이 청나라 때 많이 건너오며 생긴 이름인데 이제 나이 든 세대나 기억하는 말이 됐다.

호텔 수준 요리에 내가 사야지 하는 생각이 드는 진진은 중식당일까, 중국집일까.

짬뽕을 낸 까닭

신의는 장사의 기본이다. 하지만 현실에 부딪히면 고려할 점이 많아진다. 개업 초 점심에도 가게를 열겠다는 약속을 지키지 못했다. 왕육성은 동네 식당들과 경쟁하지 않고 약속도 지키는 방법을 생각했다. 다른 상권에 가게를 내면 어떨까 싶었다. 본관과 신관을 찾는 손님은 꾸준히 늘어 매장을 하나 더 운영할 힘이 생겼다. 통합 관리가 쉬운 주변 동네를 돌아봤다. 기회는 우연히 왔다. 2016년 봄이었다.

박찬일 셰프가 운영하는 서교동 '로칸다몽로'에 갔어요. 그 자리에 '이자카야 카덴'과 '우동 카덴'을 운영하는 정호영 셰프가 왔더라고요. 이자카야 가게는 서교동사거리 이면도로에, 우동 가게는 합정역 가까운 데 있어요. 정 셰프가 이자카야를 연희동으로 옮기려는데 가게가 나가지 않아서 걱정을 하더군요.

임대료가 만만찮았지만 고민하지 않고 인수했다. 유망한 후배를 도와주자는 생각도 있었다. 상권 특성상 권리금이 있었지만 주방과 홀 인테리어를 크게 손보지 않아도 되니 아깝다는 생각은 들지 않았다. 가게 자리는 홍대와 가깝지만 상권 활력은 예전만 못했다. 음식점들이 솔솔 빠져나가며 빈 점포가 늘어가고 있었다. 이번에도 여기저기서 걱정을 했다. 상식을 거스르고 청개구리처럼 거꾸로만 가니 도대체 속을 알 수 없다고 했다. 그래도 걱정하지 않았다.

한철 메뚜기처럼 휩쓸려 다니며 장사하고 싶지는 않았어요. 가게의 단점보다 장점을 눈여겨봤어요. 홍대역과 합정역 사이에 있는데다 바로 앞에 널찍한 주차장이 있어요. 대중교통이 편하니 젊은이들이 오기 쉽고, 차 있는 손님들에게도 편한 곳이죠.

3호점은 이름을 '진진가연'으로 정했다. 집에서 받는 잔칫상家宴 또는 아름다운 인연佳緣이라는 두 가지 뜻을 담았다. 약속대로 가연은 점심부터 문을 열었다. 본관 같은 주택가가 아니라 식당들이 줄지어 있는 상업지구라서 주변 가게들을 의식하지 않아도 됐다. 식사거리로 짬뽕을 준비했다. 차근차근 준비해 온 메뉴다. 짬뽕은 짧은 시간에 중식 면요리를 평정하며 지존이 됐다. 시장은 전통짬뽕과 퓨전짬뽕이 치고받으며 춘추전국시대로 접어들었다. 전국의 소문난 짬뽕집은 이미 웬만큼 돌아본 터였다.

메뉴를 개발하며 하루 다섯 끼를 짬뽕만 먹기도 했어요. 젊어서부터 보고 배웠으니 사실 눈 감고도 만들 수 있는 음식이 짬뽕이에요. 그냥 만들어도 수준급 이상을 낼 수 있었지만 그래도 좀 더 가치를 높이고 싶었어요. 여기저기 다녀보니 명성에 걸맞은 가게가 있고, 기대 이하인 곳도 많았어요. 배울 건 배우고 아닌 건 버렸죠. 짬뽕을 개발하느라 6개월을 주방에서 살았어요. 갖가지 고기와 뼈로 육수를 우려보고, 해물과 채소 종류를 조합해 봤지요. 면의 굵기와 찰기도 마찬가지였어요. 10번 실패하면 100번, 100번 실패하면 1,000번 하면 돼요. 그러면 안 될 일이 없어요.

진진짬뽕은 닭과 돼지 뼈를 기본으로 육수를 만든다. 거기에 꽃게와 새우 우려낸 소스를 살짝 섞는다. 굵직한 새우 두 마리·갑오징어·오징어·바지락·소라살·목이버섯·배추·애호박·당근·양파·청경채 등이 들어간다. 겨울에는 탐스러운 굴을 넣는다. 맛의 중심을 잡아놓고 철에 따라 조금씩 변화를 준다. 개발 중에 틈틈이 지인들에게 품평을 부탁하고 손님들에게 서비스로 내드리며 반응을 살폈다. 생각지도 못한 허점을 고수들이 콕콕 짚어줬다. 많은 이들이 불맛을 얘기했다.

사실은 요리사들조차 불맛이 뭔지 모르는 이들이 많아요. 불에는 뜨는 불과 달라붙는 불이 있어요. 제가 어려서 배우던 시절 선배들에게 종종 혼이 났어요. 불과 웍이 따로 논다고요. 뜨는 불로 요리를 한다는 말이에요. 불이 뜨면 재료가 타면서 나는 냇내, 그러니까 그을린 냄새가 달라붙으며 탄맛이 들어가요. 그러면 향은 진하지만 가벼운 맛이 나요. 이런 맛을 내려고 새우나 대파 배추 같은 채소를 일부러 태우거나 토치로 그슬리기도 해요. 그래서는 깊은 맛을 낼 수 없어요. 불과 웍이 한 몸이 돼야 비로소 불맛이 나요. 삼겹살을 잘못 구우면 겉만 시커멓게 타잖아요. 보기에 안 좋고 건강에 나쁘다고 잘라내고 먹잖아요. 그런데 은근하게 구우면 겉은 노릇하게 익으며 고소한

향이 나요. 그게 제대로 된 불맛이에요. 탄맛을 불맛이라고 우기면 할 말 없지만요. 중국요리는 튀기듯 볶아내야 불맛이 제대로 붙어요.

구수한 불맛, 걸쭉한 육수맛, 시원한 매운맛을 조합했다. 산초와 청양 고춧가루를 넣고 기름에 볶은 소스를 따로 만들어 식탁에 올려놓았다. 매운맛을 즐기는 손님들을 위해서다.

가연은 빠르게 자리를 잡았다. 하지만 공간이 문제였다. 직원은 주방 넷, 홀 셋으로 본관이나 신관과 같은데 테이블이 여덟 개뿐이었다. 직원들 동선이 겹치지 않고 편하게 일하려면 더 넓은 가게가 필요했다. 가까운 곳에 눈여겨보고 있던 가게는 권리금이 셌다. 주변 다른 가게들도 비슷했다. 장사가 되지 않아 근근이 버티는 주인들에게 권리금은 마지막 남은 끈이다. 함부로 깎아달라는 말을 할 수 없는 이유다. 그렇다고 마냥 기다릴 수는 없었다. 괜찮은 후보들을 골라 동네 부동산 몇 곳에 부탁했다. 소개받는 가게마다 모두 일장일단이 있었다. 그러던 중 가게 주변의 막걸리 주점 자리가 나왔다. 위치는 괜찮은데 건물이 낡아 수리 비용이 만만찮아 보였다. 계단도 높아 나이 드신 분들이 불편할까 봐 포기했다. 운 좋게도 이때 눈여겨보고 있던 가게 자리가 나왔다. 가연 바로 옆에서 장어를 파는 식당이었다. 1층인 데다 가연과 같은 주차장을 쓸 수 있고 무엇보다 내부가 네모반듯하고 넓었다. 뜻밖의 매화였다. 꽃구경하려고 곳곳을 찾아다니다 돌아오니 매화는 마당에 피어 있더라는 말이다.

이즈음 중국판 미쉐린 가이드라 할 수 있는 시트립 고메 리스트Ctrip Gourmet List에 진진이 서울 맛집으로 올라갔다. 영향력이 큰 잡지라 중국 손님들이 찾아오겠다는 생각이 들었다. 마침 중국인 직원도 구해놓은 때였다.

바로 새 가게를 계약했어요. 줄다리기해야 할 때는 따로 있지요. 내부 수리를 한 뒤 진진가연을 그 자리로 옮겼어요. 주방 공간이 넓고 테이블이 많아지니 숨통이 확 트이더군요.

밥 앞에서는 누구나 평등하다

"네? 룸이 없어요? 사장님 모시고 가야 하는데… 어떻게 만들어줄 수 없나요?"

때때로 이런 예약 전화가 온다. 동네 중국집도 웬만하면 별실을 갖추고 있지만 진진에는 없다.

코리아나호텔에서 대상해를 운영할 때는 유명인들이 줄을 이었다. 청와대에서 가깝고, 정부기관·대기업·언론사들이 근처에 몰려 있는 덕이었다. 청와대 관계자·국회의원·법조인·고위 공무원·연예인·경제인·언론인 등 나라를 들었다 놨다 하는 유력자들이 수시로 드나들었다. 다양한 크기의 룸을 갖춘 호텔 레스토랑이라 예약 인원에 맞춰 룸을 배정했다. 룸에서는 계급 높은 사람이 왕이다.

공간과 좌석은 권위와 계급과 차등을 담고 있다. 은밀한 대화와 내밀한 비즈니스가 필요할 때 별실을 찾는다. 사생활을 드러내고 싶지 않은 사람들도 많이 이용한다. 그래서 요정 정치라는 말이 나왔을 것이다. 이름난 요정에는 힘센 손님들이 많다. 이런 집에 경쟁 관계에 있거나 앙숙인 이들이 같은 날 예약하는 경우가 종종 있다. 동선이 엉키거나 화장실에서 얼굴이라도 마주치면 밥맛 떨어지고 술이 제대로 넘어가지 않을 테다. 업주로서는 곤혹스러운 상황이다. 잘못하면 단골이 둘 다 떨어져 나갈 수도 있다. 출입문을 따로 두고 룸을 분리하는 이유다. 그만큼 넓은 공간이 필요하다. 개별 서비스를 해야 하니 그 비용도 늘어난다. 그러니 음식값이 비쌀 수밖에 없다.

앞뒤 가리지 않고 룸을 만들었다가 낭패를 보는 식당들이 많다. 룸을 원하는 손님들은 대개 차를 가지고 온다. 그런데 주차장이 없어 차를 대지 못하면 기분이 상한다. 가게와 떨어져 있는 주차장에 차를 댄다 해도 불만스럽긴 마찬가지다. 기대가 깨졌거나 불편을 참지 못하는 손님은 다시 방문하지 않는다. 진진은 버스나 지하철을 타고 오는 손님들이 대부분이다. 차를 가지고 오면 주변 주차장에 세워야 한다. 룸이 없으니 누구나 섞여 앉는다. 진진이 손님들에게 드릴 수 있는 최상의 서비스는 음식이다.

개업 초기에는 분위기가 꽤나 소란스러웠다. 예약제가 자리 잡고, 널리 알려진 분들이 심심찮게 찾으며 분위기가 달라지기 시작했다. 이제는 민폐를 끼치지 않으려고 손님들이 서로 조심한다. 처음에는 완전한 오픈 홀이었지만 지금은 식탁 간 시선 충돌을 막으려 이동식 칸막이를 갖췄다. 룸을 만들어서 얻는 이익보다 룸을 없애서 얻은 즐거움이 크다. 룸이 있는 고급 식당은 얼마든지 있다. 다른 사람이 들어서 곤란한 이야기를 해야 하거나, 프라이버시 보호가 필요하다면 그에 맞는 자리를 찾으면 된다.

사람들은 식당을 가리지만 저는 사람을 가리지 않아요. 손님들은 다들 진진이 어떤 식당인지 알고 오세요. 누구나 같은 의자에 앉지요. 할아버지도 손자도, 여자도 남자도, 회장도 대리도 모두 마찬가지예요. 그분들 모두가 제게는 똑같은 손님일 뿐이에요.

밥 앞에서는 누구나 평등하다.

심야 식당을 실험하다

가연을 옆으로 옮기며 그 자리는 '진진야연津津夜宴'으로 이름을 바꿨다. 3호점 자리가 4호점이 된 셈이다. 야연夜宴, 밤에 여는 잔치 또는 연회라는 의미다. 야연은 오픈을 준비하며 두어 달 동안 손님을 받지 않았다. 가겟세가 꼬박꼬박 나갔지만 손해라고 생각하지 않았다. 진진 간판을 단 가게 둘이 나란히 있으니 지나가며 쳐다보는 사람들이 늘었다. 가연이 옆으로 이사한 사실을 모르고 야연 문을 열고 들어오는 손님들도 많았다. 보이지 않는 홍보 효과였다.

> 야연 용도는 미리 정해놨어요. 이름처럼 밤늦게까지 여는 주점으로요. 본관·신관·가연 예약은 9시까지만 받아요. 그 뒤 시간은 예약 없이 와도 돼요. 그런데 의도는 좋았지만 문제가 있더군요. 예약 없이 밤늦게 오는 분들은 인원과 이용 시간이 일정하지 않잖아요. 늦게까지 직원 몇 명이 남아야 할지 예측이 곤란했어요. 근무 시간이 들쭉날쭉하니 직원들이 힘들어 하고요. 그래서 아예 심야영업 매장을 만들어 보자고 생각한 거예요.

일대 상권을 살피며 야연의 손님층을 생각했다. 첫 번째는 '한 잔 더'파다. 2018년 7월 1일, 주52시간근무제가 시작됐다. 공교롭게도 이즈음 미투 문제가 사회 이슈로 떠올랐다. 부어라 마셔라 하는 회식문화가 사라지고 있었다. 저녁 대신 점심에, 저녁이라도 1차에서 가볍게 끝내는 회식이 대세가 되었다. 그래도 모두가 있는 자리에서 못 한 이야기가 있고, 한잔 더 하고 싶은 사람들이 있기 마련이다. 하지만 밤늦게까지 문 여는 가게가 점점 줄어들고 있었다. 한 잔 더 하고픈 이들이 찾는 곳을 만들고자 했다. 두 번째는 '올빼미'파다. 회사마다 직종마다 근무 시간이 다르다. 오후에 출근해 밤에 일을 마치거나, 원하는 시간을 골라 일하는 사람들도 꽤 있다. 가게가 문을 닫아야 퇴근하는 식당 종사자들도 마찬가지다. 식당 일은 육체노동과 감정노동을 넘나든다. 종일 손님들을 치르고 나면 몸과 마음이 늘어진다. 이런 분들이 가볍게 술과 음식을 즐길 수 있으면 했다. 야연은 테이블이 많지 않으니 관리하기 쉽고 술 손님은 식사 손님보다 손이 덜 가니 직원도 두 명이면 돼 보였다.

야연도 오픈을 서두르지 않았다. 진용을 갖추는 동안 여유가 생긴 주방에서 새 메뉴를 개발했다. 바로 '사자머리'다. 한국에서는 낯선 화이양淮揚菜 요리다. 살짝 볶은 배춧잎 위에 주먹만 한 둥근 완자를 올려서 낸다. 완자는 돼지고기·마른 새우살·표고버섯·연뿌리·죽순과 향신료를 넣어서 다져 만든다. 중국식 탕수육의 하나인 꿔바로우 가루를 뿌린 모양이 사자머리와 닮았다고 해서 이런 이름이 붙었다. '팔보완자'라는 이름을 쓰기도 한다. 요리사마다 집어넣는 재료가 다른데 고명으로 고수를 쓰기도 한다. 고기를 비롯한 갖가지 재료들이 어울린 풍미 넘치는 요리다. 한국에는 널리 알려지지 않았다. 화교 중에서 화이양 출신이 드물기 때문일 것이다. 새로운 요리는 이처럼 틈날 때마다 개발해 놓는다. 야연은 2017년 4월에 조용히 문을 열었다. 가게 넷을 통합운용하니 효율이 높아졌다. 본관·신관·가연은 9시 예약을 끝으로 저녁 장사를 마치고 그 뒤에 오는 손님들은 야연으로 모실 수 있게 됐다. 본관·신관·가연·야연을 평균 6개월 단위로 연 셈이다.

8:2 원칙

요리 수준은 고민하지 않았다. 왕육성에겐 평생 해온 일이다. 대상해 노하우를 그대로 가지고 왔다. 그래도 고려해야 할 점이 많았다. 호텔 중식당과 동네 중식당 손님들 사이에는 미묘한 입맛 차이가 있다. 고객 연령대가 다르기 때문이다. 상권 특성이나 가게 규모를 생각할 때 진진은 대상해보다 젊은 손님들이 많이 오리라고 생각했다.

"이제까지 요리에 8:2 원칙을 적용해 왔어요. 몸으로 익힌 맛의 기준이죠. 열 명 중 두 명이 살짝 짜다고 하면 돼요. 8:2를 기준으로 손님들 연령대에 따라 조금씩 조정해요. 7:3이 될 수도 있고, 9:1이 될 수도 있어요. 싱겁게 먹는 이들이 늘어난다고 거기에 기준을 맞추면 그보다 많은 손님들이 싫증을 내요. 담백하다는 말 많이 쓰잖아요. 여기에는 싱겁거나 별 특징이 없다는 뜻이 담겨 있다고 봐요. 딱히 할 말이 없을 때 쓰는 수사이기도 하고요."

좋은 재료는 그 자체로 맛있지만 양념은 재료의 특성을 끌어올린다. 그중 소금은 요리의 시작과 끝이다. 재료 고유의 맛을 끄집어내 풍미를 높이고 식욕을 돋우는 '마약'이다. 분자 요리로 스타가 된 스페인 셰프 페란 아드리아Ferran Adria가 한 말이 있다. "소금은 요리를 변화시키는 단 하나의 물질이다." 싱거운 김치, 심심한 파스타, 밋밋한 미소 된장국을 좋아하는 사람들은 많지 않다. 삼겹살도 김치에 싸거나 소금에 찍으면 색다른 맛이 난다.

요리사가 손님에게 맛 선택권을 맡길 수는 없는 일이다. 쌍포로 장기를 두면 다양한 길이 있지만 외포일 경우에는 집중을 하게 된다. 나를 따르라 식으로 밀어붙이라는 말이 아니다. 자기중심을 가지고 흐름을 읽어야 한다는 뜻이다. 시대와 환경에 따라 사람들 입맛은 조금씩 변한다. 눈 밝은 요리사는 그 미세한 흐름을 읽어내며 자기 기준을 만든다. 나만의 기준과 원칙은 세월과 경험과 관찰에서 나온다.

플라자호텔 도원에서 근무할 때였어요. 여성 단골 한 분이 식사를 하다가 불러서 가니 팔보채를 가리키며 물어요. "이거 미스터 왕이 만든 거 아니죠?" 뜨끔하더군요. 두말없이 새로 만들어 드렸죠. 그분이 물린 요리를 가지고 나와 맛을 보니 단맛이 셌어요. 그때 마침 일이 생겨 주방에 다른 요리사가 들어가 있었거든요. 풍채가 좋은 동료였어요. 체형과 입맛은 관련이 있어요. 몸매가 두리두리한 사람들은 대체로 단맛을 좋아하고 요리할 때 모험을 꺼려요. 그 친구는 자기 입맛에 맞게 양념을 했을 것이고, 익숙한 맛을 기대하고 온 단골은 이거 뭐지 했겠지요.

진진에 오는 손님들은 대개 접시를 싹싹 비운다. 가끔 음식을 많이 남기는 손님들이 있다. 그럴 때는 조심스레 무슨 문제가 있는지 물어보거나, 남긴 음식맛을 보고 원인을 찾는다. 주방의 실수로 음식을 잘못 만드는 경우가 있기 때문이다. 손님들은 보통 맛이 없어도 표현을 하지 않는다. 아니라고 생각하면 조용히 발길을 끊어버린다.

싸우다가 웃으며 나간 아저씨들

본관을 연 지 얼마 안 된 무렵이었다. 당시만 해도 손님이 많지 않아 황진선 셰프 혼자서 요리를 하고 홀 서빙도 했다. 하필 바깥일을 보느라 가게에 나가지 못한 날 소동이 일어났다. 황 셰프가 겪은 상황을 전해줬다.

친구 사이로 보이는 중년 아저씨 넷이 요리와 술을 들다가 막판에 시비가 붙었단다. 급기야는 고함과 욕설이 오가며 분위기가 험악해졌다. 결국은 서로 멱살까지 잡고 흔들며 테이블을 엎어버릴 기세였다. 다른 손님들이 눈살을 찌푸리며 째려보는데도 아랑곳하지 않았다. 더 놔뒀다가는 사고가 날까 싶어 진정시키려던 참에, 이들이 붉으락푸르락하며 일어섰다. 바깥에 나가서 주먹다짐이라도 할 모양새였다. 그래도 잊지 않고 계산은 하더란다. 가슴은 쓸어내리고 얼굴로는 웃으며 황 셰프가 일행에게 물었다.

"맛있게 드셨어요?"

순간 서로 죽이네 마네 하던 아저씨들이 동시에

"네, 그런데 음식 진짜 맛있네요."

그러고는 한마디 덧붙였다.

"이렇게 맛있는 음식이 왜 이렇게 싸요?"

손님들은 언제 싸웠냐는 듯 어깨동무하고 나가며 또 오겠다고 했단다. 이야기를 들으며 생각했다. 맛이 자리를 잡았구나.

직원 좋고 손님 좋고, 오픈 주방

예전엔 홀에서 주방이 보이지 않았다. 요리하는 모습이 보일까 봐 홀과 주방 사이에 칸막이를 치기도 했다. 이른바 닫힌 주방이다. 매일이 전쟁터인 주방은 일하는 환경이 엉망이었다. 가스불이 항상 켜져 있으니 겨울에도 땀이 줄줄 흐른다. 여름에는 지옥이다. 불가마가 따로 없다. 가만히 서 있기만 해도 조리복은 금세 물수건이 된다. 위생과 건강은 먼 나라 얘기였다. 기름이 사방팔방으로 튀고 연기와 수증기 자욱한 공간에 갇혀 일하니 요리사들은 폐 질환을 달고 산다.

주방 한쪽에는 잔반이 수북하게 쌓여 있고 바닥에는 식재료 잔해가 굴러다니고, 벽은 기름과 양념 얼룩으로 절어 있다. 송풍팬에는 기름때가 덕지덕지하고, 천장에서 늘어진 끈끈이에는 파리나 모기 같은 날벌레들이 수북하게 붙어 있다. 이를 두고 '노포의 위엄'이라느니 '맛집의 포스'니 운운하며 말장난을 하는 사람들도 있다. 생계 현장의 영세하고 서글픈 모습일 뿐인데 말이다.

진진은 주방을 공개했다. 손님들은 바삐 돌아가는 주방과 음식 만드는 모습을 보며 요리를 즐기고, 주방장은 틈틈이 홀을 내다보다가 잠깐씩 테이블에 들러 인사를 한다. 모두 다 볼 수 있으니 주방 청결은 기본이다. 주방 벽에는 원활한 환기를 위해 창을 냈다. 초강력 환풍기를 쓰지 못한 것이 조금 아쉽다. 환기에는 도움이 되지만 불을 빨아들여 화력을 떨어뜨리기 때문에 달지 못했다. 밝은 환경은 주방 직원들을 보호하는 최소한의 안전장치다.

손님이 부르기 전에

줄 서는 식당은 하나같이 북새통이다. 여기저기서 불러대지만 정신없는 직원들은 제대로 대응하지 못한다. 성질 급한 손님들은 직접 가서 물병을 가져오고 냉장고에서 술도 꺼내 마신다. 진진에서는 웬만하면 큰 목소리가 나지 않도록 했다. 직원들이 테이블 상황을 꼼꼼히 챙기기 때문이다. 관찰과 관심이 서비스의 기본이다. 요리가 나올 때마다 접시를 바꿔주고, 땅콩·고수·짜사이 같은 기본 찬을 틈틈이 채워주고, 테이블이 흐트러지면 수시로 치워준다. 실수로 수저를 떨어트리면 부르기 전에 달려간다. 지나친

친절이라고 생각해 부담스러워하는 분들도 있다. 그렇지 않다.

요리는 재료에 따라 소스가 달라요. 대게살볶음 먹던 접시에 팔보채를 덜어 먹고, 또 그 위에 깐쇼새우를 올리면 여러 가지 소스가 섞이잖아요. 그러면 요리 고유의 풍미를 제대로 즐기지 못해요. 요리가 나올 때마다 당연히 새 접시를 써야죠.

접시를 하나만 내놓거나, 테이블 한쪽에 쌓아놓고 알아서 쓰라는 식당들이 있다. 쓰고 난 접시를 제때 치워주지도 않는다. 손님들은 미안한 표정으로 새 접시를 부탁하거나, 거북한 마음으로 식탁에 쌓이는 접시를 본다. 내 지갑을 여는데 눈치 보며 식사하는 셈이다. 진진은 식탁 아래 휴지통도 없다.

발아래 음식이 묻은 냅킨 쌓인 휴지통이 보이면, 그것도 다른 손님들이 버리고 간 걸 보면 기분 상하죠. 식탁 위에 쓰고 난 냅킨이나 떨어진 음식물이 있으면 오가며 얼른 치워요. 직원들 손이 많이 가고 설거지거리가 늘지만 그만큼 손님들은 일어설 때까지 쾌적하게 식사할 수 있으니까요. 물론 손님이 부담 느끼지 않게 있는 듯 없는 듯 그림자 서비스를 하려고 해요.

생태계를 완성하다, 진진상회

조리는 잠깐이지만 준비 시간은 길다. 새벽에 생선을 받아오고, 아침 일찍 만두를 싸고, 전날 미리 재워두거나 이틀 전부터 끓여야 하는 재료도 있다. 요리 수가 많지 않은 진진이지만 갖춰야 할 식재료는 가지각색이다. 가게가 네 곳이 되다 보니 식자재를 효율적으로 다룰 필요가 커졌다. 2018년 여름, 식자재 매장인 진진상회를 열었다. 밀가루, 소스, 채소를 비롯해 갖가지 중국술을 갖췄다.

상회를 낸 이유는 식자재 원가 관리와 원활한 공급 두 가지예요. 그러지 않고는 음식 가격을 지탱하기 힘들다고 생각했어요. 물론 어떤 상황에서도 일정한 이익을 유지하는 방법은 있어요. 자재 품질을 낮추면 쉽죠. 하지만 이건 말이 안 돼요. 진진 정신을 부정하는 일이잖아요. 고민하다가 유통 단계를 줄여 그만큼 비용을 절약하자는 데 생각이 미쳤어요. 진진을 운영하며 따져보니 재료비가 45퍼센트를 차지한 달도 있더라고요. 뭐 거의 자선사업 수준이죠. 식당 주인들이 들으면 정신 나갔다고 할지도 몰라요. 안 되겠다 싶어 결단했어요.

본관·신관·가연·야연에 이어 진진상회를 열며 식재료 준비에 들어가는 수고를 크게 덜게 됐다. 작지만 자체 생태계를 갖춘 셈이다. 자재 조달은 진진상회에서 하고 주방 네 곳은 요리에만 집중하면 된다. 대량구매를 하니 그만큼 단가를 낮출 수 있다. 많은 식자재를 취급하니 서로 완충작용을 해준다. 대게살값이 뛸 때 양파값이나 대파값이 떨어지면 상쇄가 되는 식이다. 진진 요리 가격을 지탱하는 비결이다.

진진상회는 채소나 계란 같은 식자재를 주변 작은 가게들에 공급하기도 해요. 값이 쌀 때 도매상에서 대량으로 들여놓거든요. 종업원을 두지 못하는 작은 식당들은 손이 모자라요. 노량진이나 가락동 같은 도매시장 식자재가 신선하고 값싼 건 알지만 갈 시간이 없어요. 그러니 중간상을 통하거나 가까운 시장에서 비싸게 사다 쓸 수밖에요. 그보다 싸게 이웃들과 나누고, 덕분에 서로 친분이 생기니 좋잖아요.

3년을 지킨 약속

2년 동안은 음식값을 올리지 말자. 진진 문을 열며 황진선 셰프에게 말했다. 초심을 지키겠다는 다짐이기도 했다. 진진이 성공할지 알 수 없었고 외식 시장이 어떻게 변할지도 모르는 상황이었다. 개업 초 부가가치세 내는 넉 달은 적자가 나기도 했다. 하지만 기초를 다지는 일이 무엇보다 먼저였다.

식당 원가 구조는 인건비가 30~45퍼센트 정도를 차지한다. 4대 보험과 퇴직금을 포함한 비율이다. 다음이 식재료비로 25~35퍼센트를 차지한다. 임대료 5퍼센트, 각종 세금 10퍼센트, 수도·전기세 5퍼센트, 기타 비용이 10퍼센트쯤 나간다. 물론 서울·수도권과 지방이 다르고, 같은 지역이라도 상권에 따라 따르고, 어떤 음식을 파느냐에 따라 이 비율은 들쭉날쭉한다. 그런데 장사가 잘되든 안되든 임대료는 계속 뛴다. 최저임금제 실시로 늘어난 인건비도 음식값 인상에 한몫한다. 그렇다고 스스로 한 약속을 뒤집을 수는 없었다.

대상해를 운영하며 음식 세상이 돌아가는 메커니즘을 꿰게 됐다. 호텔 음식이 비싼 이유가 있다. 식재료보다 임대료와 관리비 영향이 더 크다. 때가 되면 인테리어도 바꿔줘야 한다. 그 주기가 5년에서 10년 정도 된다. 인건비도 일반 식당보다 더 들어간다. 이런 비용은 음식값에 고스란히 반영된다. 생각을 바꿔 요리에만 집중하면 새로운 모델을 만들 수 있다고 확신했다. 서민 식당 가격의 호텔 요리가 얼마든지 가능하다는 걸 보여주고 싶었고 진진에서 해냈다. 인건비와 임대료가 해마다 치솟지만 진진은 음식값을 올리지 않았다. 대게살값이 폭등을 해도, 달걀 파동이 일어나도, 대파값이 하늘을 날아도 반영하지 않았다. 덕분에 약속보다 한 해를 더 넘겨 3년 동안 같은 가격을 유지할 수 있었다. 스스로 한 약속이 즐거운 족쇄가 됐다.

니가 왜
거기서 나와

어느 날 걸려 온 전화 한 통

"진진 관련 자료를 달라는데요?"

2016년 8월 어느 날, 황진선 셰프가 말했다.

"무슨 자료?"

"가게로 온 전화를 직원이 받았는데요. 미쉐린 가이드래요."

설마 했다. 이런저런 매체에 가게를 홍보해 주겠다며 대가를 요구하는 사람들이 종종 있기 때문이었다. 이번에도 그런 장난이겠거니 했다. 미식가의 성서라고 불리는 '미쉐린 가이드' 서울편이 나온다는 소문은 일찍이 들었다. 아시아에서는 2007년 도쿄 편이 처음이다. 2009년에는 홍콩과 마카오 편이 나왔다. 서울은 상하이·싱가포르와 함께 아시아 세 번째라고 했다. 선정을 목표로 치밀하게 준비하는 레스토랑들 이야기도 들려왔다. 남의 일이라고, 다른 세계의 일이라고 생각했다. 진진은 문을 연 지 2년도 안 된 서울 변두리 동네 식당일 뿐이니 말이다. 게다가 양식도 일식도, 한식도 아닌 중식이다. 베이징이나 상하이라면 모를까 서울의 손바닥만 한 중식당에 미쉐린이 관심 가질 이유가 뭐 있겠나 싶었다. 사실 그 전까지는 미쉐린 가이드가 어떤 책자인지도 잘 몰랐다.

"앞으로는 이메일로 연락하자고 하던데요. 비밀을 유지해 달라면서요."

가이드에 등록할지 안 할지는 모른다고 했다. 연락을 주고받으면서도 긴가민가했다. 그 뒤 더는 소식이 없었고 진진 일이 바빠 잊어버렸다. 11월로 넘어갈 즈음 다시 메일이 왔다. 진진의 미쉐린 가이드 등록이 확정됐다는 내용이었다. 눈을 비비고 다시 읽어봤지만 확실했다. 그러면서 11월 7일에 서울 편 발간 행사를 하니 참석해 달라고 했다. 평가 등급은 행사 현장에서 발표한다고 했다. 그때까지 비밀을 지켜달라는 당부를 거듭 받았다. '이거 실화'라는 생각이 비로소 들었다. 행사 당일 오전, 신라호텔에 가니 관계자가 그제야 등급을 알려줬다.

별 하나였다. 어안이 벙벙했다. '별, 별이라니….'

이어 열린 본행사는 어마어마했다. 한국의 요식업 관계자들이 모두 모인 듯했다. 참석자가 1,000여 명이라 했다. 연단에서 인증패를 받아들고서도 실감이 나지 않았다. 가온과 라연이 별 셋을 받았다. 가온은 광주요그룹에서 한식 세계화를 내세우고 운영한다. 신라호텔 라연은 품격 높은 한식 정찬을 낸다. 둘 다 국내외 VIP들이 즐겨 찾는 최고급 한식 레스토랑이다. 곳간, 권숙수, 피에르 가니에르가 별 둘을 받았다. 별 하나를 받은 식당은 진진을 비롯해 모두 29곳이다. 이 가운데 중식당은 광화문에 있는 5성급 호텔 포시즌스의 유유안과 진진 둘뿐이었다. 내로라하는 유명 레스토랑들 사이에 어떻게 진진이 들어갔을까.

미쉐린 가이드 기준에 따르면 별 세 개는 요리가 매우 훌륭하여 특별한 여행을 떠날 가치가 있는 레스토랑, 별 둘은 요리가 훌륭하여 멀리 찾아갈 만한 가치가 있는 레스토랑, 별 하나는 차별

화된 음식으로 특별한 경험을 선사하는 레스토랑이다.

미쉐린 가이드 홈페이지에는 다음과 같은 안내가 나온다.

역사의 흐름을 바꾸어 놓은 위대한 발명품조차 시작은 미약했던 경우가 많듯이, 미쉐린 가이드도 처음부터 상징적인 미식 가이드였던 것은 아닙니다. 운전자가 도로 여행을 더 많이 하도록 도움이 되는 정보를 담아 빨간색 표지의 소책자로 발행한 것이 오늘날 명성을 날리는 가이드북의 시초가 되었습니다.

1889년 앙드레와 에두아르 미쉐린 형제는 프랑스 중부 클레르몽-페랑Clermont-Ferrand에 자신들의 이름을 딴 타이어회사를 설립했습니다. 차가 고작 3,000대 미만이던 시절이었지만, 선견지명이 있던 두 형제는 프랑스 자동차 산업에 큰 비전을 갖고 사업을 시작했습니다. 이들은 자동차 여행 계획을 세우는 데 도움이 되는 정보를 제공하면 자동차 판매가 늘고, 그러면 타이어 판매도 함께 늘 거라고 예상하며, 작은 자동차 여행 안내 책자를 제작했습니다. 이 안내 책자에는 지도와 타이어 교체 방법, 주유소 위치는 물론, 여행하다 쉴 곳을 찾는 사람들을 위해 먹을 곳과 잘 곳의 목록 등 실용적인 정보를 가득 실었습니다.

이 모든 정보는 20년 동안 무료로 제공되었습니다. 그러던 어느 날, 지금도 즐겨 회자되는 운명적인 날이 옵니다. 어느 날 앙드레 미쉐린이 한 타이어가게에 방문했을 때 자신이 소중히 아끼는 가이드북이 고작 작업대 받침으로 쓰이고 있는 것을 보게 된 것입니다. 그는 그제야 "사람들은 돈을 내고 산 물건만 가치를 인정한다"라는 원칙을 깨닫고 1920년 완전히 새로운 미쉐린 가이드북을 발행, 7프랑에 판매하기 시작했습니다.

유료 판매로 전환한 후 미쉐린 가이드는 파리의 호텔 목록과 카테고리별 레스토랑 목록, 가이드북 안에 유료 광고를 싣지 않겠다는 내용을 최초로 담았습니다.

미쉐린 가이드북이 소개하는 레스토랑 섹션의 영향력이 점점 커지자, 미쉐린 형제는 '미스터리 다이너' 또는 '레스토랑 인스펙터'로 불리는 비밀 평가단을 모집했습니다. 이들은 신분을 숨긴 채 익명으로 활동하는 오늘날의 미쉐린 평가원처럼 레스토랑을 방문해 음식을 평가했습니다. 훌륭한 식당을 선정하여 미쉐린 스타를 주는 평가 방식을 1926년 본격적으로 시작했습니다. 처음에는 별 1개를 주는 것으로 시작하여 5년 후에는 등급에 따라 0부터 3개까지 주는 방식을 선보였으며, 1936년에는 별점 평가 등급의 기준을 세웠습니다.

미쉐린 가이드는 그 후 참신하고도 진지한 접근방식 덕분에 20세기 동안 독보적인 베스트셀러로 자리 잡았습니다. 현재는 전 세계 3대륙, 30여 지역에서 레스토랑과 호텔 3만여 곳을 평가하고 있으며, 전 세계적으로 3,000만 부 이상이 팔렸습니다.

진진이 받은 별이 무슨 의미일까 곰곰이 생각해 봤어요. 미쉐린 가이드는 세계 여행객들, 그중에서도 주로 서구인의 입맛에 맞춰져 있다고 해요. 이 때문에 나라마다 다르고 지역마다 개성이 있는 음식을 자기네 기준으로 점수를 매긴다는 비판도 받아요. 그런데 달리 보면 진진 요리가 서구 미식 기준에도 들어맞고, 세계인의 보편적 입맛에 그만큼 다가갔다는 생각이 들더군요.

니가 왜 거기서 나와

진진이 미쉐린 가이드에 오르자 업계 반응은 '니가 거기서 왜 나와'였다. 호적에 잉크도 마르지 않은 신생 식당이니 그럴 만도 했다. 미쉐린 가이드 등급은 4단계다. ▸빕 구르망 ▸1스타 ▸2스타 ▸3스타. 최고 등급은 별 셋이다. 절대 강자들이 즐비한 강호에서 신생 식당이, 그것도 별을 받았으니 일대 사건이었다. 평가원은 모두 84명이고 아시아 담당은 6명인데 이 또한 모두 외국인이라고 했다. 진진에 외국 손님들도 심심찮게 오가는지라 평가단이 다녀갔는지도 몰랐다. 선정을 염두에 두고 준비한 일도 없었다.

진진의 규모나 인테리어 같은 외형은 특별하지 않으니 요리에 주목했을 것이다. 미쉐린의 평가 기준은 다섯 가지다. ▸재료의 수준 ▸요리법의 풍미와 완벽성 ▸셰프의 개성과 창의성 ▸가격에 합당한 가치 ▸전체 메뉴의 통일성과 언제 방문해도 변함없는 일관성. 한마디로 기본에 충실하라는 말이다.

진진은 ▸부대 비용을 아껴 식재료 품질을 높였다 ▸고객 의견을 충분히 들으며 부족한 점을 채운 뒤 문을 열었다 ▸일반 중국

이제는 전국구 스타가 된 멘보샤.

음식점이 내놓지 않는 요리를 선보였다 ▸호텔급 요리를 서민들도 부담 없는 가격에 내놓았다 ▸주력 메뉴를 중심으로 계절별로 새로운 요리를 선보인다 ▸손님들의 쾌적한 식사를 위해 직원은 티 안 나게 움직인다.

진진 서비스 기준과 미쉐린 평가 척도가 흡사해 놀랐어요. 그래도 별을 받은 건 역시 손님들 덕분이지요. 꼬리에 꼬리를 물고 퍼져나간 입소문 덕을 많이 봤을 테니까요. 손님들이 진진에 복을 주셨어요.

멘보샤面包蝦는 미쉐린 가이드에 소개되며 뜻하지 않게 진진을 대표하는 메뉴가 됐다. 코리아나호텔 대상해 시절 조선일보 고 방우영 회장이 좋아해 매장에 오면 종종 테이블에 올렸다. 정식 메뉴는 아니었다. 사실 멘보샤는 장사하는 사람에게는 그리 반가운 메뉴가 아니다. 재료 준비에 시간이 걸리고, 화구를 따로 하나 써야 하니 번거롭고, 단가도 높지 않기 때문이다. 멘보面包는 빵을, 샤蝦는 새우를 뜻한다. 다진 새우살, 돼지비계, 녹말가루, 소금, 후추, 생강 등을 넣어 만든 완자를 식빵 사이에 넣어 튀겨낸다. 기름 온도와 뒤집는 타이밍이 중요해 만들기 조금 까다롭다. 진진 문을 열며 메뉴판에 정식으로 올렸다. 색다른 요리를 선보이고 싶어서였다. 처음에는 이게 뭐지 하며 보는 손님들마다 신기하게 생각했다. 한입 베어 물면 바삭하고 부서지며 입 안 가득 새우향이 퍼지는데 맥주 안주로 그만이다. 미쉐린 가이드 덕에 소문이 나 이제는 웬만한 중국집에서도 내놓고 다 튀겨낸다. 치킨 체인점 메뉴판에도 등장했다. 진진이 멘보샤 바람을 일으킨 셈이다.

별을 받은 뒤 손님이 크게 늘었다. 그중에는 가이드 등재 식당을 순례하는 도장파들도 많았다. 그렇다고 매출이 손님 수에 비례해 늘지는 않았다. 하루에 매장에서 소화할 수 있는 인원이 정해져 있고 손님들은 대개 미쉐린 가이드에서 소개한 멘보샤와 대게살볶음을 찾기 때문이었다.

나는 주방장이다

한국에 중국요리가 들어온 지 100년이 훨씬 넘었다. 셀 수 없이 많은 고수들이 오늘도 웍을 잡고 저마다의 비급을 갈고 닦는다. 그 사이에서 얼떨결에 별을 받고 한동안 얼얼했다. 진진이 뉴스를 타자 손님들이 밀어닥치기 시작했다. 예약 없이 무작정 찾아오니 대기줄이 점점 길어졌다. 하루에 받을 수 있는 손님 수는 뻔하다. 욕심은 화를 부른다. 왕육성은 서두르지 말자, 흔들리지 말고 평소처럼 하자며 직원들에게 당부했다. 바람이 빨리 지나가기를 기다렸다.

대체 진진이 어떤 식당이냐며 언론 인터뷰 요청이 쏟아졌다. 방송 출연 제안도 줄줄이 들어왔다. 과분한 관심이 부담이 됐다.

대중매체에 나가면 당연히 큰 도움이 되죠. 그렇지만 저는 남들에게 칭송받을 만큼 잘난 사람이 아니에요. 어쩌다 여기까지 운 좋게 왔을 뿐이고요. 남들 앞에 서거나 얼굴을 내놓으면 괜히 이상해요. 그래도 마냥 피해다닐 수는 없더군요. 어떻게 할까 생각하다가 나름의 원칙을 정했어요. TV 요리 프로그램이나 홈쇼핑 방송에는 나가지 않겠다고요. 저는 그저 요리사일 뿐이에요. 말주변이 시원찮고 예능 감각도 없어요. 무엇보다 진진이 뿌리를 제대로 내려야 하니 다른 데 눈 돌릴 틈이 없었어요. 녹화를 하면 온종일 스튜디오에 매여 있게 되니 시간이 아깝기도 하고요.

사실 이건 그의 겸양이다. 중저음에 나직하고 살짝 느린 왕육성의 목소리는 호소력 있다. 논리정연하고 재미까지 넘쳐 그 앞에서 말을 듣다 보면 쏙 빨려 들어간다. 자기 언어로 자신의 이야기를 하기 때문이다. 카메라를 의식하지도 않는다. 연예인 기질이 다분한데 한사코 대중매체 앞에 서려 하지 않는 이유는 한 가지, 내 일이 아니라고 생각해서다.

본래 내 것이 아닌

미쉐린 가이드가 훌륭한 식당의 절대 기준은 아니다. 이를 거부하는 요리사도 많다. 오랫동안 지켜온 정체성을 지키려는 경우도 있고, 누가 감히 내 요리에 점수를 매기냐는 자존심도 있고, 서양의 기준으로 한국 음식을 평가하는 데 동의하지 않는 쪽도 있다. 세평에 신경 쓰지 않고 조용히 음식을 만들고 싶어 하는 이들도 있다. 선정을 두고 잡음이 일기도 했다. 브로커가 끼어들어 장난을 치거나, 동의도 없이 등재했다고 소송을 건 셰프도 있었다. 일본 도쿄 스시집 기요다의 셰프는 별을 거부했다. 2016년에 별을 받은 상하이 타이안먼泰安門은 알고 보니 무허가 식당이었다.

미쉐린 별은 영광이지만 한편으로 부담이었다. 손님들 기대 수준이 그만큼 높아졌다. 작은 흠이라도 나오면 그것밖에 안 되냐는 핀잔이 나왔다. 예약하고 온 손님들은 북적이는 매장이 불편하고, 예약하지 않고 온 손님들은 기다리는 시간이 많아져 또 불만이었다. 혹시라도 서비스가 소홀하면 유명해졌다고 콧대가 높아졌네, 맛이 변했네, 돈 좀 버나 봐 하는 말들이 쏟아질 터였다. 정신없이 돌아가는 주방에서 요리 수준을 일정하게 유지하는 일에 무엇보다 신경썼다. 2003년에 프랑스 요리사 베르나르 루아조Bernard Loiseau가 세상을 등졌다. 별 셋에서 둘로 떨어진 뒤였다. 외부 평가가 목숨을 걸 만한 가치가 있는지 왕육성은 고민했다.

받고 싶어 받은 별이 아니었어요. 한 번이라도 감사하죠. 별에 집착하지 않고 일상에 충실하기로 했어요. 괜히 우쭐할 일이 아니잖아요. 화장실 청소 한 번 더 하고, 끈적이는 테이블을 바

2017·2018·2019 미쉐린 가이드 스타 상패들.

꾸고, 직원들에게 기본을 지키자는 말을 했을 뿐이에요. 정상에 오르기는 어렵지만 내려가는 길은 금방이거든요.

2017년에 이어 2018년과 2019년에 다시 별을 받았다. 뒤이어 2020년부터는 빕 구르망에 올랐다. 합리적 가격으로 훌륭한 음식을 내는 식당에 주는 이름이다. 비로소 마음이 편해졌다. 격 있는 요리를 앞세웠지만 규모와 시설이 변변찮아 내내 마음이 불편했기 때문이다. 가슴 한구석에 있던 묵직한 체기가 내려갔다. 기라성 같은 선수들 틈에 숟가락 하나 얹은 경험만 해도 그저 고마울 따름이었다. 부담감을 털어버리니 새로 날개를 단 기분이었다.

분점 내세요

단골 한 분이 어느 날 부탁했다. 강남에서 이름난 중식당을 하는 분인데 본인 가게에 와서 한 수 가르쳐 달라고 했다. 가만 들어보니 이익을 더 많이 내는 노하우를 배우고 싶다는 말이었다. 왕육성은 완곡하게 거절했다. 그저 돈이 목적이라면 가르쳐 줄 것이 없기 때문이었다.

미쉐린 가이드에 오르고 나니 여기저기서 갖가지 제안이 들어왔다. 분점 내고 싶다, 체인 사업을 하자, 이름을 빌려달라, 서교동이 너무 멀어 가기 힘드니 우리 동네에 가게를 내자, 빌딩에서 가장 좋은 자리를 내주겠다, 원하는 시설 다 갖춰주고 임대료도 최저로 해줄 테니 몸만 와라…. 유명 호텔, 초대형 쇼핑몰, 유명 상가에서도 입점 제의가 심심찮다. 진진의 브랜드 가치가 핵심 상권에서 인정받는다는 의미이니 솔깃하기는 하다. 하지만 한 귀로 듣고 한 귀로 흘려버린다. 뭐든 충분한 준비 없이 일을 시작하면 탈이 난다. 조건에 눈이 팔려 덜컥 입점하면 쉽게 접고 나오지 못할 것이다. 개업 프리미엄 덕에 처음에는 괜찮겠지만 그 뒤가 문제다. 매출이 줄어들면 대개 직원들 월급부터 줄인다. 월급의 크기와 직원의 사기는 비례한다고 생각하는데 사기가 떨어지면 직원들은 일할 다른 가게를 찾는다. 건물주가 손해 보는 일은 없다. 유명 음식점 덕에 이미 주변 임대료가 뛰었을 테니 말이다. 일을 시작할 때는 항상 반대의 경우도 생각한다. 퇴로 없는 막다른 골목은 들어가는 게 아니다. 돈이 목적이었다면 얼마든지 사업을 확장하겠지만 진진은 애초에 큰돈을 벌려고 시작한 가게가 아니다. 덩치가 커지면 감당하기 어려워진다. 같은 재료를 공급해도 요리사 손에 따라 맛이 달라진다. 진진의 색깔이 흐려지면 되돌리기 힘들 터였다.

끊임없이 관심을 기울여야 가게가 잘 돌아가요. 명성만 믿다가는 쌓아 놓은 신뢰마저 잃을 수 있어요. 사실 체인점은 본사만 돈을 버는 구조예요. 체인점을 하려는 사람들은 주로 기술이 없고 자본이 적은 사람들이잖아요. 장사라고는 해보지 않고 직장에 다니다가 명퇴나 은퇴한 분들이 대부분이죠. 자본이 많거나 기술이 있는 사람들은 고급 레스토랑 같은 자기 사업을 하지요.

2부

나의 살던 고향은

나의 살던
고향은

아버지 고향, 톈진

아버지 왕준예王峻銳(1913~1983)의 고향은 중국 황허 하류다. 톈진에서 가깝다. 황허는 칭하이성青海省 쿤룬산맥 티베트고원에서 출발한다. 쓰촨성四川省, 간쑤성甘肅省, 닝샤후이족자치구寧夏回族自治區, 네이멍구자치구內蒙古自治區, 산시성陝西省, 산시성山西省, 허난성河南省, 허베이성河北省, 산둥성山東省 등 열 개 성과 구를 지나 산둥성 둥잉시东营市에 이르러 보하이만渤海湾으로 들어간다. 길이 5,464킬로미터의 강으로 중국에서는 양쯔강長江에 이어 두 번째, 세계에서는 다섯 번째로 길다. '물 1말에 진흙 6되'라는 말처럼 황허는 1년 내내 흙탕물이다. 1년에 13억 톤이 넘는 황토가 강물을 타고 쏟아져 내린다. 과거에는 3년마다 해안선이 10킬로미터씩 바다 쪽으로 늘어날 정도였다. 1950년대부터 50년이 넘게 이어진 국가관개사업 덕에 치수가 가능해졌다. 아버지가 어린 시절만 해도 하류 화베이 평야에는 물길이 따로 없었다고 한다. 홍수가 나면 강둑을 터져 물이 북쪽 하이허海河에서 남쪽 화이허淮河까지 넘나들었다. 지난 3,000년 동안 1,500번 넘게 강물이 흘러넘쳤다니 한 해 걸러 홍수가 난 셈이다. 26번이나 물줄기가 달라지고 그중 9번은 지도가 바뀔 정도였다.

홍수가 지나가면 어디가 어딘지 가늠을 할 수 없는 지역이었다. 농부들은 네 땅 내 땅 없이 대충 눈으로 경계를 정해 씨를 뿌렸다. 대개 대추·땅콩·수박·목화 같은 작물농사를 지었다. 장마철 상류에서 쏟아져 내려오는 토사만 아니라 가뭄 피해도 컸다. 아버지는 십년구한十年九旱이라는 말을 들으며 자랐다. 10년 중 9년은 가뭄이 든다는 말이다. 살림살이는 겨우 입에 풀칠이나 할 수 있는 정도였다. 내일을 기대할 수 없는 삶이었다.

정치 상황마저 불안했다. 1918년 제1차세계대전이 끝나며 중국은 찢어졌다. 대륙은 마오쩌둥의 공산당과 장제스의 국민당이 벌이는 내전에 휘말렸다. 아시아 최강국으로 부상한 제국주의 일본은 조선을 침탈한 뒤 대륙을 삼킬 구실만 찾고 있었다. 1929년 세계를 휩쓴 대공황이 기름을 부었다. 1931년에 만주전쟁이 일어나며 일본군은 삽시간에 만주 전역을 유린했다. 1937년에는 중일전쟁이 터졌다. 이즈음 아버지는 인천행 배에 올랐다.

아버지는 5형제 중 막내였다. 주물 기술자인 고향 선배를 따라 톈진에서 배를 탔다.

아버지 고향 근처에는 탄광과 철강공장이 많았대요. 공장이 어마어마하게 커서 안에서 길을 잃을 정도였다네요. 출근길과 퇴근길만 오갔으니 공장 지리를 다 아는 사람이 없었다더군요. 학교에 가지 못한 아버지는 어려서부터 주물공장에서 일하며 기술을 배웠어요. 주물은 쇳물을 주형에 넣어 기계부품, 난로, 쟁기, 솥단지 같은 제품을 찍어내는 일이에요. 당시에는 상당히 고급기술이었죠. 기술자로 한국에 가면 돈을 세 배 정도 더 번다는 애기를 선배들한테 들었대요. 당시에는 한국의 주물공장을 거의 다 화교들이 했거든요.

아버지는 과묵했다.

고향 이야기 하시는 걸 별로 들어보지 못했어요. 어릴 때 눈뜨면 이미 공장에 나가신 뒤였고, 잠들고 나서야 돌아오셨으니까요. 철이 들 즈음 서울로 유학을 오고 난 뒤로는 이야기를 나눌 일이 더더욱 줄어들었어요.

아버지는 인천에서 잠시 일하다가 청주로 자리를 옮겼다. 여기서 어머니를 만나 결혼했다. 아버지는 글을 몰라 중국에 남은 가족과 소식을 자주 주고받지 못했다. 오가는 사람들 편에 안부를 전하는 정도였다. 고향의 가족은 아버지가 보낸 돈으로 땅도 사고 집도 샀다고 했다. 귀향을 꿈꾸며 조금만 더, 조금만 더 하다가 대륙에 사회주의정권이 들어서고 한국전쟁이 터졌다. 그 뒤로 가족과 소식이 끊겼다. 아버지는 고향땅을 다시 밟지 못하고 눈을 감으셨다. 1992년 한국과 중국이 정식으로 수교를 하고서야 막혔던 길이 열렸다.

하늘길이 열린 뒤 누님과 동생이랑 아버지 고향을 찾아가 봤어요. 아버지가 살던 마을은 사람이 많지 않았어요. 형제들도 만주인지 어딘가로 모두 떠났다더군요. 거기 사는 넷째 큰아버지 딸을 만났어요. 황허 하류라 그런지 물이 노랗고, 그 물에 빤 누런 수건으로 상도 닦고 설거지도 해요. 그런 물로 담가서인지 수란 색깔도 노랗더군요. 말로는 녹슨 솥에 넣고 만들어서 그랬다는데 살기 힘들어 보였어요. 그 뒤로는 가보지 않았어요.

어머니 고향, 산둥

어머니 왕경령汪敬玲(1933~)의 고향은 산둥성 무핑牟平현이다. 지금은 옌타이시에 편입된 고장이다. 열여섯 살이 되던 해인 1949년에 가족과 함께 공산정권을 피해서 인천에 왔다. 1921년 창당한 중국공산당은 국민당 세력을 밀어내고 중화인민공화국을 선포했다. 1949년 10월 1일이었다. 장제스는 이해 12월 결국 대만으로 피신했다. 중국 대륙은 20년 넘게 이어진 전쟁으로 피폐해졌다. 신정권은 작물 처분권을 장악해 국가가 식량을 모두 수매한 뒤 배분하는 강제공출제를 시행했다. 반혁명진압운동에 속도가 붙었다.

산둥성의 분위기도 마찬가지였다. 자본가·지주 같은 유산자들은 공개 재판대에 섰다. 촌장이던 큰외삼촌은 지역 내 국민당 간부이기도 했다. 마을에서 덕을 잃지 않았기에 정권이 바뀌어도 별일 없으리라고 생각했다. 착각이었다. 누군가의 밀고로 체포됐다. 무릎을 꿇고 공개 재판을 받는 자리, 재판관은 주민들에게 이 사람이 지은 죄가 있으면 고하라고 부추겼다. 어디선가 저 사람이 쌀 좀 꿔달랬는데 안 꿔줬다는 말이 들렸다. 지어낸 말이었지만 험악한 분위기에서 교수형 처분을 받았다. 그러자 누가 교수형은 싱겁다며 더 큰 고통을 주려면 얼음감옥에 가둬 얼려 죽여야 한다고 했다. 나중에 알고 보니 외삼촌에게 은혜를 입은 사람이 낸 꾀였다. 그날 밤 작은외삼촌이 담당 간부에게 금붙이를 건넸다. 달빛도 없어 어두운 밤에 얼음감옥 문이 살며시 열렸다. 큰외삼촌은 숨죽이며 탈출했다. 잡히면 죽는다는 생각에 온몸에 상처가 나는 것도 몰랐다. 곧바로 인천행 배를 탔다. 이어 작은외삼촌이 왔다. 둘은 온갖 허드렛일을 하며 남은 가족들을 데려오기 위해 동분서주했다.

여자들에 대한 감시는 상대적으로 심하지 않았다. 할머니와 어머니는 얼마 뒤 어선을 얻어 타고 한국으로 올 수 있었다. 탈출하는 사람들이 많았다. 도중에 풍랑을 만나 배가 뒤집혀 몰살하는 경우도 있었다. 고생 끝에 인천에 왔지만 한동안 배에서 내리지 못했다. 사상을 믿을 수 없어 보증인을 세워야 한다는 이유였다. 외삼촌들이 이리저리 뛴 덕에 겨우 땅을 밟을 수 있었다.

어머니 가족은 인천에 잠시 머물다 서울 삼각지 근처로 이사했다. 곧바로 한국전쟁이 터졌다. 전쟁을 피해 왔는데 또 전쟁이었다. 경황 중에 가족들은 바로 피난 가지 못하고 집에서 숨어 지냈다. 전황에 따라 국군과 인민군, 미군과 중공군이 밀고 밀렸다. 아수라장에서는 멀쩡한 사람도 야수가 된다. 젊은 여성이 있는 집들은 하루하루가 불안했다. 피난처를 구하려 외삼촌들이 먼저 남쪽으로 떠났다. 상황이 어떻게 될지도 모르는 데다 혹한기라 여자들은 데려가지 못했다. 눈치가 빨라 일찍 피난을 떠난 집에 남겨진 김장은 남은 사람들의 식량이 됐다. 운 좋으면 옥수수 가루도 구할 수 있었다.

미군이 밀고 올라오며 서울이 수복됐지만 또 무슨 일이 일어날지 알 수 없었다. 남아 있던 외할머니와 어머니도 외삼촌이 있는 충주로 내려갔다. 어떻게든 살아야 했다. 가족들은 닥치는 대로 일했다. 황주를 몰래 만들어 팔기도 했다. 큰외삼촌은 중국집에서 어깨너머로 배운 면 뽑는 기술을 가족 모두에게 가르쳤다. 국밥·국수·개떡을 파는 좌판 장사들 사이에서 빵과 만두를 만들어 팔았다. 밑천이 없으니 밀가루도 돈을 빌려 사야 했다. 다행히 장사가 잘됐다. 장날이면 없어서 못 팔 정도였다. 밀가루 한 포를 사서 음식을 만들면 일곱 포 값을 벌었다. 어느 정도 여유가 생긴 큰외삼촌은 충주극장 옆에 조그만 가게를 얻었다. 어느 정도 자리를 잡자 정식으로 청평관이라는 간판을 달았다. 규모는 작았지만 손님이 계속 늘어 다시 옆 건물을 사서 2층으로 올렸다. 부동산 명의는 모두 알고 지내는 한국사람 앞으로 냈다. 화교는 땅을 소유할 수가 없도록 만든 법 때문이었다. 당시에는 화교에게 이름을 빌려주고 먹고사는 사람들이 꽤 있었다.

본래 화교들은 중국과 가까운 인천·군산·목포 같은 서해 바

전주에서 소학교 다닐 때 찍은 가족사진. 뒷줄 오른쪽이 왕육성.

닷가도시나 서울에 많이 살았다. 본토와 무역하는 사람들이 많았고 이들이 오랫동안 만들어 온 사회관계망이 있었기 때문이다. 고향으로 돌아갈 길이 막히자 화교들은 생계를 개척하며 내륙의 작은 도시까지 스며들었다. 이즈음 전국 곳곳에 화교들이 하는 주물공장, 술공장, 식당, 포목점들이 생긴 이유다.

안동, 아버지의 주물공장이 있던 곳

1950년대 한국은 잿빛이었다. 사회는 혼란스럽고 민심은 불안하고 빈곤은 일상이었다. 하루 두 끼는커녕 제대로 한 끼를 먹는 집도 드물었다. 아버지는 청주에서 일하던 중 충주에 있는 어머니를 만나 결혼했다. 이때 아버지가 서른여덟, 어머니가 열여덟이었다. 두 살 위인 누님은 청주에서 태어났다. 1953년에 아버지는 안동 주물공장으로 자리를 옮겼다. 이듬해 왕육성이 태어났다. 유년의 한때를 보낸 안동의 기억이 아직도 또렷하다.

아버지 일터는 역에서 내려 큰길 건너 오른쪽에 있었어요. 공장 앞에 있는 도랑 위로 난 작은 다리를 건너 공장으로 들어갔죠. 주인집과 직원 숙소가 공장에 붙어 있었고요. 주인집은 길 쪽에, 직원 숙소는 안쪽에 있었는데 그 사이에 창고가 있었어요. 집 뒤에도 제법 큰 도랑이 있었는데 장마철에는 물이 많이 흘렀고요. 이 도랑이 공장 앞으로 흐르는 도랑과 만나 낙동강으로 흘러들어 갔지요. 숙소 건물 안에는 우리 집을 비롯해 두 세 집이 더 살았어요. 어른들은 공장 한쪽에 있는 식당에서 종종 술을 마시고 마작을 했죠.

주물공장은 아직 있을까. 2018년 봄, 길을 나섰다. 안동으로 바로 가지 않고 풍기 나들목에서 빠져나갔다. 짜장면으로 소문난 식당이 있어 들러볼 겸해서다. 여행길은 음식을 공부하는 기회다. 부석사 가는 길목에 있는 일월식당에 들렀다. 동네를 한 바퀴 둘러보고 들어갔다. 홀에는 테이블이 네 개인데 뒷문을 통해 나가니 별도의 방들이 있다. 소박한 주방, 손때 묻은 벽지, 비닐 장판, 버튼식 전화기, 노란 종이에 손으로 꾹꾹 눌러써 벽에 붙여 놓은 단골 전화번호, 입구에 붙은 시내버스 시간표를 보니 세월이 멈춰선 듯했다. 왕육성은 어느 가게에 가든 벽을 등지고 앉는다. 주방과 홀의 움직임과 손님들 분위기를 살피기 위해서다. 허름한 식당이 멀리까지 소문난 이유를 찾느라 눈이 바쁘게 움직였다.

안동에 도착해 역 일대를 돌아봤다. 길이 넓어지고 지형이 달라져 공장 있던 자리를 알기 힘들었다. 노인들에게 물어봐도 60년 전을 기억하는 이들은 없었다. 화교가 운영하는 중국 식당이 있을까 하여 훑어봤지만 눈에 띄지 않았다. 나이 지긋한 분이 이름난 화교 식당은 이제 다 없어졌다고 했다. 그 많던 화교들은 어디로 갔을까. 구도심을 재단장한 문화의거리를 걷다 보니 든든한의원이 보였다. 혹시나 해서 문을 열고 물었다. 운 좋게도 주인이 화교였다. 한국에서 3대째란다. 1대는 한의사를, 2대는 식당을, 3대인 아들이 다시 한의원을 운영한다. 원장의 어머니가 말했다. "여기도 화교들이 별로 없어요. 지금 서른아홉인 둘째가 초등학교 다닐 때 안동 화교학교가 문을 닫았어요. 그러니까 벌써 30년이 다 됐네요. 우리 든든한의원이 안동에서 하나 남은 화교 가게예요." 그도 주물공장의 내력을 모르겠단다. 아버지가 일하던 주물공장을 기억하는 이는 이제 안동에 없다.

구정이 되면 공장은 일주일에서 보름 정도 문을 닫았어요. 공장 안은 명절 분위기로 들썩였죠. 아버지가 사준 손전등이 있었어요. 있는 집 애들이나 가지고 노는 고급 장난감이었어요. 어느 날 밤 누님과 식당에 있는 아버지를 찾아가던 길이었어요. 손전등으로 벽을 비췄다가 으악 하며 도망쳤지요. 용광로 뒤에 붙여놓고 소원을 비는 그림이었는데 귀신인 줄 알고 혼비백산한 거죠.

어릴 때는 고기를 좋아하지 않았다.

설날 음식으로 공장 주방에서 돼지머리를 삶던 날이었어요. 주방장이 아이들에게 고기 한 점씩 썰어줬어요. 저한테는 비계가 많이 달린 부분이 돌아왔어요. 추운 날이었는데 이 고기를 먹고 크게 탈이 났지요. 속이 메슥거리며 머리가 깨질 듯 아프고 식은땀이 줄줄 흘렀어요. 어머니 응급조치 덕에 죽다 살았죠. 급체였을 거예요. 그 뒤로 고기를 잘 먹지 못했어요. 신촌 만다린에서 일할 때 친구는 삼겹살을 한 사발씩 먹는데 전 두세 점밖에 못 먹었어요. 전화위복이랄까. 지나고 보니 이 일이 인생에 오히려 득이 되더군요. 저는 두부·배추·무 같은 채소를 좋아해요. 아직 성인병 걱정을 크게 하지 않고 또래들보다 젊어 보이는 이유가 어려서부터 몸에 밴 식습관 덕이 아닐까 해요. 그래서 성격이 모질지 않고 욕심이 적은지도 몰라요.

자라며 몸이 변하는 것처럼 생각도 변하고 식습관도 변한다.

그런데 나이 들며 달라졌어요. 고기를 안 먹으면 정신은 맑은데 지구력이 떨어져요. 또 가만 보니 아들 가진 친구들은 모두 고기를 좋아해요. 제가 딸밖에 없는 이유가 혹시 고기를 안 먹어서 그런가 싶어요. 하하하. 지금은 뭐든 가리지 않아요.

주물 전성기가 저물고 있었다. 양은이 나오면서부터였다. 양은 제품은 구리에 니켈과 아연을 더한 합금이다. 서양에서 들어왔고 은과 색깔이 비슷해 양은이라고 부르지만 알루미늄과 같은 말이다. 주물제품은 공정이 까다롭고 무거운 데 반해 양은제품은 만들기 쉽고 가볍고 다루기 편하다. 게다가 값까지 싸다. 강력한 경쟁자가 나타나며 공장은 활력을 잃어갔다. 공장 땅에 분쟁까지 일어났다. 당시 화교는 토지를 소유할 수 없었는데 아버지가 동업자와 지분 문제로 갈등이 생겼다. 아버지는 안동 생활을 접고 전주로 이사를 했다. 1959년, 왕육성이 여섯 살 때였다.

전주, 어린 시절 추억이 가득한 곳

어린 시절 추억이 곳곳에 배어 있는 동네가 전주다. 2019년 6월 그 흔적을 찾아갔다. 당시 중앙동과 풍남동은 전주의 중심지였다. 중앙동에 있는 비빔밥 명가 가족회관 코앞에 화교소학교가 있다. 전주 화교소학교 이름이 큼지막하게 붙어 있는 건물은 옛 모습 그대로였다. 철제문을 열고 몇 걸음 들어가니 조금 큰 가정집 규모의 교사가 있다. 기역자로 배치된 건물에 교실 세 개가 있다. 건물 한쪽에 선생님들이 기숙하던 방이 있었다.

"장난감 같네." 어릴 때는 꽤나 크고 높아 보이던 건물이었다. 집에서 공부하기가 마땅찮아 밤늦게까지 머물던 교정이다. 공 차며 놀던 운동장은 여염집 마당만 했다. 그 한쪽에 있는 미끄럼틀은 벌겋게 녹슬었다.

아버지가 일하는 공장과 집은 고사동 삼남극장 옆에 있었다. 시청에서 가까운 영화의거리 근처다. 공장 주인집에 세 들어 살았는데, 골목 안에 있는 작은 기와집이었다. 장마가 지면 극장 앞 작은 개울로 붕어나 미꾸라지 같은 물고기들이 올라왔다. 시내에서는 하루에 세 번 사이렌이 울렸다. 새벽 4시, 낮 12시, 밤 12시였다.

낮 12시 사이렌이 울리면 주물공장으로 냅다 뛰어갔어요. 가마솥에 장작을 때서 직원들 밥을 했는데 그 시간에 누룽지가 나와요. 노릇노릇하고 바삭바삭한 누룽지는 밥을 퍼낸 뒤 사이렌이 울릴 즈음 가장 맛있게 눋거든요. 어른들은 누룽지를 먹지 않았어요. 지금 생각해 보니 아이들 주려고 남겨놨던 거예요. 우리가 우르르 몰려가면 주방장이 누룽지를 적당한 크기로 잘라 나눠줬어요. 손에 달라붙지 않게 밥풀이 붙은 쪽을 안으로 해서 반을 접어서요. 설탕을 쳐주기도 했는데 정말 꿀맛이었어요.

집 앞 센베이煎餅(밀가루에 달걀과 설탕을 넣어 만든 반죽을 굽거나, 쌀가루 반죽을 굽거나 튀겨 만든 일본 과자)공장에서는 부스러기를 모아 싸게 팔았다. 어머니를 졸라 얻어낸 동전 몇 닢이면 봉지에 가득 담아줬다. 얼마 뒤 효자묘 옆에 붙은 한옥으로 이사를 했다.

여섯 살이던 1959년 가을, 두 살 터울 누나를 따라 학교에 갔다. 누나는 공부하러 들어가고 운동장에서 혼자 놀고 있는데 선생님이 불렀다. 교실에 가니 누나 옆에 자리를 마련해 줬다. 꼬마 청강생이 된 셈이다. 나중에 어머니와 가깝게 지내던 선생님의 배려임을 알았다. 어머니에게 애를 집에서 놀리면 뭐 하냐, 말귀 잘 알아듣고 공부 잘하게 생겼으니 학교에 보내라고 했단다. 학생 수가 많지 않으니 두 개 학년을 묶어 같은 교실에서 가르쳤다. 같은 반 친구들은 대개 두 살 많은 용띠인데 혼자만 말띠였다.

군산에서 목사님이 오는 날은 신이 났다. 전주에는 화교 교회가 없어서 군산에서 목회 활동하는 분이 오셨다. 그때는 바닷가 도시인 군산에 전주보다 화교가 더 많이 살았던 모양이다. 수업이 끝난 뒤에 예배가 있었다. 예배 뒤에 목사님이 나눠주는 과자 맛에 빠져 밖에 나가 놀고 싶은 마음을 꾹꾹 눌렀다. 칠판에 양 그림을 붙이고 찬송가를 불렀는데 그때 배운 노래가 지금도 기억

난다. 기다리고 기다리던 과자를 받으면 산으로 들로 뛰어나갔다.

차례차례 입학해 나중에는 형제 다섯이 모두 한 학교를 다녔다. 집에서 학교까지는 걸어서 10분 정도다. 점심시간이면 어머니가 밥을 싸 와 한 상 풀어놓으셨다. 덥고 추울 때 자식들이 집을 오가는 것보다 당신이 학교에 오는 게 마음 편했다고 하셨다. 속마음은 시간을 아껴 한 글자라도 더 배우라는 뜻이었을 테다. 어머니는 음식 솜씨가 좋았다. 돼지기름이 마법의 한 수였다. 부엌 한쪽에 있는 항아리에서 하얗게 굳은 기름을 떠서 고기나 밥을 볶는 향이 집 안 가득 퍼지고 담을 넘었다. 지나가는 사람들이 코를 벌름거리며 오늘이 무슨 잔칫날이냐고 묻기도 했다. 저녁이면 마당 평상에 식구들이 둘러앉아 우물에 담가놓은 과일을 꺼내어 먹고 모기장에 들어가 놀았다. 어른들 이야기를 듣다 보면 어느새 까무룩 잠이 들었다.

다시 이사를 갔다. 중앙동 중흥관 안채였다. 당시 중흥관은 전주에서 두 번째로 큰 중식당으로 이층집이었다. 마당을 가운데 두고 세 가구가 함께 살았다. 어느 겨울날 학교 친구인 주인집 아들과 덕진호가 보이는 동네에 갔다. 주방장이 출근하지 않아 무슨 일인가 알아보기 위해서였다. 덕진호는 그때도 유원지였다. 연꽃이 많아 가을이면 연밥을 따러 왕복 3시간을 걸어 다니던 놀이터였다.

주방장네 집은 다리를 건너 돌아가야 하는 안쪽 마을이었다. 친구가 얼음이 얼었으니 호수를 건너 질러가자고 했다. 빠지면 죽

전주 화교소학교를 다시 찾았다. 세월이 흘렀지만 학교 건물은 옛 모습 그대로다.

겠다는 생각이 들어 주저하는데 친구가 우겼다. 그러면 네가 앞장서라며 친구를 따라갔다. 다리 쪽으로 물이 빠져나가는 길목이었다. 겁이 나 살살 가는데 갑자기 발밑에서 쩍쩍 소리가 나며 얼음에 금이 가기 시작했다. 식은땀이 흐르며 머리털이 쭈뼛 섰다. 친구에게 엎드리라고 소리쳤다. 퍼뜩 얼음에 닿는 몸의 면적을 넓히면 하중이 줄어들 거라는 생각을 했다. 갈라지는 얼음 위를 기어서 겨우 빠져나왔다. 가슴을 쓸어내리며 찾아간 동네는 지금의 전북대 근처였던 듯하다. 주방장은 다음 날 나가겠다고 했다. 본인이 아팠는지, 애가 아팠는지, 부인과 싸웠는지 출근하지 않은 이유를 들었는데 기억이 흐리다. 다녀오는 길에 아이들 한 무리가 싸움을 걸어와 피했다. 마땅한 놀이가 없어서였을까, 다른 동네

아이들을 보면 괜히 텃세를 부리고 시비를 걸던 시절이었다. 여름에 물에 빠져 죽을 뻔한 이 친구를 또 한 번 구해줬다. 하얗게 질린 친구는 살았다는 안도감보다 집에 가서 혼날까 봐 걱정했다. 비밀을 지켜주는 대가로 짬뽕 한 그릇을 얻어먹었다. 그때 짬뽕은 지금과는 많이 달랐다.

요즘 횟집 수족관처럼 그때 중국집들은 대개 닭장이 있었어요. 냉장고가 없으니 닭을 미리 잡아놓을 수 없었기 때문이죠. 닭요리 주문을 받으면 바로 잡아서 했어요. 중흥관 마당에도 닭장이 있었어요. 친구랑 방에서 공부를 하던 일요일이었어요. 밖이 시끄러워 문을 열어보고는 기겁을 했어요. 털이 몽땅 뽑혀 빨가벗은 닭이 마당을 뛰어다니고 주방 직원은 허둥지둥하며 쫓아다니고 있는 거예요. 잡은 닭을 끓는 물에 집어넣었는데 미처 숨이 끊어지지 않은 놈이 앗 뜨거워라 하며 튀어나온 거죠. 깐풍기를 만들려다가 벌어진 일이었어요.

전주는 대도시인데도 수돗물은 부잣집에나 들어왔다. 서민들은 수도가 있는 집에 가서 물을 받고 매달 물값을 줬다. 수풍·수력발전소가 있는 북한보다 전력이 많이 모자라던 시절이었다. 있는 집은 긴 전기를 쓰고 없는 집은 짧은 전기를 썼다. 긴 전기는 종일 쓸 수 있지만 짧은 전기는 저녁과 새벽에만 쓸 수 있다. 밤 12시면 온 시내가 깜깜해졌고 새벽 4시에 다시 불이 들어왔다.

이 시간 동안은 통행금지라 밖에 나다니지 못했다. 집에 달려 있는 전구 수로 전기세를 매겼다. 전자제품도 거의 없던 시절이라 숯불 넣은 다리미를 쓰고 선풍기 대신 부채를 썼다. 그래도 부자들은 미군 부대에서 흘러나온 냉장고, 대만제 선풍기, 일제 전축과 재봉틀을 갖추고 살았다.

살던 동네는 원도심이지만 조금만 나가면 산과 들이었다. 다가산과 그 앞 전주천은 앞마당 같은 놀이터였다. 개울에서 붕어·피라미·미꾸라지를, 논에서 메뚜기를 잡았다. 학교가 끝나자마자 산으로 가고 개울에 뛰어들었다. 다가산에 올라갈 때면 커다란 느티나무 아래서 땀을 식혔다. 토요일에는 학교 점심시간이 없어 놀다 보면 배가 고팠다. 그래도 집에 가면 어른들에게 붙들리니 지칠 때까지 놀았다. 겨울이 되면 추워서 밖에 나가지 않았다. 아궁이에 나무를 때서 밥을 지어 먹었다. 풍로를 돌리면 어머니가 용돈으로 10전씩을 주셨는데 눈깔사탕 사 먹으려고 땀을 뻘뻘 흘리며 힘차게 돌렸다.

2학년 때 동네 폐차장에서 친구들이랑 칼싸움을 하다가 굴러 떨어졌다. 왼쪽 팔이 심하게 부러졌다. 당장 수술을 해야 했지만 부모님은 병원에 갈 엄두를 내지 못했다. 병원비를 감당할 수 없어서였다. 급한 김에 집에서 가까운 접골원에 갔다. 부목을 대고 응급조치를 했지만 통증이 가시지 않고 회복이 더뎠다. 그 학기에는 학교를 거의 다니지 못했다. 한의원에 가니 뭉친 어혈을 푸는 약을 지어주며 황주와 같이 먹으라고 했다. 황주는 밀가루에

찹쌀풀을 넣어 만든 중국 전통술이다. 당시 전주에서는 황주를 구할 수 없었다. 마음 졸이던 어머니는 서울에서 황주를 구해 왔다. 하루 세 번, 약을 먹고 황주를 한 사발씩 먹었다. 먹고 나면 졸려서 잠을 잤다. 술기운을 이기지 못해서였다. 한 달 정도 처방대로 먹으니 거짓말처럼 팔이 펴졌다. 그때 후유증이 남아 왼팔은 지금도 휘어 있다. 이 때문에 훗날 요리사 인생에서 행로가 달라졌다.

전주 주물공장은 아버지를 비롯해 기술을 가진 화교 다섯이 공동투자를 했다. 지분에 따라 수익을 나누는 구조였다. 회계와 경영을 담당하는 사장을 뒀는데 이 사람이 문제였다. 주먹구구식으로 공장을 관리하더니 돈을 빼돌려 도박을 하고 바람까지 피웠다. 결국에는 이혼한 뒤 미국으로 이민을 갔다. 전주 도심이 커지며 공해 물질을 배출하는 공장들은 외곽으로 옮겨 가기 시작했다. 일터를 덕진으로 옮겨 간 뒤 아버지는 집에서 자전거를 타고 출퇴근했다.

6학년에 올라가서 출산으로 휴직한 선생님 일을 대신하기도 했다. 시험지 채점을 하고 성적을 아이들에게 알려줬다. 나이는 적지만 믿음직하니 맡겼을 테다. 이즈음 어머니가 간단한 음식 만들기며 빨래하는 법을 가르쳐 주셨다. 부모님은 이미 장남을 서울로 유학 보낼 생각을 하고 있었다.

전주소학교 졸업식날. 중화민국 55년이니 1966년이다. 뒷줄 오른쪽 첫번째가 왕육성.

대전, 가락국수가 눈에 밟히던 그곳

1970년대 한국은 5개년 단위 경제개발계획을 통해 농업 국가에서 산업 국가로 빠르게 이행하고 있었다. '일하며 싸우고 싸우며 일하자'는 군대식 구호까지 등장했다. 도시 공장은 농촌 노동력을 스펀지처럼 빨아들였다. 신생 산업은 전통 산업을 맹렬하게 밀어냈다. 가볍고 다루기 쉬운 알루미늄의 공세 앞에서 주물은 맥을 추지 못했다. 주물의 원재료인 고철과 연료인 석탄값마저 뛰었다. 화교 주물업계는 고사 위기를 맞았다. 전주 공장은 결국 문을 닫았다. 다른 기술이 없으니 아버지는 대전으로 이사해서도 주물공장에 들어갔다. 근력은 나날이 떨어져 가고, 젊은 직원들을 따라가지 못하니 수입도 점점 줄었다. 쑥쑥 크는 자식들을 보며 시름도 그만큼 깊어갔을 터였다.

대전 집은 역에서 내려 광장 왼쪽으로 큰길을 따라가면 나오는 산내동이었다. 아버지가 다니던 공장은 집 앞에 있었다. 하천을 따라 내려가면 영화 두 편을 동시에 상영하는 동아극장이 나왔다. 영사기를 돌리다가 지지직하며 필름이 끊기면 잘라내고 다시 이어 상영했다.

초가집이었는데 뒤쪽으로 포도밭이 있어 아침에 가면 시장에 내다 팔고 남은 B급 포도를 살 수 있었다. 몇십 원만 주면 바구니 가득 담아줬다. 마당 우물에 넣어놓고 이가 시리도록 먹었다. 남은 포도로는 동네사람들처럼 술을 담갔다. 집에서 아버지 일터가 가까웠고 그 앞에 대전천이 있었다. 어느 해인가 홍수가 덮쳐 공장 창고가 물에 잠기며 큰 피해를 봤다.

두 번째 집은 첫 집에서 멀지 않았다. 주택을 개조한 사찰인 대원사 근처였다. 집 앞에는 꽤 너른 밭이 있었다. 아버지는 주물공장을 그만두고 이 밭에서 농사를 지었다. 어머니는 채소를 뽑아 시장에 내다 팔았다. 대전에서 한 번 더 이사를 했는데 하천 건너 보문산 아래 대사동에 있는 화교소학교 근처였다. 동생들이 다니던 학교 옆이다.

집과 서울 기숙사를 오갈 때면 대전역에서 기차를 타고 내렸다. 플랫폼에 있는 가락국수집은 언제나 줄이 길었다. 판에 올려놓은 굵은 면을 간장 국물에 적셔 고춧가루를 뿌려낸 우동을 팔았다. 뿌옇게 김이 오르는 면발을 후루룩 당기며 뜨거운 국물을 넘기는 사람들을 볼라치면 고문이 따로 없었다. 돈이 없어 도시락을 싸가지고 다녀야 했으니 그저 군침만 삼켰다. 그때 기억 때문일까, 돈을 벌면서부터는 대전에 갈 때마다 가락국수를 원 없이 먹었다. 뜨거운 국물에 데어 입천장이 벗겨져도 좋았다. 하지만 자주 내려가지 못했다. 학교를 다니던 3년간은 차비가 없어 방학 때나 겨우 다녀왔다. 취직하고 나서는 쉬는 날이 없어 명절에나 갈 수 있었다.

서울, 열세 살 유학길에 오르다

1967년 8월 말, 전주 화교소학교 친구와 서울행 열차에 올랐다. 한성 화교중고등학교 생활의 시작이었다. 화교학교는 한국과 달리 9월 1일에 새 학기를 시작한다. 아버지와 어머니는 서울에 오지 못했다. 생업 때문이기도 하지만 오가는 비용이 부담됐을 테다. 교복 입고 입학하는 아들의 모습을 얼마나 보고 싶으셨을까. 부모님 마음과 달리 열세 살 왕육성에게 서울은 가슴 뛰는 도시였다. 처음 보는 서울은 어마어마했다.

중국에서는 서울을 한성漢城으로 표기하는데 우리는 왕경王京이라고 불렀어요. 왕이 사는 곳이라는 뜻이죠. 전주에서 잘사는 친구들은 방학이 끝나면 왕경 다녀온 자랑을 했어요. 창경원 동물원을 구경하거나 놀이기구 탄 얘기를 줄줄이 풀어놨지요. 지금으로 말하면 태평양 건너 미국 디즈니랜드에 다녀온 셈이에요. 텔레비전에서 미국영화 본 얘기를 하는데 믿을 수가 없더라고요. 어떻게 상자 안에서 사람들이 이야기를 할 수 있나 하고요. 그때는 한국에서 TV 방송을 이제 막 시작하던 때였으니까요. 전주에서는 보기가 힘들었죠.

영등포역에 내렸다. 친구네 친척집을 찾아가기 위해서였다. 인파에 떠밀리며 개찰구를 빠져나가니 눈이 빙빙 돌 정도로 왁자한 세상이 펼쳐졌다. 친척집은 빨간 벽돌로 지은 이층집이었다. 말로만 듣던 TV와 냉장고를 비롯해 가전제품을 골고루 갖춘 부잣집이었다. 다음 날 전차를 타고 서울역을 거쳐 명동에 있는 한성 화교학교로 갔다. 당시 한강 다리는 한강대교와 제2한강교(양화대교)밖에 없었다. 강남은 한갓진 농촌이었다. 이때 신사동 땅이 평당 200원이었다고 한다. 1965년 서울 인구가 350만 명이었고, 강남에 공중전화가 처음 생긴 해가 1968년이다.

이제 모든 일을 혼자 헤쳐나가야 했다.

의지할 데 없는 지방 출신 학생들은 기숙사 생활을 했어요. 저는 사나흘 먼저 숙소에 들어가서 집에서 부쳐준 이불과 옷가지가 들어 있는 보따리를 풀었죠. 학교 식당이 문을 열기 전이라 밥을 사 먹어야 했어요. 학교 주변이 명동인데 아무것도 모르는 촌놈이니 선배들을 졸래졸래 따라다니며 일대 지리를 익혔어요. 어떤 실비집에서 먹은 찌개가 너무 맛있어서 깜짝 놀랐어요. 처음 맛본 돈가스와 함박스테이크에는 눈이 돌아갈 정도였죠. 남대문시장 함바집 골목에 가면 백반이 푸짐하게 나왔고요. 보고 듣는 모든 것이 신기하고 재미있더군요. 그때는 부모님이 주신 돈을 쓰면서 얼마나 어렵게 마련한 돈인지 몰랐어요.

부모님은 늘 허덕였다. 그 와중에 어렵게 장남의 서울 유학을 결정했다. 어머니의 뜻이 컸다. 아버지는 아들이 빨리 기술이나 장사를 배워 가계를 떠받치기를 바랐다. 어머니는 이 고단한 삶이 당신 세대에서 끝나길 바랐다. 자식들이 조금이라도 더 공부해 번듯한 인생을 살기를 원했다.

1960년대에는 지방의 웬만한 중소도시에 화교소학교가 있었고 서울·광주·대구·부산·인천에는 중고등학교가 있었다. 화교들은 웬만하면 자식들을 한국 학교에 보내지 않았다. 언젠가 고향으로 돌아가겠다는 희망 때문이었다. 중국도 한국과 같은 분단국가다. 한국은 철책으로 남북이 갈라졌지만, 중국은 대륙과 섬으로 나뉘어 있다. 격변기에 고향을 떠난 선대 화교 대부분은 이산가족이다. 아버지, 어머니도 모두 핏줄이 고향에 남아 있었다. 죽어서도 고향에 가고 싶어 하는 한국의 월남 실향민들 심정과 다르지 않았을 것이다.

학교는 성적에 따라 갑을병정 순으로 반을 나누었다. 갑반에 배정받았다. 집안이 좋은 친구들이 많았는데 하나같이 얼굴이 뽀얗고 표정이 밝았다. 자신만만하고 걱정 하나 없어 보이는 아이들과 같이 있으면 주눅이 들었다. 괜히 위축돼 무슨 일에도 앞에 나서지 못하고 주춤거렸다. 친구들은 때때로 돈을 걷어 군것질을 했다.

삼립빵·삼강하드·도넛·찹쌀떡·오징어튀김·군만두 같은 걸 먹었어요. 그러고 보니 명동에 중국요릿집 개화가 그때 있었네요. 기쁜소리사 옆에 명동영양센터가 있었고요. 쇠꼬챙이에 닭을 꿰어 빙빙 돌려가며 굽는 모습을 줄 서서 구경했어요. 저는 꿈도 꾸지 못할 음식이었지만요.

한창 자랄 때였으니 항상 배가 고팠다.

학교 앞 노점에서 연탄 화덕을 놓고 음식을 만들었어요. 널빤지로 만든 낮은 평상을 펼쳐놓고 라면과 떡볶이를 같은 걸 팔았지요. 떡볶이는 고춧가루가 비싸니까 조금만 넣고, 쌀떡도 아니고, 조선간장과 파 같은 거만 넣었는데도 왜 그렇게 맛있었는지 몰라요. 어느 일요일 추운 아침이었는데 이불 속에서 게으름 피우다가 기숙사 식사 시간을 놓친 거예요. 에라 모르겠다 하며 또 자다 보니 점심시간도 지나가고 배가 고파 저녁을 기다리지 못하겠더라고요. 친구 따라 학교 앞 포장마차로 갔죠. 김밥과 국물에 담가 먹던 오징어튀김맛이 지금도 생각나네요.

먹을거리 심부름을 하면 돈을 내지 않아도 됐다. 내기 농구를 할 때 선수로 뛰지 않고 심판을 보면 또 친구들 사이에서 공짜로 먹을 수 있었다.

기숙사에서는 주말 아니면 외출을 못 해요. 매점은 오후 6시면 문을 닫고요. 배는 고픈데 나가지는 못하고 어쩌나 했는데 방법이 있더군요. 학교 화장실 벽에 붙어 장사하는 노점상이 있어요. 우리는 변소다방이라고 불렀죠. 여기서 보온병에 넣은 인스턴트 커피나 단팥죽·어묵·떡볶이·찹쌀떡·도넛 같은 걸 싸게 팔았어요. 화장실 창문을 통해 음식이 들어왔죠.

사춘기로 접어들던 때였다. 반짝이는 교복을 빳빳하게 다려 입은 친구들이 부러웠다. 싸구려 원단으로 만든 교복이 부끄러웠다. 때깔 좋은 옷을 입고, 깨끗한 신발을 신고 남들 앞에서 우쭐대고 싶었다. 하지만 현실을 이길 방법은 없었다. 알량한 마음에 가난한 일상을 보여주고 싶지 않았다. 여학생들을 피해 다녔다. 어쩌다 어울릴 기회가 있어도 입을 꾹 다물다. 차츰 학교생활에서 뒤로 빠지며 친구들과 노는 재미를 잃었다. 긴 터널 속에 들어간 듯

어둡고 갑갑한 시절이었다.

수업 때 필기를 하지 않았다. 그러는 시간에 외우는 게 빨랐다. 흐름을 읽는 감이랄까, 수업을 듣다 보면 시험에 나올 만한 내용이 대충 머릿속에 들어왔다. 공부에 몰입하지는 않았지만 그래도 시험 사흘 전부터는 책을 봤다. 한번은 시험 전에 크게 아파서 탈진 상태까지 갔다. 어쩔 수 없는 경우에는 추가시험을 봐도 됐지만 그러고 싶지는 않았다. 앓느라고 제법 자서인지 정신은 맑았다. 새벽에 4시간 정도 책을 들여다봤다. 네 과목을 1시간씩 나눠 훑어봤는데 모두 90점 이상 받았다. 설렁설렁 공부했지만 늘 상위권은 유지했다. 학교는 1969년에 명동에서 연희동으로 이사를 했다. 중학교 2학년 때였다. 기숙사 건물이 완공되지 않아 명동에서 6개월을 통학했다.

경제개발5개년계획이 진행되며 한국은 발전기로 접어들었다. 1969년 12월 25일 제3한강교(한남대교)가 완공됐다. 1970년엔 경부고속도로와 마포대교가 개통됐다. 한국 첫 청바지 브랜드 뱅뱅이 이때 나왔다. 통제와 억압의 사회 분위기에 조금씩 균열이 가기 시작했다. 공부에 집중해야 했지만 마음을 다잡을 수 없었다. 집안 형편이 발목을 잡았다. 고생하는 부모님과 동생들이 늘 눈에 밟혔다. 빨리 돈을 벌어 가족을 부양해야 한다는 생각이 떠나지 않았다. 학비를 생각하면 대학은 올려다보지 못할 산이었다. 공부는 미래를 위한 투자라는 말이 귀에 들어오지 않았다. 그러다 일이 터졌다.

중학교 4학년, 한국으로 치면 고등학교 1학년 1학기 기말고사 직전이었다. 조회 시간에 담임 선생님이 문을 열고 들어왔다. “월사금 아직도 안 낸 놈 있지? 손들어 봐.” 얼굴이 달아올랐다. 담임이니 학생들 집안 사정을 뻔히 알고, 누가 내고 내지 않았는지 알고 있을 터였다. 친구들 앞에서 망신주려는 의도로밖에 보이지 않았다. 가난은 부끄럽지 않았지만 수치는 참을 수 없었다. 그날로 학교를 나왔다. 1970년 12월, 열일곱이었다.

충주, 비질부터 배우다

기숙사를 나오니 막막했다. 가족이 있는 대전에는 가고 싶지 않았다. 아버지의 한숨, 어머니의 눈물이 스쳐 갔다.

그렇다고 절망하지는 않았어요. 가난하니까 고생은 당연하다고 여겼어요. 고생이라고 생각하지도 않았던 것 같아요. 저뿐만 아니라 없는 집 아이들은 다 그렇게 살았으니까요.

충주에서 중국집을 하는 외삼촌에게 가면 뭐든 일거리가 있으리라 생각했다.

그때는 충주 갈 때 동대문운동장 앞에서 버스를 탔어요. 지금은 강남에서 1시간 30분이면 닿지만 당시에는 직행버스로도 5시간이 걸렸지요. 비포장도로인 데다 길이 좋지 않아 가는 내내 쿵덕쿵덕 엉덩방아를 찧었어요. 차에서 내리면 엉덩이를 꼬집어도 아프지 않을 정도였다니까요.

충주에는 비료공장이 있었다. 당시 남한에 있는 유일한 국가기간산업시설이었다. 지금으로 말하자면 삼성전자나 현대자동차급의 기업이다. 1959년 목행동 22만 평 부지 위에 세워진 공장은 세계적 규모였다. 1961년 미국공보원이 발행한 책자 『자유세계』를 보면 준공식에 정부 고관과 외국 사절단 800여 명이 참석했다고 한다. 비료공장이 세워진 덕에 한국의 산업과 농업이 도약하기 시작했다.

삼촌이 운영하는 청평관은 이 비료공장 덕에 장사가 잘됐다. 당시에 공장 직원들 임금이 꽤 셌기 때문이다. 월급날이 되면 충주 시내 전체가 떠들썩했다. 하지만 청평관에서 일하지 않고 영풍상회에 배달원으로 들어갔다. 미원·샘표간장·삼강 같은 식자재와 뜨개실·옷감 같은 직물과 잡화를 취급하는 큰 도매점이었다. 창고가 다섯 개나 됐다.

종업원이 열 명이 넘었는데 모두 가게에서 먹고 잤어요. 정확히 밤 10시면 소등하고, 겨울에는 아침 6시, 여름에는 5시에 일어나 가게 문을 열었지요. 7시 30분에 세수하고 밥 먹고, 8시

30분에 배달을 시작했어요.

규율이 칼 같았다.

주인 할아버지가 화교였는데 엄격하고 부지런했어요. 12시에 점심을 먹고 나면 식곤증 때문에 엄청 졸리잖아요. 여름날 오후 2~3시쯤이면 손님이 없어요. 잠시 쉬라고 해도 될 텐데 종업원들을 항상 세워놨어요. 하루는 쏟아지는 잠을 견디지 못해 선 채로 꼬박꼬박 조는데 갑자기 제 이름을 불러요. 잠깐 눈 좀 붙이라고 할 줄 알았는데 찬물로 세수하고 오라고 하더군요."

가게에서 먼 충주역에 배달을 가던 날이었다.

자전거에 짐을 잔뜩 싣고 가는데 깜빡깜빡 눈이 감겨요. 항상 잠이 모자랐거든요. 제가 탄 자전거가 비틀거리며 달리니 앞에서 오는 차들이 빵빵거리고, 그러면 화들짝 놀라서 깨곤 했어요. 그러다가 공설시장 앞 대수정다리에서 대차게 넘어졌어요. 뒤에 실은 짐이 마침 간장이었어요. 플라스틱 통이라 깨지지는 않았지만 바닥에 떨어질 때 충격으로 뚜껑이 튀어 나갔어요. 어쩌나 싶어 허둥지둥하는데 지나가던 사람들이 도와줘서 겨우 수습했어요. 사고 난 거 들킬까 봐 겁이 났어요. 혼나는 게 문제가 아니라 가게에서 쫓겨날 수도 있잖아요. 꾀를 내서 쏟아진 간장만큼 물을 채워서 배달했어요. 가슴이 조마조마했는데 그냥 넘어갔어요. 완전범죄였던 셈이죠.

영풍상회에서 큰 깨우침을 하나 얻었다.

할아버지가 한번은 매장을 쓸어보라고 하더군요. 책잡히지 않으려고 정성껏 비질을 했는데 웬걸요. 스윽 보더니 집에서 청소도 안 해봤냐고 그래요. 그러더니 가게 고참 장가부 형에게 '네가 해봐' 그래요. 그런데 세상에, 제가 싹싹 쓸어낸 바닥에서 먼지가 한 움큼이나 나오는 거예요. 저는 두서없이 비질은 했는데 선배는 착착착착 줄을 맞춰 비질을 하더라고요. 비질 하나에도 내공이 있는 거죠.

장사의 기본을 몸으로 배우는 시간이었다.

장사꾼은 항상 웃어야 한다고 강조했어요. 손님을 보면 무조건 먼저 한 번 웃고 이야기를 시작해라, 그래야 내 말이 손님 귀에 들어간다고요. 얘기할 기분이 아니면 말을 붙이지 말라고도 했어요. 고된 날들이었지만 사회생활의 기초를 배웠죠. 젊은 날 이런 경험들이 내 삶의 영양소가 됐어요.

그때를 생각하며 2018년 충주에 가봤다. 청평관이 있던 자리는 치과로 바뀌었다. 가게 뒤 외삼촌이 살던 집엔 인적이 없었다. 이리저리 집을 살피는데 할머니 한 분이 골목길로 들어왔다. 옆 동네 살다가 이사 온 충주 토박이인데 이 집의 내력을 알지 못했다. 청평관과 골목을 사이에 두고 있던 충주극장은 신천지빌딩이 됐다.

영풍상회가 있던 자유시장은 옛 모습과 크게 달라지지 않았다. 마침 장날이라 아침부터 상인들이 줄줄이 자리를 펴고 있었다. 가게 간판이 보이지 않기에 모퉁이에 있는 잉꼬주방 주인에게 물어봤다. 20년을 같은 자리에서 장사했는데 모르겠단다. 화교가 하는 가게가 있으면 소식을 알 수 있을까. 뒷길에 오래돼 보이는 중국 식당 쌍용반점이 보였다. 문 열고 들어가니 주인으로 보이는 카운터의 할아버지가 아직 영업시간이 아니라고 했다. 부인이 나오더니 중국인 특유의 호탕한 목소리로 이야기를 했다. 할아버지가 바로 영풍상회 며느리의 사촌오빠란다. 영풍상회는 문을 닫은 지 꽤 됐다고 했다.

자전거 배달을 석 달을 하고 나니 사장 할아버지가 뜨개실 파는 일을 맡겼어요. 영전이었죠. 밉상은 아닌 생김새와 손님 대하는 태도를 눈여겨보고 있었나 봐요. 6개월 뒤에는 다시 양장·양복 부문을 맡기더군요. 최고 에이스 직원이 담당하는 자리였어요. 매출이 가장 많이 나는 노른자위라 아무한테나 주지 않거든요. 짧은 시간에 인정받으니 기분 좋았어요. 부지런히 일했죠. 그런데 오래 하고 싶은 생각은 들지 않았어요. 일한 만큼 성과가 났지만 한계가 보였거든요.

한국 경제는 나날이 몸집을 불리고 있는데 가게에서 취급하는 물건은 구식이었다. 태양광 시대에 연탄과 석유를 파는 격이랄까. 게다가 화교들이 진출해 있는 영역에 한국사람들이 눈을 돌리기 시작했다. '좋은 게 좋은' 시절이 가고 있었다. 더 큰 세상으로 나가고 싶었다. 1년을 일하고 영풍상회를 나왔다.

津津
Chinese Restaurant

달려라
철가방

장위동 대성원

1972년에 다시 서울로 왔다. 하루는 어머니와 가까운 분이 보자고 했다. 신장위동(지금의 장위동)에 있는 중국집 대성원의 안주인이었다. 중국에서 어머니와 같은 마을에 살던 이웃이라 한 집안처럼 지내는 분이었다. 가게에 나와 일하면 어떻겠냐고 했다. 카운터를 보던 큰아들이 삼풍상가에 있는 아서원으로 요리를 배우러 가서 일손이 모자란다고 했다. 당장 할 일도 없고 새 일을 배우고 싶어 출근했다.

대성원은 작은 식당이라 일손이 달렸다. 주방에서 음식을 내오고, 계산을 하고, 배달도 했다. 영풍상회에서 바닥부터 배운 일이 큰 도움이 됐다. 아침 일찍 길 건너 장위시장에 가서 채소나 계란 같은 재료를 받아 왔다. 해물은 북창동에 있는 중국 식자재거리에서 사 왔다.

이때만 해도 북창동에 가면 화교 농부들이 재배한 중국 채소들이 많았어요. 영등포 양남동이나 목동 신월동 쪽에 농사짓는 화교 농부들이 꽤 있었거든요. 그쪽은 그 당시에 야산이나 들판이었으니까요. 인천 학의동 쪽도 그랬고요.

아침이면 채소를 썰고 만두를 쌌다. 가게가 문을 열면 카운터를 보며 주문 전화를 받고, 배달하고, 그릇을 걷어 왔다.

철가방을 들고 다녔어요. 선배들 시대에는 나무로 만든 배달통을 들고 다녔죠. 나무통은 무겁고 불편해요. 음식 냄새가 깊게 배서 햇볕에 말려도 퀴퀴한 냄새가 가시지 않아요. 싹싹 닦아도 짬뽕 국물과 양념 자국이 남아 얼룩덜룩해요.

아버지가 평생 만들어 온 주물을 밀어낸 바로 그 알루미늄으로 만든 철가방이다. 가벼운 데다가 칸막이가 있어 동시다발 배달에 편하고 청소도 간단했다. 겉에는 빨간 페인트로 식당 이름을 큼직하게 써놨으니 지금의 버스 홍보물 같은 이동 광고판이기도 했다.

배달을 하면서 틈틈이 눈동냥, 귀동냥으로 요리를 어떻게 만드는지 보기 시작했다. 손이 모자랄 때는 주방에 들어갈 수 있었다. 주방장이 예비군 훈련이라도 가면 어설프게나마 면을 뽑고, 웍을 돌리며 직원들 식사 준비를 했다. 그러다 보니 가게에서 점점 역할이 커졌다. 온갖 잡일을 도맡아 하는 지배인 역할이랄까. 짜장면·짬뽕·탕수육처럼 간단한 음식을 만드는 법을 익혔다.

장난전화 범인 색출법

심심찮게 걸려 오는 장난전화로 골치가 아팠다. 지금으로 말하면 '노쇼'다. 음식을 잔뜩 싸 들고 배달 갔는데 시킨 일이 없다고 하면 맥이 빠진다. 어느 놈인지 잡아서 혼쭐을 내주고 싶은데 알 방법이 없으니 화가 난다. 몇 번을 속수무책으로 당하고 나니 꾀가 났다.

그때는 동네마다 전화교환소가 있었다. 누가 전화를 걸면 교환소에서 수신자의 번호에 코드를 꽂아 중계하는 방식이었다. 벼르고 벼르던 어느 날이었다. 배달을 가니 시킨 적이 없다기에 바로 교환소로 달려갔다. 전화가 많이 오가는 시간이 아니라 교환원 아가씨는 발신자 전화번호를 기억했다. 범인은 동네 건달이었다. 집을 찾아가 대성원에서 왔다고 하니 꽤나 당황했다. 그간의 손해배상을 요구하자 딱 잡아떼며 화를 냈다. 파출소에 가자고 하니 그제야 꼬리를 내렸다. 그렇게 몇 번 범인을 잡아냈지만 가게가 바쁜 시간에는 찾아다니기 번거로웠다. 그런데 언제부턴가 주문하는 손님들의 목소리가 귀에 들어왔다.

"대성원이죠?"

"네, 사모님 안녕하세요."

"어, 내 목소리를 아네. 라조기 하나, 짜장면 둘, 잡채 하나 배달해 주세요."

"네, 알겠습니다. 바람처럼 달려갑니다."

이러고 전화를 끊으면 바로 전화가 다시 온다.

"네, 사모님."

"좀 전에 우리 집을 말 안 했잖아요? 어딘지 알아요?"

"그럼요. 330-12번지. 사모님 목소리만 들어도 알아요."

손님이 '여보세요' 하면 '쌀가게 김 사장님이시죠', '미장원 사장님 안녕하세요' 하니 단골들이 좋아하고 덤으로 장난전화도 없어졌다.

대성원에서 1년 정도 일하고 나왔다. 애초에 일손이 모자라니 며칠만 와서 가게를 봐달라고 한 터였다. 그런데 해가 가는데도 대타 구할 생각을 하지 않았다. 혈기왕성한 나이였고 어디에 얽매이고 싶지 않았다. 젊을 때 여기저기 다니며 많이 배우자고 생각했다. 빨리 돈을 벌어 장가를 가고 집도 사고 싶었다. 어쩔 수 없이 공부를 접었지만 대학에 가고 싶은 꿈도 버리지 않았다.

1970년대로 넘어가며 강남 개발이 시작된다. 이해에 강남 최초 아파트가 논현동에 들어섰다. 1972년에 잠실대교가, 1973년에는 영동대교와 호남고속도로가 개통되고 소양강댐을 완공한다. 허허벌판이었던 영동에는 최대 폭 90미터짜리 간선도로 37개가 격자형으로 놓이며 강남의 골격이 짜였다. 강북 도심 유흥업소 신규 허가를 막자 무교동 등에서 주점·카바레·바 들이 강남으로 빠져나가기 시작했다. 규제 없고 세금 적고 주차 편한 신사·압구정·논현동 일대가 흥청대기 시작했다. '룸살롱'이라는 단어도 이때 등장한다.

뚝섬 경마장 성수원

1973년 봄이 올 무렵이었다. 이런저런 생각을 하며 지내는데, 뚝섬에서 중식당 성수원을 하는 매형이 일을 도와달라고 했다. 인력 관리를 허술하게 해 직원들이 단체로 그만두며 가게가 곤란한 상태였다. 친지랑 일하면 여러 가지로 불편할 터라 내키지 않았다. 다른 일자리가 있다고 둘러댔다. 그길로 대구로 내려가 친구가 일하는 기린원에 들어갔다.

석 달쯤 지나 매형이 다시 연락을 했다. 부족한 일손을 여전히 구하지 못하고 있었다. 다급하니 부탁했을 텐데 야박하게 또 거절하기가 힘들었다. 동대문운동장 옆에 중국대사관에서 관리하는 절 오공사가 있었다. 형편이 어려운 화교들이 근처에 많이 살았다. 그 동네에 사는 친구에게 부탁해서 식당에서 일해본 적이 있는 애들 몇을 모아 데리고 가니 매형이 반색했다. 알고 보니 주방장도 이 동네 출신이었다.

성수원은 뚝섬 경마장 코앞에 있었다. 당시 일대는 공업단지였다. 피혁·구두·제약·제강·전자부품을 만드는 작은 공장이 많았다. 가게 가까운 곳에 에스콰이어·서울제강·영진약품·풍년방직이 있었다. 성수원 뒤에 있는 모나미는 직원 400명이 넘는 나름 큰 회사였다.

당시 성수원은 제법 규모가 컸다. 3층 건물이었는데 1층에 홀이 있었고 2층에는 룸 네 개가 있었다. 3층은 연회장으로 썼다. 건물 구조상 옥탑에 있는 주방에서 2층으로 음식을 내리면, 다시 계단을 통해 1층으로 날라야 했다. 단오·추석·설날, 1년에 3일을 쉬고 일했다. 잠깐 틈이 나면 한강에 나가는 게 다였다. 이때 낚싯대를 처음 잡아봤다. 피라미나 낚는 정도였지만 가장 좋아하는 취미를 그때 얻었다.

대성원에서 어설프더라도 연습해 간단한 음식은 할 수 있었지만 고급 요리는 먼 나라 얘기였다. 게다가 홀에서 일하니 주방에 들어갈 일이 별로 없었다. 작은 기술이라도 배울 생각에 기웃거리면 주방장이 눈을 부라렸다. 꾀를 냈다. 중국 식당은 요리 가지 수가 많다. 메뉴판에 익숙하지 않은 손님들은 고민하다가 추천을 부탁한다. 이때가 기회다. 평소 생각해 둔 요리를 손님에게 슬쩍 권한다. 물론 만드는 법이 궁금했던 요리다. 주문을 넣고 나서 슬쩍슬쩍 곁눈질했다. 어깨너머로나마 조금씩 보게 되니 시간이 지나며 웬만한 요리는 만드는 방법이 머리에 들어왔다. 수타면 뽑는 기술도 이때 익혔다.

규모가 큰 식당일수록 주방 위계가 확실하고 군기가 세요. 주방은 하는 일에 따라 불판·칼판·면판·싸완涮碗으로 나눠져요. 싸완은 설거지를 하고, 면판은 면을 뽑고 딤섬을 만들고, 칼판은 채소와 고기 같은 식재료를 다듬어 썰고, 불판은 불을 다루며 재료를 볶고 튀기고 끓여요. 규모가 작은 식당은 혼자서 북치고 장구 치니 경계가 없지만요. 대개 불을 다루는 불판이 대장인데 칼판이 그 역할을 하는 경우도 많아요. 특선 요리가 많던 때는 칼판 힘이 셌어요. 주방 살림을 꾸리는 칼판은 엄마 같은 역할을 해요. 그날그날 장을 봐서 재료에 맞는 메뉴를 짜거든요. 불판과 면판을 연결하는 다리 역할도 하고요. 불판은 칼판이 준비해 주는 재료에 맞춰 요리를 하죠. 주방에 냉동고가 들어오며 이런 관계가 변했어요. 온갖 재료를 쟁여둘 수 있게 되니 매일 장 보러 갈 필요가 없잖아요. 잘나가는 요리 위주로 메뉴가 고정되기 시작했어요. 칼판 역할이 줄고 불판 힘이 세졌어요. 주방에는 보이지 않는 경쟁과 알력이 있어요. 서로 마음이 맞지 않으면 판이 깨지기 십상이죠."

시대가 바뀌어 요즘은 주방 분위기가 많이 달라졌다. 국자나 칼등으로 후배들을 때리는 구닥다리 선배들도 거의 은퇴했다.

배달의 원조, 짜장면 한 세트

뚝섬 경마장은 한국전쟁 휴전협정일인 1953년 7월에 공사를 시작해 이듬해 5월 문을 열었다. 전쟁으로 경마를 중단한 지 3년 11개월 만이었다. 지붕은 맥주깡통을 이어 붙인 데다 경주로 가운데 채소밭까지 있었다. 허술하기 짝이 없었지만 사람들이 몰려들었다. 경마가 있는 금요일부터 일요일까지는 가게가 미어터졌다. 하지만 매출을 늘리기에는 한계가 있었다. 매장에서 감당할 수 있는 손님 수가 뻔했기 때문이다. 경마장 안은 배달금지구역이었다. 어떻게 해야 관람석까지 배달을 뚫을 수 있을까 궁리했다. 장내 출입 권한을 쥐고 있는 경비과장을 목표로 삼았다. 이들을 수시로 성수원에 초대해 양장피 같은 요리에 고량주를 대접하며 친분을 쌓았다. 식사 때 짜장면을 시키면 곱빼기를 공짜로 내줬다. 매달 과장과 부서 직원들을 모셔 회식 자리를 열어줬다.

철옹성 같던 문이 열렸다. 아니나 다를까, 관람석 사이를 철가방이 오가기 시작하자 주문이 쏟아졌다. 자전거로는 배달할 수 없는 양이었다. 손수레에 철가방을 가득 싣고 경마장 안으로 들어갔다. 그런데 문제가 생겼다. 사람들이 먹고 난 그릇을 아무 데나 던져놓았다. 통로나 의자 위에 너저분한 그릇이 굴러다니니 경마장 직원들이 좋아할 리 없었다. 잔반이 바닥에 흩어져 청소원들도 불만을 터트렸다. 겨우 문을 열었는데 이러다 다시 출입금지령이 내려지면 어쩌나 싶었다.

궁하면 통한다고 아이디어 하나가 반짝 스쳤다. 짜장면, 단무지 5조각, 나무젓가락을 한 세트로 만들었다. 나무로 만든 관람석 의자 밑 빈 공간에 쏙 들어가는 크기였다. 손님들은 대부분 그릇 바닥에 남은 짜장마저 단무지로 깔끔하게 닦아 먹고 의자 밑에 집어넣었다. 경주가 끝나면 빈 그릇을 다시 배달통에 차곡차곡 넣어오면 그만이었다. 나무젓가락은 버리고 그릇 하나만 씻으면 되니 일이 크게 줄었다. 배달 오토바이 소리 요란한 팬데믹 시대에 돌아보니, 경마장에 배달한 성수원 짜장면이 규격 음식 배달의 원조였던 셈이다.

외부인이 절대로 들어갈 수 없는 매표소까지 뚫었다. 창구에서 일하는 여성들이 환호했다. 경마장 가장 높은 망루에서는 경주로와 관람석을 비롯해 경마장이 한눈에 내려다보인다. 감시 카메라로 경주 상황을 찍어 부정행위를 잡아내는 공간이다. 아래층에 있는 사무실에서는 망원경으로 경주를 살핀다. 경마장에서 경비가 가장 삼엄했지만 이곳도 짜장면 앞에서 결국 문을 열었다. 배달을 가면 직원들이 짜장면을 먹으며 경주를 대신 봐달라며 장비를 넘겨주기도 했다. 얼떨결에 셔터를 눌러보고, 망원경으로 경기를 보기도 했다.

매출은 하루가 다르게 쑥쑥 늘어났다. 욕심이 생겼다. 이번에는 성수원에서 가까운 모나미 공장을 겨냥했다. 당시 성수동은 서울의 대표적인 공업지대였다. 1962년에 제1차 경제개발5개년계획이 시작되며 일대에 공장이 들어서기 시작했다. 모나미는 공덕동과 신설동을 거쳐 1963년에 성수동으로 이사했다. 배추밭이 있던 자리였다. 공장에서는 어린 종업원들이 교실 학생들처럼 줄지어 앉아 볼펜을 만들었다. 구내식당이 없어 직원들은 공장 근처 함바집에서 밥을 먹었다. 총무과장을 만나 설득했다. 직원들이 편하게 먹어야 일을 잘하지요, 공장 안으로 식사를 배달하면 회사도 좋고 직원들도 좋아할 텐데요, 각자 먹은 만큼 사인하고 월급에서 제하면 좋지 않을까요. 듣고 보니 그럴듯한지 과장은 선선히 허락했다. 직원 400명의 명부를 만들어 놓고 각자 먹은 만큼 서명하면 봉급날 일괄 수금했다. 밤에는 야식 배달도 했다. 수금을 하면 5퍼센트는 총무과에 떼어줬다. 그러던 어느 날이었다. 직원 하나가 찾아와 왜 먹지도 않은 짜장면값을 월급에서 떼어 갔냐며 화를 냈다. 같이 일하는 동료 누군가의 얌체짓이었다. 필체를 확인해 범인을 알아냈지만 눈감아 줬다. 물론 피해액은 현금으로 돌려줬다. 삼표산업 레미콘 공장도 거래를 터서 삼발이차에 짜장면을 싣고 낮이고 밤이고 들어갔다.

서울제강 옆에는 고철을 해체하는 작은 하청업체들이 있었다. 일이 험해서 그런지 거친 사람들이 많았다. 수금하러 가면 이 핑계 저 핑계 대며 시간을 끌거나, 돈을 떼어먹고 야반도주하는 업체도 있었다. 경우가 어떻든 돈을 떼이면 이만저만한 손해가 아니었다. 안 되겠다 싶었다. 이들에게 일감을 주는 서울제강 사무실로 쳐들어갔다. 업체들이 언제까지 계약돼 있는지, 대금 받아 가는 날짜가 언제인지를 알아냈다. 돈이 오가는 날 현장에서 버티니 외상값 받아내기가 훨씬 쉬워졌다. 그 뒤로는 현금을 주지 않으면 배달을 하지 않았다. 다른 공장들도 미적대기는 마찬가지였다. 한번은 전자부품회사 사장 책상에 올라가 드러누운 적도 있다. 그러면 조금씩이라도 줬지만 말끔히 정산해 주지는 않았다. 쌓인 외상값 때문에 배달을 끊을 수도 없었다.

한편 가게가 번창할수록 사장인 매형은 점점 가게 일을 소홀히 했다. 고급 오토바이를 타고 놀러 다니고 동네 다방에서 노닥

거리는 시간이 늘었다. 장사에 관심이 없어 보였다. 오래 일하고 싶은 생각은 들지 않았다. 1년을 일하고 나왔다. 가게를 차려주겠다는 누님의 말을 뒤로했다. 혼자 힘으로 서고 싶었다. 웬만큼 자신감도 생긴 참이었다.

호랑이굴 대관원

이즈음 장안에서 알아주는 중식당인 대려도 모종희 사장이 미국으로 이민을 갔다. 대려도는 한국전쟁이 일어난 해인 1950년 12월 부산에서 개업해 휴전 뒤 1953년 12월 서울 중구 소공동으로 이전했다. 그 뒤 다시 종로구 관철동으로 옮겼다. 얼마 뒤 강남에 생긴 대려도는 소공동에서 일하던 지배인이 낸 가게다. 대관원에서 문을 닫게 된 대려도 우수 인력을 데려간다는 소문이 퍼졌다. 대관원 사장 왕서무는 화교협회 회장을 지낸 지식인인데 매장은 부인이 운영하고 있었다. 호랑이를 잡으려면 호랑이굴에 들어가야 한다. 이미 발을 들여놓은 길, 일류 식당에서 인정받고 싶었다. 왕서무 사장과 친분이 있는 외삼촌에게 부탁해서 추천서를 받았다. 왕 사장은 대만 국민당 한국 지부 간부였고, 외삼촌은 충북지부장이었다. 1974년 봄 대관원에 들어갔다. 가게는 종로3가와 수표교 사이인 관수동 이공가二公街에 있었다. 당시 관수동은 명동, 소공동과 함께 서울 3대 차이나타운이었다. 이 짧은 구간에 한때 중국 식당 열댓 개가 몰려 있었다. 청계천 수표교를 건너가면 화교 친목단체인 북방회관과 화교협회가 각각 오른쪽과 왼쪽에 자리 잡고 있었다. 북방회관은 산둥·산시·허난·허베이성 출신 화교들이 모이는 장소였다.

전설 같은 요리사들이 포진한 대관원의 위세가 대단했다. 세 번째 불판 손성원이 국빈 주방장으로 옮겨 갈 정도였다. 주방장은 대려도 출신 장수주였다. 태화관 주방장을 하던 진학부가 불판장이었다. 그때 나이가 거의 칠십은 돼 보였으니 파격이었다. 칼판장 오배상은 자타가 공인하는 한국 최고 칼잡이였다. 면판장 왕선명 역시 귀신같은 솜씨를 자랑했다. 손이 어찌나 빠른지 뽑아낸 면이 끓는 물에서 익기도 전에 다시 면을 뽑아낼 정도였다. 그 앞에는 솥이 두 개는 있어야 한다고들 말했다. 면 뽑는 기계가 들어오며 할 일이 없어진 그가 불판을 하고 있을 때였다. 하루는 면 뽑는 기계가 고장 나 주방에 비상이 걸렸다. 그에게 손으로 면을 뽑아달라고 부탁했지만 반죽은 숙성할 시간이 있어야 한다며 시간상 도저히 안 되겠다고 했다. 사장이 애원하자 할 수 없던지 그가 팔을 걷어 부쳤다. 그런데 세상에, 빛의 속도로 반죽을 하더니 면을 줄줄이 뽑아내기 시작했다. 옆에서 보면서도 믿기지가 않았다.

왕선명 선배가 저를 잘 봐서 면 기술을 전수해 주려 했어요. 그런데 제가 고사했어요. 배워두면 좋기는 하겠지만 그 길로 주욱 갈 수 있거든요. 면만 뽑아서는 큰 요리사가 되기 힘들어요. 불판이나 칼판으로 첫발을 딛고 싶었어요.

주방에는 자리가 없었다. 사장이 요리는 주방에서만 배우는 게 아니라며 홀부터 경험하라고 했다. 주방에는 자리가 나면 넣어주겠다고 했다. 조금 실망했지만 대형 식당이 돌아가는 모습을 바닥부터 볼 수 있는 기회라고 생각했다. 어떤 일이든 능력으로 인정받고 싶었다. 가장 먼저 출근했다. 옆 골목 세탁소에 들르는 일이 하루의 시작이었다. 하얀 와이셔츠를 찾아 입고, 구멍가게에서 사이다 한 병을 사서 마셨다. 정신이 번쩍 들고 힘이 났다. 당시 주방과 홀 사이에는 묘한 긴장감이 있었다. 요리사들은 누구에게도 자기 기술을 알려주려 하지 않는다. 같은 주방에서도 그렇다. 후배를 함부로 키웠다가는 자기 자리가 위협받을 수 있다고 생각하기 때문이다. 설움과 수모를 겪으며 배운 기술을 쉽게 넘겨줄 수 없다는 심리도 있다.

새카만 말단이 기술을 넘본다는 기색을 보이면 주방에 얼씬도 못 할 수 있었다. 우회 전략을 썼다. 궂은일은 나서서 하고 심부름을 찾아서 했다. 경계하는 눈초리가 조금씩 누그러졌다. 스스럼없이 홀과 주방을 오가게 됐다. 한번은 냉채를 만들던 주방장이 해보라며 칼을 건네줬다. 기회다 싶어 냉큼 달려들었다. 그런데 웬걸, 재료에 칼이 들어가더니 움직이지 않았다. 내심 칼질쯤이야 하던 참이라 스스로도 어이가 없었다. 주방장이 빙그레 웃었다.

오기가 났다.

주방장은 항상 이른 아침에 장을 보러 갔다. 그 틈에 친하게 지내는 부주방장의 묵인 아래 칼질을 연습했다. 주방장이 출근하기 전에 재료를 다듬고 썰었다. 칼판 선배들도 자기 일이 줄어드니 은근히 좋아했다.

300명분 가든파티

장안의 내로라하는 거물들이 대관원을 드나들었다. 박인천 금호아시아나 회장, 최종현 선경그룹 회장, 김종희 한국화약그룹 회장 같은 경제인들은 물론이고 군 장성들도 많이 왔다. 대관원은 국방부·육군본부·해군본부 같은 군 주요기관 출장을 도맡는 요릿집이었다. 고관대작들은 불법 주차를 해도 딱지를 떼지 않았다. 장관 부인들 24명이 계모임을 열기도 했다.

손님 모시는 모습이 사장 눈에 들었는지 6개월 만에 1층 홀을 총괄하는 캡틴이 됐다. 아래에 후배 셋을 두었다. 종종 요리 출장을 나갔다. 지배인이 늦게 출근한 어느 날, 도쿄빌딩에 있던 범양상선에서 전화가 왔다. 300명분 가든파티가 가능하냐고 물었다. 하급 직원이라 주방 사정을 알 리 없었지만 놓치면 안 될 것 같아 덜컥 수락해 버렸다. 지배인이 무슨 배짱으로 그랬냐며 어처구니없어했다. 원탁과 의자는 빌리고, 모자라는 인력은 노는 친구들

부르면 되고, 요리는 야외에서 만들기 쉬운 종류로 하면 되지 않겠냐고 나름의 생각을 말했다. 그럴듯한지 네가 알아서 해보라고 했다. 처음 경험하는 대형 행사라 바짝 긴장했지만 주방을 도와 탈 없이 마쳤다.

수고했다고 주최 측에서 2,000원을 내놨다. 잠도 제대로 자지 못하며 고생한 동료들을 생각하니 무시당한 기분이 들었다. 안 받겠다고 하니 당황하며 얼마면 되겠냐고 했다. 조선호텔로 출장 파티를 나갔을 때 받은 팁이 1인당 5,000원이었다. 함께 일한 아홉 명 몫으로 4만 5,000원을 달라고 하니 웬일로 선선히 주었다. 그때 월급이 1만 5,000원이었으니 큰돈이었다. 매장 옆에 있는 센추리나이트클럽에 가서 자축 파티를 했다. 지배인을 비롯한 전 직원을 모셨다. 맥주병을 셀 수 없이 쓰러트렸는데 5만 원 정도가 나왔다. 왕육성이 스물한 살 때였다. 세상을 빨리 겪으며 일찍 어른스러워졌고, 겁 없던 시절이었다. 일을 잘한다고 인정받아 월급이 2만 5,000원으로 뛰었다. 자신감이 배가 됐다. 주방과 홀의 상황을 살피는 시야가 좀 더 넓어졌다. 테이블에 부족한 점이 보이면 손님이 부르기 전에 달려갔다. 예의 있고 싹싹하게 일하니 월급보다 팁을 훨씬 많이 받았다. 쉬지 않고 움직여도 힘든 줄 몰랐다.

가게에서 먹고 잤어요. 영업 끝나고 정리정돈을 하고 나서 45도 고량주를 맥주 컵으로 한 컵 마시면 기분이 딱 좋아요. 그런 뒤 슬리퍼 끌고 동료들과 관철동이나 관수동을 구경하며 다녔지요. 방범대원들이 가게에 오면 짜장면 곱빼기를 그냥 주기도 했는데 그 덕인지 통행금지 시간에 걸려도 봐줬어요. 그즈음 오일쇼크가 덮쳤어요. 기름값이 뛰고 전기가 부족해지자 정부에서 한 달에 두 번 휴업하라는 강제지침을 내려보냈어요. 만세를 불렀죠. 그런데 명절만 쉬다가 시간이 생기니 막연하더군요. 막상 휴일이 되면 극장을 가거나, 외식하거나, 무협지 빌려다 읽는 게 다였어요. 마작도 이때 배웠네요.

쌀밥 팔면 영업정지 6개월

1960~1970년대는 혼분식장려운동이 펼쳐졌다. 쌀이 모자랐기 때문이다. 전국 모든 음식점은 밥에 보리쌀이나 밀가루 등을 25퍼센트 이상 섞어서 팔아야 했고, 가정에서도 이를 지키도록 유도했다. 학교에서는 도시락 검사를 했다. 쌀밥을 싸 오면 도덕 점수를 깎고 몽둥이로 체벌도 했다. 면을 먹지 못하는 사람을 위해 쌀 모양으로 만든 밀가루나 인조미도 나왔다. 정부는 쌀로 빚는 술도 금지했다. 밀가루 막걸리와 고구마·카사바로 만든 희석식 소주가 이때 나왔다. 그래도 딱히 큰 효과가 없자 정부는 1969년 2월 1일부터 매주 수요일과 토요일을 분식의 날로 정했다. 이날은 오전 11시부터 오후 5시까지 쌀로 만든 음식 대신 국수나 수제비 같은 밀가루 음식을 팔아야 했다. 사복을 입은 암행단속반이 손

님을 가장하고 다녔다. 행정명령을 어기면 최고 6개월 영업정지 처분을 내렸다. 신고자 포상금이 5,000원이나 됐으니 옆집이나 단골이 밀고하는 일도 심심찮았다.

분식의 날이 되면 중국 식당들이 반사이익을 봤다. 대관원도 손님이 미어터져 발바닥에 불이 나도록 뛰어다녀야 했다. 화장실 갈 시간도 없었다. 와중에 잠깐 틈이 나면 길 건너 경양식집으로 냅다 뛰어가서 생맥주 한 잔을 단숨에 마시고 다시 뛰어왔다. 갈증 해소에 최고였다. 그 옆 국일영양족발은 당시에 문을 열어 지금도 영업한다. 하루는 족발집 아주머니가 "어이, 대관원에 장군들 단골이 많다며? 매출 좀 올리겠네" 물었다. 그렇다고 하니 "우리 가게는 하루에 200만 원어치를 팔아" 했다. 대관원 하루 매출이 100만 원 정도였으니 어마어마한 매상을 올리고 있었다.

경양식집 옆에 라틴쿼터카바레가 있었다. 영화배우 박노식, 코미디언 양석천(홀쭉이), 양훈(뚱뚱이), 송해, 구봉서, 이대성 같은 당대의 스타들이 출연했다. 무대에서 보조MC를 보던 개그맨 주병진은 짜장면 먹으러 올 때마다 장난스럽게 말했다. "단무지 많이 주세요." 스타들은 대부분 짠돌이·짠순이였다. 젓가락질 몇 번 하면 바닥이 보이는 값나가는 요리는 시키지 않았다. 안주도 되고 식사도 되는 양 많은 음식을 주로 주문했다. 가족과 함께 올 때는 한껏 쓰는데 다른 사람과 올 때는 짜장면만 먹는 분도 있었다.

하루는 카바레 지배인이 웨이터로 오라고 했어요. 대관원보다 월급 많이 준다면서요. 식사하러 와서 제가 손님 모시는 태도를 꼼꼼히 살폈나 봐요. 솔깃했죠. 잘나가는 스타들을 매일 볼 수 있고 일도 재밌어 보였어요. 번쩍거리는 옷과 구두를 맞추고 출근을 하려는데 부모님이 펄쩍 뛰었어요. 돈은 땀 흘려 깨끗하게 벌어야 한다는 말에 생각을 접었죠.

중식조리사 자격증 시험 대소동

대관원 홀 근무는 요리 인생의 주춧돌이 됐다. 손님 모시는 법을 제대로 배우고, 고급 요리 만드는 법을 눈동냥하며 익혔다. '흰머리 할아버지' 장수주 주방장을 따라 종종 출장을 나갔다.

다른 요릿집에 심부름도 다녔는데 귀찮기는커녕 즐거웠어요. 새로운 걸 보고 듣고 배울 수 있는 기회라고 생각했거든요. 오향장육으로 소문난 관수동 신생관에 간 적이 있어요. 족발 삶는 비결이 궁금해서 갈 때마다 두리번거렸죠. 어느 날 가니 라오탕(장육의 본래 국물)통 위에 삶은 고기를 건져놓았더군요. 이유가 있냐고 물어보니 그래야 서서히 식고, 또 아래에서 육수 증기가 올라오니 고기가 잘 굳지 않는대요. 손님상에 나갈 때 딱 좋을 정도로 졸깃하고요. 40분 넘게 삶으면 진이 빠져 퍽퍽해진다면서 그날 만든 거 다 팔면 장사 끝이래요. 그때 붉은족

발조림 만드는 법을 익혔지요.

조리사면허증

본적 중화민국

조리사를 면허함

서기1975 년 9 월 3 일

서울특별시장

대관원에서 딴 중식조리사 자격증.

이즈음 북창동에서 삼겹살을 처음 먹어봤다. 일본에 돼지고기를 수출하고 남는 부위이고 널리 알려지지 않아 비싸지 않았다. 대관원에서 일하며 중식조리사 면허증을 땄다.

가게에 식사를 하러 온 요식업조합 종로지부장의 권유 덕이었다. 만두 좀 싸고 무와 배추 좀 썰 줄 알면 다 된다고 했다. 말이 그렇지 쉬운 시험이 어디 있을까 싶었다. 동대문운동장 뒤 한양공고에서 필기시험을 치렀다. 한국어가 서툰 화교들은 필기시험부터 힘들어 했지만 무난하게 통과했다. 2차 실기시험이 문제였다. 어떤 요리가 과제로 튀어나올지 알 수 없었다. 시험 장소는 서울시청 구내식당이었다. 시험 전날 위생복과 장갑을 빌렸다. 위생 점수가 큰 비중을 차지한다기에 퇴근한 뒤 두어 시간 칼을 갈았다. 쓸 일이 별로 없는 손잡이 쪽 날까지 반짝반짝 광을 낸 뒤 기름을 쳤다. 지금처럼 좋은 스테인리스 칼이 없어 칼에 녹이 잘 슬었기 때문이다. 다음 날, 시험장에 들어가는데 준비물 검사를 했다.

마스크가 없다고 입장을 막았어요. 가져가야 하는지 몰랐거든요. 얼른 돌아 나와 뛰어다녔지만 일요일이라 문 연 약국이 없었어요. '망했구나' 했는데 삼일고가도로 진입로 옆에 있는 약국 문이 열리더군요. 마침 약사가 외출하려던 참이었나 봐요. 하나 사서 헐레벌떡 가니 겨우 들어갈 수 있었어요.

군만두와 삼품냉채가 과제로 나왔다. 어깨너머로 만드는 법을 수도 없이 본 요리라 쾌재를 불렀다. 냉채는 그럭저럭 만들었다. 당시에는 시험에서 불을 쓰지 않았다. 만두는 속을 만들어 싸기만 하면 됐다.

만두피를 미는데 소형 홍두깨 대신에 맥주병을 나눠 줬어요. 속을 다져 만두 두 개를 만들어 놓고 그 옆에 병을 세워놨어요. 뉘어 놓으면 굴러떨어져 깨질 수 있으니까요. 그런데 지나가던 관계자가 병을 건드린 거에요. 병이 쓰러지면서 만두를 덮쳐 한 개가 찌그러졌어요. 정말 진땀이 나더군요.

채점관은 두 명이었는데 그중 한 명이 마침 시험 보라고 권해 준 지부장이었다. 사정을 말하니 요리를 잘 만들었으니까 걱정하지 말라고 했다. 실기시험까지 합격하고 마침내 자격증을 땄다. 주방이 아닌 홀에서 근무하며 자격증을 따니 대관원 직원들이 다들 놀라워했다.

삼성본관 해당화

2년 8개월을 일하고 대관원을 나왔다. 친구가 일하는 삼성 본관 건물 지하의 해당화에 들어갔다. 1976년 6월에 완공한 삼성 본관은 한창 성장하고 있던 삼성 그룹의 상징이었다. 지하 4층, 지상 26층으로 당시로서는 초현대식 빌딩이었다. 퇴근할 때 후문으로 나가면 주차장에 반짝이는 벤츠 두 대가 서 있었다. 그중 까만색은 600시리즈였다. 당대 최고의 럭셔리 세단으로 귀빈용이라고 했다. 다른 한 대는 파란색인데 이병철 회장용이라고 했다. 해당화에는 박동진 외무부장관 같은 VIP들이 종종 드나들었다. 공무원들이 달아놓은 음식값을 받으러 중앙청에 가기도 했다. 외상값을 받아 오면 수고비로 10퍼센트가 떨어졌으니 꽤나 짭짤했다.

고도성장기로 접어든 한국은 온 나라에 건설 바람이 불고 있었다. 1974년에 서울 지하철 1호선이 운행을 시작했다. 1975년 4월에 베트남이 패망했다. 북한이 남침한다면 강북에 치우친 서울이 불안하다는 인식이 퍼졌다. 강남 개발을 서두른 이유 중 하나다. 이해 10월에 성동구와 영등포구 일부를 떼어내 강남구를 만들었다. 지금의 서초·송파·강동구를 포함하는 지역이다. 1976년 강남고속버스터미널이 문을 열었지만 버스 회사들이 이전을 머뭇거렸다. 당국이 석 달 안에 강북 터미널을 폐쇄하지 않으면 허가를 취소한다고 엄포를 놓자 부랴부랴 옮겨 갔다. 열한 개 택지지구가 고시되며 강남아파트 시대가 열렸다. 개발 호재를 타고

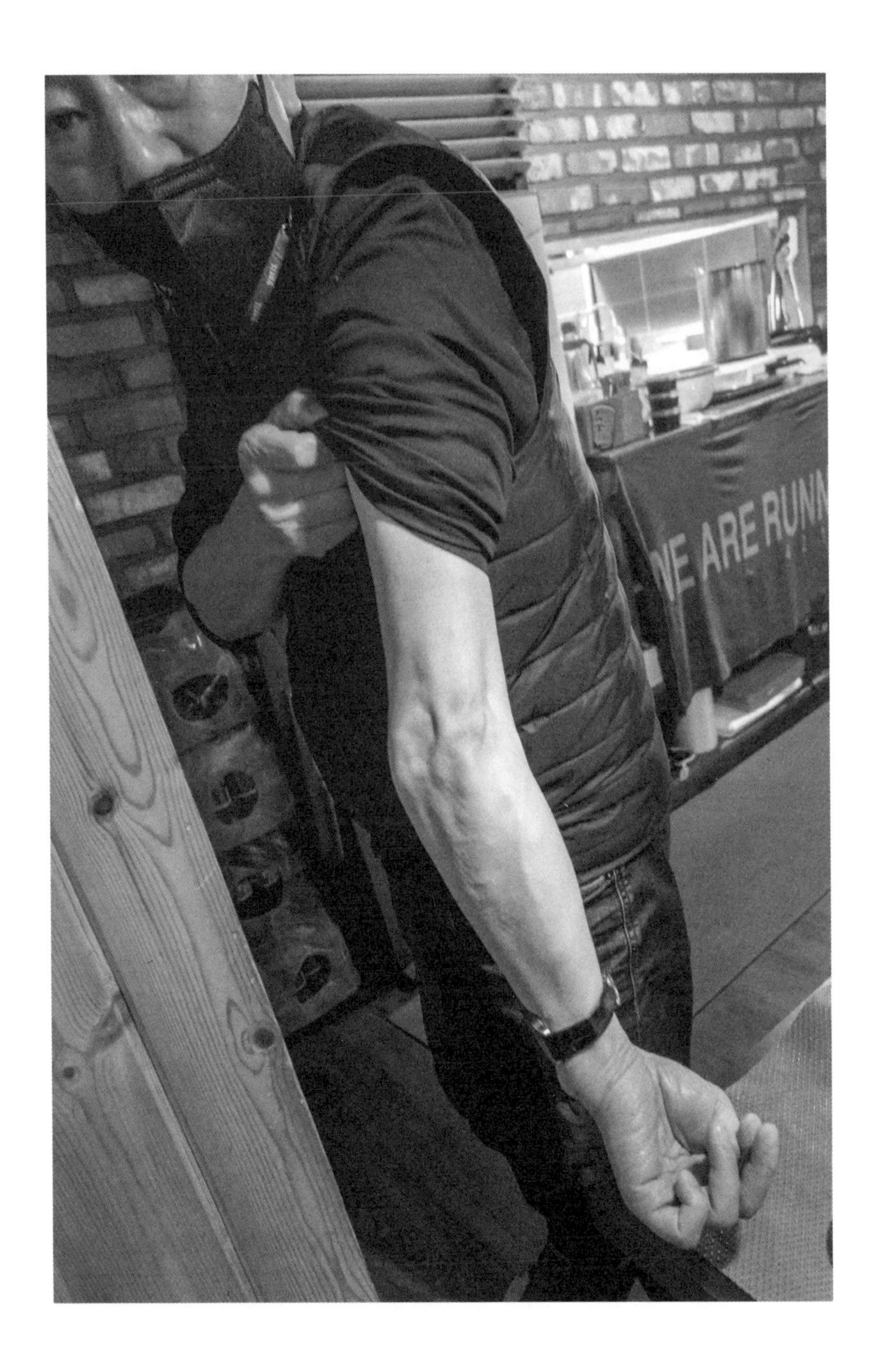
ARE RUNN

건설 재벌이 줄줄이 등장했다. 라이프·삼익·삼풍·삼호·진흥·한보…. 1977년 마침내 수출 100억 달러 시대가 열렸다. 중동특수가 일어나고 아파트마다 청약자가 장사진을 쳤다. 1977년 6월에는 서울역 맞은편에 대우빌딩이 문을 열었다. 가로, 세로가 각각 100미터인 정사각형 23층짜리 빌딩이다. 기차를 타고 서울역에 내려 대우빌딩을 처음 보는 사람들은 하나같이 입을 떡 벌렸다. 당시에는 한국에서 전기를 가장 많이 쓰는 건물이었다.

이즈음 면을 한꺼번에 다섯 그릇 분량은 뺄 수 있었다. 더 늦기 전에 주방에 들어가고 싶었다. 마음 한구석에 계속 불안감이 도사리고 있었다. 휘어버린 왼팔 때문이었다. 아프지는 않았지만 마음대로 쓰지 못했다. 주방에서 서열이 빨리 올라가려면 불판으로 가야 하는데 웍이 부담이었다. 그 시절 무쇠 웍은 지금보다 크고 무거웠다.

대우빌딩 홍보석

동부이촌동 리벌브맨션은 당시 최고급 주상복합건물로 유명 연예인들이 많이 살았다. 맨션 상가에 홍보석이 있었다. 《선데이 서울》 같은 대중매체를 이용해 본격 중식당 광고 시대를 열었다. 북경식 요리가 대세인 시절, 사천식 요리로 VIP들을 끌어들이며 장안의 명소가 됐다. 사장이 중앙정보부 출신이고 부인이 육영수

여사 및 재벌 회장 부인들과 요리 모임을 가진다고 했다. 홍보석은 대우빌딩이 문을 열며 그 지하 식당가로 옮겨 갔다. 360평이니 어마어마한 규모였다. 홍보석이 있던 자리는 이름을 금보석으로 바꿨다. 하루는 왕육성이 일하는 해당화로 친구들이 놀러 왔다. 그중에 홍보석 부주방장 왕춘량이 있었다.

춘량은 초등학교를 졸업하고 중식 일을 시작했는데 그의 친구들이 저랑 중학교 동창이에요. 실력이 대단하다는 말을 듣고 있었는데 만나자마자 친해졌어요. 벌써 부주방장이라니 대단하네, 사부님으로 모실까요? 농담 반 진담 반 하던 중에 주방에 들어가고 싶다는 얘기를 했어요. 술잔이 몇 차례 도니 춘량이 기분이 좋아져서는 '홍보석에서는 내 말 한마디면 다 통해, 지금은 자리가 없지만 하나 만들어 보지 뭐' 하더군요.

술기운에 부리는 호기려니 하면서도 은근히 기대했다.

왜 그렇게 빨리 기술을 배우고 싶었냐 하면 역할에 따라 월급 차이가 너무 컸기 때문이에요. 홍보석 주방장이 27만 원, 부주방장이 24만 원 받을 때 주방 보조가 3만 원 받았으니까요. 거의 열 배 차이잖아요. 월급을 받아 방세를 내면 1만 8,000원이 남았어요. 밥값, 이발비, 차비만 해도 돈이 모자랐어요.

설마 하고 있었는데 며칠 뒤 왕춘량에게서 연락이 왔다. 주방에 해삼 담당으로 오라고 했다. 뛸 듯이 기뻤다. 주방, 그것도 다들 부러워하는 홍보석 주방이라니. 그때 주방장이 정전승이다. 인천 출신으로 키가 컸는데 나중에 미국으로 이민을 갔다.

서소문 오래된 가옥에 다다미방을 얻어놓고 걸어서 출퇴근했다. 지금은 빌딩숲이지만 당시 중앙일보·동양방송 빌딩 뒤쪽은 한옥과 적산가옥이 즐비한 허름한 동네였다. 집에서 홍보석을 가려면 한진고속버스터미널을 지나가야 했다. 지금의 세브란스 건강검진센터 자리다. 당시 터미널 주변과 대우빌딩 뒤 양동 쪽방촌은 사창가로 유명했다. 이 길을 오갈 때마다 아가씨들이 놀다 가라고 잡았다. 다른 길로 돌아가면 멀고 그냥 다니자니 귀찮았다. 같은 길을 다니는데 친구는 잡지 않아 이상했다. 비결을 물어보니 인상을 박박 긋고 다니면 겁을 내 잡지 않는다고 했다. 며칠 따라 해봤지만 구겨진 인상이 좋지 않아 보여 그만뒀다. 눈에 익은 아가씨에게 어떻게 하면 되냐고 물으니 방법을 알려줬다. 동네 사는 사람이라고 말하면 안 잡는다고 했다. 효과 만점이었다. 스트레스받던 출퇴근길이 편해졌다.

친구 덕 본다는 소리를 들을까 봐 항상 조심했다. 매일 오전 6시 30분에 출근해 식자재를 받으러 나오는 사장 아들을 문 앞에서 기다렸다. 그러고는 바로 칼을 갈고 주방 일을 준비했다. 다른 직원들은 9시에 나왔다. 하루하루가 새로웠다. 퇴근하고 자취방에 오면 그날 보고 익힌 요리를 그림으로 그리며 복기했다. 잠자리에 누워서도 요리 생각을 했다. 밥을 먹지 않아도 배가 불렀다. 그 때 공부한 내용을 기록한 일기장이 있었는데 이사를 다니다가 어느 틈에 잃어버렸다. 오늘의 기록은 내일의 보물이 된다는 생각을 했다면 어떻게든 챙겼을 텐데 아쉬울 따름이다.

솜씨를 인정받아 석 달 만에 칼판으로 옮겼다. 비로소 눈치 보지 않고 칼을 잡게 됐다. 대형 식당이라 재료 양이 어마어마했지만 주방장 출근 전에 모두 손질해 놨다. 산더미처럼 쌓인 양파·대파·무 같은 채소를 썰고, 해삼·새우·조개 등의 어류와 육류를 다듬다 보면 등줄기로 땀이 줄줄 흘렀다.

요리사 첫발을 칼판으로 뗀 것은 복이었다. 왼팔 때문이기도 하지만 덕분에 주방 살림하는 방법을 배우게 됐으니 말이다. 불판으로 시작했다면 주방장으로 요리 인생을 마쳤을지도 모른다.

칼, 요리사의 밥

칼은 냉정하다. 0.1밀리미터의 오차도 허용하지 않는다. 한눈파는 순간 그대로 살을 파고든다. 대성원에서 한 번 크게 다쳤다. 무를 써는데 칼이 잘 들지 않았다. 한창 바쁜 시간이라 날을 갈 틈이 없었다. 손잡이에 힘을 줬다. 순간 칼날이 왼손 검지에 박히며 주르륵 살점을 밀어냈다. 피가 쏟아지는 손가락을 잡고 가게 옆 소아과 의원으로 뛰어 들어갔다. 뼈가 허옇게 드러날 정도로

상처가 깊었다. 다행히 다시 살이 붙긴 했지만 꽤 오랫동안 고생했다. 그렇다고 칼을 겁낼 수는 없다. 장악하지 못하면 끌려다닌다. 요리사에게 칼은 밥이다. 무수하게 베이며 칼을 익혔다. 엄지를 다치면 검지로, 검지가 나가면 중지로, 중지까지 다치면 약지를 썼다. 어떨 때는 새끼손가락 하나에 의지해 칼질을 했다. 새끼손가락마저 못 쓰게 된 적도 있었다. 손톱으로 날을 고정해 가며 칼질을 했다. 정신없이 돌아가는 주방에서는 개인 사정을 봐주지 않는다. 중상이 아니면 병원에 갈 틈도 없다. 아프다고 호소해 봐야 눈총만 받는다. 베이면 지혈을 한 뒤 담배 가루를 붙이고 붕대를 감고 일했다. 그러면서 칼과 친구가 됐다. 어디를 가든 가장 먼저 출근한 이유도 칼을 잡아보기 위해서였다.

공욕선기사 필선리기기工欲善其事 必先利其器. 일을 잘하고 싶다면 도구부터 예리하게 준비하라는 뜻이죠. 일에는 순서가 있고 기본이 중요하다는 이야기인데 요리사라면 칼부터 잘 갈아야 해요.

만만하게 생각한 칼갈이가 쉽지 않다. 설렁설렁 갈면 날이 둥글게 배가 나온다. 단면이 날렵하게 쭉 빠져야 하는데 밋밋하고 들쭉날쭉하다.

숫돌과 날이 일정한 각도를 유지해야 하고, 양면을 똑같이 갈아야 해요. 앞을 열 번 갈았으면 뒤도 열 번 갈아야 하지요. 잡념을 버리고 집중해야 돼요. 무슨 일이든 마찬가지겠지만요.

칼에도 문무文武가 있다. 문도文刀는 날이 얇고 가볍다. 식재료를 얇게 저미거나 채를 썰 때 쓴다. 무도武刀는 날이 두툼하고 묵직하다. 육고기를 뼈째 자르거나 물고기를 토막 낼 때 쓴다. 모양이 같은 중식도라도 성질은 서로 다르다. 칼은 쇠의 종류에 따라 각각 무겁고 가볍고, 단단하고 무르고, 강하고 부드럽다. 요리사마다 자기 손에 맞는 칼이 있다. 비싸고 좋은 쇠로 만들었다고 내게 좋은 칼은 아니다. 금으로 만든 삽을 가졌다고 훌륭한 농사꾼이 되지는 않는다. 왕육성은 무쇠로 만든 무거운 칼을 아끼지만 그렇다고 칼을 가리지는 않는다. 쓸모에 맞게 그때그때 골라 쓴다.

사람도 칼과 같아서 서로 쓸모가 달라요. 증류수나 산소 같은 사람은 가까이 가기가 부담스럽고 강철 같은 사람은 부러지기 쉬워요. 맑은 물에는 물고기가 없잖아요. 식당 하기 힘든 사람이죠. 저는 어느 자리나 가리지 않고 잘 어울려요. 제 음식을 온갖 손님들에게 내놓다 보니 성격도 그에 맞춰 변했나 봐요. 이것저것 가리면 좋은 요리사가 되기 힘들거든요.

신촌 만다린 시절, 직원들과 관광버스를 대절해 남이섬으로 직원 야유회를 갔다. 가운데에 있는 왕육성을 중심으로 왼쪽이 칼판, 오른쪽이 불판 동료였다.

신촌 만다린

홍보석에서 11개월을 일했다. 1977년 11월 신촌로터리에 있는 만다린으로 옮겼다. 주방장이 홍보석 출신 실력자인 등배신 사부였다. 홍보석 둘째 칼판 주은리와 함께 갔다. 칼판 네 명 중 두 번째 자리였다. 여기서 세 명의 불판 중 두 번째 자리에 있던 곡금초를 만났다.

그런데 석 달 뒤에 주은리가 청량리 대왕호텔 용궁 주방장으로 옮겼어요. 저보고 함께 가자고 하더군요. 일한 지 얼마 안 돼 또 옮기면 메뚜기 같잖아요. 안 가겠다고 했어요. 등 사부한테 배우고 싶기도 했고요.

5개월 뒤 이번에는 이촌동 금보석 주방장이 왕춘량을 통해 만나자는 연락을 했다. 아니나 다를까 스카우트 제의였다. 월급 12만 원을 줄 테니 같이 일하자고 했다. 만다린 월급은 7만 원이었다. 신의와 돈 사이에서 머뭇거리다가 등 사부에게 이야기했다. 다음 날 만다린 황 사장이 13만 원 줄 테니 고민 말고 계속 같이 일하자고 했다. 미리 손을 써준 등 사부도, 배려해 준 사장도 고마웠다. 주은리가 떠나며 칼판 선임, 즉 부주방장이 됐다. 주방에 들어간 지 2년도 안 됐을 때였다. 최소 5년은 걸리는 자리이니 매우 빠른 승진이었다.

그즈음 퇴계로 일신빌딩 지하에 홍보석 분점이 생겼어요. 사장이 등 사부에게 주방장으로 다시 오라고 제안했어요. 만다린에서 빼 간 등 사부를 다시 데려가려 한 거죠. 실력이 뛰어나니까요. 등 사부는 업계 최고 대우를 받고 있었지만 마작을 좋아했어요. 사장은 등 사부가 돈이 필요한 걸 알고 있었어요. 만나서 설득하다가 알아서 하라며 100만 원짜리 뭉치들이 든 가방을 던지고 갔대요. 결국 보따리를 쌌어요. 만다린 사장한테는 '곡금초, 왕육성도 데려가고 싶지만 안 데려간다, 두 사람이 불판, 칼판 확실하게 할테니 만다린은 걱정 안 해도 된다'라고 안심시켰어요. 곡금초가 등 사부 뒤를 이어 주방장이 됐어요."

행사장에서 만난 선후배 동료들. 뒷줄 왼쪽부터 이연복, 왕육성, 학복춘, 장홍기, 장립화 사부다.

왕춘량은 강남고속버스터미널에 생긴 산호로 옮겼다. 월급 25만 원을 제의받았다고 했다. 그 말을 듣고 사장이 왕육성의 월급을 26만 원으로 올려줬다.

독립하겠다고 마음먹고 독하게 저축을 했다. 만다린에서 일하며 서울 생활하며 진 빚을 다 갚았다. 1978년 3월에 서울지하철 2호선 기공식이 있었다. 5월에는 남산3호터널이 뚫렸다. 1979년 10월에는 강남구에서 탄천 동쪽이 떨어져 나가 강동구가 됐다. 압구정에는 한양쇼핑센터가, 소공동에는 롯데백화점이 문을 열고 롯데리아가 첫선을 보였다. 던킨도너츠·KFC·맥도날드·버거킹 등 미국식 패스트푸드점도 속속 들어왔다.

1979년에 부모님은 대전 생활을 정리하고 서울 목동에 셋집을 구해 이사했다. 왕육성도 순화동 자취방에서 목동으로 들어갔다. 전주를 떠난 지 12년 만에 가족이 다시 만났다. 이때부터 왕육성은 가족 생활비를 온전히 담당했다.

난장판이 된 송년회

만다린에서 근무한 지 2년이 된 1979년 말, 송년회 손님들로 북적이던 날 사건이 일어났다. 만다린으로 곡금초 친구가 찾아왔다. 전주 출신으로 왕육성의 친구이기도 했다. 전작이 있었는지 취기가 있었다. 주방이 정신없던 터라 일 끝나고 한잔하자며 기다리라고 했다. 테이블 한쪽에 앉아 있던 친구가 무슨 일인지 웨이터와 시비가 붙었다. 목소리가 높아지자 주위에 있던 웨이터들이 모여들었다. 그러다 주먹이 오가고, 서로 엉켜 뒹굴며 의자가 날아가고 테이블이 엎어졌다. 곡금초를 비롯한 주방 식구들이 달려나오며 패싸움이 됐다. 말릴 틈도 없었다. 가게는 난장판이 됐다. 손님들은 비명을 지르며 이리저리 피했다. 장사를 망친 사장이 노발대발했다. 이유가 어떻든 손님들이 식사하는 식당에서 직원들의 행패는 안 될 일이었다.

난처해진 곡 사부가 사표를 냈다. 의리상 함께 그만뒀다. 친구 방에서 다섯이 술로 지새며 닷새를 뒹굴었다. 집에 가니 난리가 나 있었다. 휴대전화가 없으니 급한 일이 있으면 가게로 전화를 하던 시절이었다. 일이 많거나 늦게 끝나면 종종 가까운 친구 방에서 자고, 하루 이틀 들어가지 않아도 부모님은 바빠서 그러려니 해왔다. 그래도 며칠째 소식이 없어 불안하던 중에 만다린 소동을 전해 들은 모양이었다. 게다가 사표까지 냈다고 하니 근심이 컸을 터였다.

사보이호텔 호화대반점

사건은 엉뚱한 방향으로 흘렀다. 두 사람이 집으로 찾아왔다. 한 사람은 강남 신사동에 새로 생긴 중식당 금문의 지배인이었다. 금문은 당시 그 일대서 가장 높은 12층짜리 빌딩인 제일생명 뒤 먹자골목에 있었다. 칼판장 자리를 제의했다. 강남이 불같이 일어나던 시기라 그쪽에 식당들이 많이 생기는 중이었다. 계속 빈둥거릴 수 없고 분위기가 궁금하기도 해서 면접을 봤다. 명동 사보이호텔 호화대반점에서 불판장으로 일하는 친구 수복천도 찾아왔다.

사보이는 일제강점기 '조선인 주식왕' 조준호가 세운 호텔이다. 미곡 장사로 한때 인천 쌀 시장의 60퍼센트를 장악하고, 명동에 동아증권을 세워 300만 원 넘게 벌었다고 했다. 1936년 당시 논 한 마지기(200평) 가격이 50원이었던 것을 감안하면 현재가로 3,000억 원이 넘는 돈이다. 이를 밑천 삼아 1957년 한국인 순수 민간자본 첫 호텔인 사보이를 설립했다. 1930년대 영국 유학 시절에 본 런던의 사보이호텔을 모델 삼았다. 커피숍 사보이가든은 부유층 자제들의 맞선 장소로 유명했다. 호화대반점은 중식업계에 특급호텔 시대를 열었다. YS의 단골집이었고 홍콩배우 성룡成龍도 서울에 오면 들렀다. 곰발바닥찜과 자라찜 같은 보양식으로 장안의 미식가들을 불러들였다. 주방에 자라 수족관이 따로 있을 정도였다. 주방 진용이 쟁쟁해 내로라하는 실력파들을 줄줄이 배출했다. 진생화·장립화·장명량·수복천·이연복·송성복·우서군·이본주 등이 거쳐 갔다.

그곳에 칼판 자리 하나가 비어 있다고 했다. 그때 주방장이 장홍기 사부였다. 금문과 호화대반점 둘 다 괜찮은 자리였다. 잠깐 고민했지만 현실을 택했다. 목동에서 강남까지 가려면 교통이 불편했다. 오고 가는 시간을 따져보니 쉬운 거리가 아니었다. 밤늦게 퇴근할 때는 마땅한 차편도 없었다. 집에서 가깝고 호텔이라는 점에 끌려 호화대반점을 택했다. 1979년 11월 20일이었다. 월급은 27만 원이었다. 입사할 때 3년 근무를 제안받았지만 1년만 계약했다. 한국은 고속성장 중이었고 어느 분야나 실력이 있으면 기회가 많은 시절이었다. 한 해에 봉급이 세 번 오르기도 했다.

이연복을 만나던 날

사보이호텔에서 이연복 셰프를 처음 만났다. 연복은 열일곱 살에 호화대반점 막내로 들어가서 2년 만에 둘째 칼판 자리에 올랐다. 일찌감치 실력을 인정받고 있던 터였다. 입사했을 때 연복은 호화대반점을 떠난 상태였는데 근무하고 있는 친구들을 보러 자주 놀러 왔다. 지금은 후덕한 아저씨 모습이지만 그때는 깡말랐고 눈이 빛나는 청년이었다. 퍼시픽호텔에 있던 홀리데이인서울나이트에 가면 이연복과 그 친구들이 무대 앞을 장악하고 있었다. 그때부터 어울렸으니 40년이 넘은 인연이다. 당시 호화대반점은 규모가 컸다. 주방 인원만 열다섯 명이었다. 왕육성은 계약한 1년을 채우지 못했다.

당시 사보이호텔 회장이 신세계백화점에서 파는 만두를 먹어봤대요. 호화대반점 조리부장을 불러 그거 맛있던데 우리도 팔아보자고 했나 봐요. 그래서 호화대반점 입구인 호텔 로비 2층에 만두 코너를 만들었어요. 배고파서 들어오는 손님들이 야 이거 맛있겠다며 너도나도 시켰죠. 왕만두는 하나만 먹어도 배부르잖아요. 그러니 요리 주문이 줄어들며 매출이 뚝뚝 떨어진 거예요. 엉뚱한 결과가 나온 셈이죠. 결국 호화대반점은 다른 사람에게 넘어갔어요. 환경이 바뀌니 주방에서 흥이 나지 않더라고요. 이때 남산체육관 앞 다리원에서 장홍기 주방장을 데려갔어요. 저를 포함해 장 사부의 날개라 할 수 있는 불판 칼판 몇 명이 함께 갔죠.

다리원 사장은 하림각을 일군 남상해다. 충무로 초동극장 옆에서 배달 짜장면집으로 시작해 한강맨션 안의 한강춘, 여의도 열빈에 이어 다리원을 차렸다. 수완이 뛰어난 사업가였다. 신군부가 권력을 장악한 뒤 1980년에 광주민주화운동이 일어났다. 서울 시내 거리는 최루탄 냄새가 가실 날이 없었다. 한 치 앞을 내다볼 수 없는 나날이었지만 3저 호황에 힘입어 경제는 탄탄대로를 달렸다. 부동산 가격이 폭등하고 강남에 신흥 중산층이 형성됐다. 이해 성산대교가 놓이고, 강남 최초로 반포 뉴코아백화점이 문을 열었다. 외식 시장도 급팽창했다. 1981년 삼원가든을 필두로 논현·압구정 일대에 가든형 갈빗집이 생기기 시작했다. 중국성·만리장성 같은 중국요릿집들은 대기업의 바이어 접대를 위한 격식 있는 장소로 환영받았다. 교외에는 자가용족을 겨냥한 대형음식점이 속속 들어섰다.

운수 좋은 날

1981년 3월, 다리원으로 옮기니 월급이 35만 원으로 올랐다. 그런데 가게 분위기가 불편했다. 어딘지 궁합이 맞지 않았다. 계

플라자호텔 도원에서 같이 지낸 주방 식구들. 앞줄 왼쪽에서 두 번째가 곽보광 주방장이고 세 번째가 여사행 부주방장이다. 아랫줄 제일 오른쪽이 왕육성.

약이 끝날 즈음 다른 자리를 알아보기 시작했다. 국빈과 동보성에서 손짓했다. 하얏트호텔 옆에 있던 국빈은 월 45만 원을 준다고 했다. 괜찮은 조건이었다. 하지만 친구가 있는 동보성 칼판장 자리가 끌렸다. 남산 둘레길 케이블카 승강장 옆에 있어 출퇴근도 편했다. 월급도 국빈만큼은 주겠거니 하며 대충 마음을 정했다. 다리원에서 퇴근길에 면접을 보러 가던 날이었다. 뒤에서 누가 불렀다. 희래등에 있던 장립화 사부였다. 장 사부의 매부가 희래등 주방장 유배무였다.

"어디를 그리 바삐 가는 거야?"

"면접 보러 갑니다. 다리원 계약도 끝나가니 옮겨볼까 해서요."

"그래? 우리 매부가 통화하는 거 들으니 플라자호텔 도원에서 칼판장을 구한다는데 생각 있나?"

플라자라는 말에 눈이 번쩍 뜨였다. 장 사부는 바로 매부에게 연락했다. 다음 날 호텔을 찾아가 면접을 봤다.

플라자호텔 도원

호텔, 그것도 특급호텔 플라자 도원桃園이라니. 말 그대로 무릉도원에 들어서는 기분이었다. 게다가 퍼스트쿡, 그러니까 칼판장 자리였다. 1982년 봄, 왕육성이 스물여덟 되던 해였다. 특급호텔 주방은 아무나 들어갈 수 없었다. 실력은 기본이고, 추천자의 권위가 있어야 했다. 빈자리가 나는 일이 드물었다. 이래도 되나 싶을 정도로 행운이 따라다니는 느낌이었다. 호텔 주방 위계는 주방장-부주방장-퍼스트쿡-세컨드쿡-헬퍼-잡무수 순이다. 같은 퍼스트쿡이라도 경력에 따라 보수가 달라진다. 월급은 35만 원이었는데 노동 시간, 휴일, 보너스, 4대 보험 등을 따지면 대형 중식당보다 좋은 조건이었다.

플라자호텔은 1976년에 문을 열었다. 지상만 18층 규모로 410개의 객실과 레스토랑 여섯 개, 중대형연회장 아홉 개를 갖추고 있었다. 도원은 호텔과 함께 문을 열었다. 유비·관우·장비가 형제를 맺은 도원결의에서 이름을 따왔다고 한다. 뜻을 모아 중요한 일을 결의하는 장소라는 의미다. 출근 첫날 여기저기 인사를 다녔다. 직원들은 오후 5시에 미리 식사를 하는데 신고식에 정신이 없어 끼니를 걸렀다. 퇴근 때 친구가 호텔 뒤 북창동에서 우동을 사줬다. 따스한 국물이 목을 타고 넘어가니 긴장이 스르르 풀렸다. 인생에 새로운 문이 열리고 있다는 생각이 들었다. 무엇보다 일이 즐거웠다. 칼을 잡으면 시간을 잊었다. 집보다 주방이 좋았다. 근무한 지 얼마 지나지 않았을 때, 외삼촌이 자기 가게인 충주 청평관을 맡아보지 않겠냐고 물었다. 이즈음 청평관은 규모가 꽤 커져 있었다. 플라자보다 훨씬 좋은 조건을 제시했지만 사양했다. 큰물에서 더 배우고 싶었기 때문이다.

플라자호텔 뒤, 서소문에서 조선호텔 쪽으로 빠지는 4차선 길은 당시에는 2차선이었다. 길 양편으로 낮은 건물들이 다닥다닥 붙어 있었다. 일품향·취영루·대동관·공익루 같은 중식당들이 호텔 뒤에 있었다. 대동관 주인은 외삼촌의 사위였다. 하루는 도원에 온 외삼촌에게 중국식 흰빵인 화권을 내드렸다. 외삼촌은 이런 맛이 처음이라며 대동관에서 만들어 팔아보라고 했다. 세 들어 살던 목동 집을 매입한 지 얼마 안 된 때였다. 대출을 최대 한도로 받아서 산 터라 쪼들리고 있었다. 월급을 받아 원금에 이자까지 내면 빈털터리였다. 앞뒤 가릴 처지가 못 됐다. 밤 11시에 퇴근하면 집에서 화권을 만들어 대동관으로 보냈다. 찾는 손님들이 많아지며 제법 돈벌이가 됐다. 욕심이 나서 집 한쪽에 공장을 만들 준비를 했다. 뜻밖에 어머니가 반대했다. 호텔 일에 집중하라는 뜻이었다. 때마침 대동관이 한남동으로 이사 가며 화권 만드는 일도 접었다. 얼마 뒤 다른 사람이 화권공장을 세워 전국의 중국 식당에 공급하며 큰돈을 벌었다. 그때 공장을 만들었으면 다른 길이 열렸겠지만 후회하지 않는다.

플라자호텔 뒤엔 중국과자점 용태행이 있었고, 약국·빵집·이발소 같은 작은 점포들도 많았다. 밤이면 길가에 포장마차들이 줄줄이 불을 밝혔다. 면을 좋아해서 구멍가게 뒤에 있는 주차장 옆 라면집에 자주 갔다. 주차장은 밤이 되면 야외 맥줏집으로 변신했다. 안주로 대구포·파채·고춧가루로 버무린 골뱅이가 나왔다. 여기가 충무로·을지로 일대 명물이 된 노가리골목의 원조다.

호텔 뒤 북창동엔 새벽마다 인력 시장이 섰다. 중국 음식 기술자들이나 허드렛일을 찾는 단순 노동자들이 하루짜리 막일을 찾아 모여들었다. 흥정이 끝나면 일꾼들을 싣고 봉고차가 사방으로 흩어졌다. 이들을 상대로 노점에서 라면 같은 간단한 음식을 팔았다. 고기와 채소를 파는 시장도 열렸다. 상인들에게는 암묵적인 자기 자리가 있었다. 장이 파하면 각자 자리를 청소해 거리가 깔끔했다. 경찰 단속이 뜨면 흩어졌다가 다시 모이곤 했다. 북창동은 서울에서 가장 큰 중국 식자재 공급처다. 웬만한 중국 식당들은 다 여기서 재료를 가져갔다. 신창상회·동일상회·만승상회·신영상회 같은 도매상이 아직도 명맥을 이어가고 있다.

청와대 출장, 한 톨 한 톨 쌀을 고르다

도원 곽보광 주방장은 유명 인사라 부르는 데가 많았다. VIP 부인들에게 요리를 가르치고 방송에도 자주 얼굴을 비췄다. 점심 시간이 끝나는 2시 30분이 되면 대개 외부 일을 보러 나갔다. 직원들은 주방장이 종일 지키고 앉아 감 놔라 배 놔라 하지 않으니 오히려 좋아했다.

주방에도 문文과 무武가 있다. 문은 칼이고 무는 불이다. 둘 사이의 조화가 깨지면 알력과 갈등으로 이어진다. 요리의 균형이 무너지고 서비스의 질이 떨어진다. 주방에서는 호흡이 중요하다. 직원들 간에 손발이 척척 맞으면 일이 물처럼 흘러간다. 그 중심에 칼판장이 있다. 칼판장 왕육성은 불과 칼을 잇는 다리였다.

숙련도에 따라 손이 빠른 사람이 있고 느린 사람이 있잖아요. 일손이 달리는 쪽이 있으면 얼른 달려가서 도왔어요. 계급에 맞는 일이든 아니든 상관하지 않았죠. 주방 밖의 일도 마다하지 않았고요. 그 덕에 짧은 시간에 모든 부서 직원들과 가까워졌어요. 일이 즐거우니 출근 시간이 기다려지는 거예요. 연회장 담당팀에선 관리하는 창고 열쇠를 내주더군요. 그 안에 온갖 식자재와 귀한 술이 그득했으니 저를 믿는다는 얘기였죠.

매장에 따라 조금씩 다르겠지만 도원 칼판장의 가장 중요한 임

대상해 주방장이던 시절, 대만 타이베이에서 열린 미식절 기념 요리 대회에 한국 화교 대표로 참석했다.

무는 재료 수급과 관리, 메뉴 개발이었다. 주방장의 지휘 아래 매일매일 연회 성격에 맞춰 메뉴를 짜고 재료를 준비하는 역할이었다. 그렇기 때문에 매장이 돌아가는 전체 상황을 항상 꿰고 있어야 했다. 매장 수지는 칼판장 살림 솜씨에 달려 있다. 샥스핀은 워낙 비싼 식재료라 금처럼 다뤘다. 비용을 관리하는 기둥으로 이용했다. 매출이 부족하면 돈 걱정 없는 손님들이 올 때 특별메뉴로 권하는 식이다. 직원들과 잘 어울리고 일 처리가 싹싹하니 주방장이 힘을 실어줬다. 함께 2년을 일한 곽보광 주방장은 미국으로 이민을 갔다. 여유가 있는 화교들이 한국을 많이 뜨던 시기였다. 여사행 부주방장이 그 자리로 올라갔다.

청와대와 총리공관으로 종종 출장을 나갔다. 실력을 인정한다는 의미다. 그때 플라자호텔은 삼청동에서 가장 가까운 특급호텔이었다. 청와대엔 한식 주방장이 두 명, 양식 주방장이 한 명 있었다. 중식 담당은 따로 없어 필요할 때마다 외부에 출장을 요청했다. 규모가 크지 않은 연회는 불판이 가고, 좀 더 큰 연회에는 칼판도 함께 나갔다.

신원조회가 엄격했다. 장소가 장소이니만큼 아무나 들어갈 수 없었다. 일 잘하고 아주 잘생긴 웨이터 한 명은 출입 허가가 나지 않았다. 조총련 관계자가 많은 일본에 친척이 있다는 이유였다. 최근 3년 이내에 출국을 했다면 어디에 뭘 하러 다녀왔는지도 철저하게 따졌다. 까다로운 심사를 통과한 이들만 출장을 나갈 수 있었다.

청와대에 처음 들어가던 날은 특히 긴장했다. 수타면을 만들어야 하는데 면을 뽑아본 지 꽤 돼 감각이 떨어졌던 때였다. 실수하지 않도록 연습을 하고 들어갔다. 면 치는 소리가 요란하면 안 된다기에 반죽을 해 가서 면을 뽑았다. 음식을 만들 때는 금지사항이 많았다. 주머니에 손을 넣으면 안 된다. 몸수색을 거치고 들어가지만 혹시라도 이상한 걸 숨겨 와서 음식에 넣을까 봐 그랬을 것이다. 금이 가거나 깨진 쌀알은 손으로 한 톨 한 톨 골라냈다. 검식관은 겨자나 와사비처럼 자극성 있는 향신료를 쓰지 못하게 했다. 매운 요리도 금물이었다. VVIP가 먹다가 얼굴을 찡그릴 수 있다는 이유였다.

성북동에 있는 현대그룹 영빈관에도 나가곤 했다. 영빈관은 정주영 회장이 VIP 손님들을 모시는 장소였다. 세계 곳곳에 사업장이 있으니 손님들만큼이나 준비하는 요리 종류도 다양했다. 양식·일식·중식은 기본이고 이슬람요리도 냈다. 세계 각국 요리를 차려놓으면 손님들이 입맛에 맞는 음식을 택해서 먹었다. 수행원과 기사들에게도 음식을 후하게 내줬다.

도원에서 큰살림하는 법을 배웠다. 최고급 요리를 만드는 법, VIP 대하는 법을 익히며 사람과 음식을 보는 시야와 품이 부쩍 넓어졌다. 강물에서 바다로 나가는 느낌이었다. 그러다가 진짜 요리의 바다를 경험할 기회를 얻었다. 1984년에 호텔 우수사원으로 뽑혀 해외연수를 가게 됐다. 설레는 마음으로 대만 타이베이행 비행기를 탔다.

출근하게 된 앰배서더호텔 국빈대반점은 사천요리로 명성이 자자한 특급 레스토랑이었다. 닭요리인 궁보계정宮保雞丁이나 마파두부麻婆豆腐, 간쇼새우乾燒明蝦처럼 한국에서도 흔한 요리가 있고, 처음 보는 요리도 많았다. 장징궈蔣經國 총통을 비롯한 대만 최고 실력자들이 애용한다고 했다. 리덩후이李登輝 부총통은 어향가지魚香茄子를 좋아한다고 했다. 한국의 길쭉한 가지와 달리 동그란 가지를 껍질을 까서 만들었다. 가지는 그저 사이드 메뉴라고 생각했는데 호텔 정식 요리로 낼 줄은 상상도 하지 못했다. 사천요리를 내는 식당인 만큼 매운 고추를 국자로 듬뿍듬뿍 퍼 넣는 요리가 많았다.

부귀우방富貴牛方은 대만 햄에 꿀을 넣고 연잎으로 싸서 쪄낸다.

오사카에서 아내와 한 컷. 같은 일본이지만 오사카와 도쿄는 음식 문화가 많이 다르다.

얼마나 짜고 달던지 삼킬 수가 없었다. 오경창왕五更腸王은 국빈대반점의 시그니처 메뉴 중의 하나였다. 오경이 되면 우는 닭과 창왕(대창)으로 만들었다는 말이다. 그런데 진짜 재료는 닭피와 돼지 내장이다. 사미용하四味龍蝦라는 요리도 있다. 용하는 바닷가재다. 이것도 이름과 달리 재료는 일반 새우다. 바닷가재 껍질 위에 새우를 편 떠서 만들고, 눈에는 체리를 붙이고, 오이랑 양장피를 바닥에 깔아 냈다. 네 가지 소스에 찍어 먹는다. 개황어시蚧黃魚翅는 꽃게알소스로 만든 샥스핀이다. 귀한 꽃게알로 만드는데 비싸지 않아 놀랐다. 알고 보니 소스를 꽃게알이 아니라 계란 노른자로 만들었다. 붕어 없는 붕어빵인 셈이다. 이름과 재료가 다르면 한국에서는 사기라고 난리가 나겠지만 대만에서는 상관없다고 했다. 그런 줄 알고 먹는다는 얘기다. 환경에 따라 음식을 보는 시각과 문화가 서로 다름을 느꼈다. 짧기만 한 한 달이었다.

1984년 봄, 도원에서 근무할 때 결혼했다. 왕육성이 서른둘 되던 해였다. 어머니가 점을 보러 가니 콧등 윗부분이 튀어나와 일찍 결혼하면 한 번 더 하게 된다고 했다나. 여유가 없어 어차피 일찍 장가갈 생각은 못 했다.

마작도 전쟁처럼

고도성장기라 인플레가 심했다. 자고 일어나면 집값이 뛰었다. 월급을 모아 서울에서 집을 장만하는 일은 꿈도 꾸지 못했다. 뇌졸중으로 쓰러진 아버지를 대신해 가족을 부양하는 일도 버거웠다. 버는 족족 절반을 저축하고 나머지로 버텼다. 주머니에 1,000원짜리 한 장만 넣고 다녔다. 5년을 그리 살았는데 집 살 형편이 안 됐다. 화교라서 은행에서 대출받는 일도 힘들었다. 아등바등 모은 돈과 어머니 곗돈, 형제들이 조금씩 보태 목동에 집 사던 날을 잊지 못한다. 물론 이리저리 빚을 냈다. 허리띠를 죄고 또 죄며 다 갚는 데 다시 5년이 걸렸다.

부양가족이 많으니 늘 쪼들렸다. 결혼하고 나서는 생활비가 없었다. 허튼 데 돈을 쓸 여유가 없었다. 혼자 사는 친구들은 달랐다. 놀이 삼아 재미 삼아 마작을 많이 했다. 수시로 한 판 돌리자고 불렀다. 가끔 작정을 하고 판에 끼었다.

판을 벌이는 날이면 퇴근 뒤 사우나에 가서 충분히 잤다. 저녁은 고기 위주로 든든하게 먹었다. 술은 입에도 대지 않았다. 개시 전에 박카스 한 병을 마셨다. 장기전 채비다. 승부는 막판에 난다. 패가 시원찮으면 물러섰다. 게임의 법칙은 간단하다. 집중력이 떨어지면 끝이다. 초반에 잘나가면 쌓이는 판돈에 기분이 좋아진다. 술과 음식을 시켜 나누며 선심을 쓴다. 이때 같이 먹고 마시면 오래 버티지 못한다. 위장이 비면 정신이 또렷해진다. 술은 집중의 적이다. 처음에 치고 나가던 친구들은 밤이 깊어갈수록 흐트러진다. 딸 만큼 따면 빨리 끝내려고 상대방의 주머니 사정을 가늠하며 줄다리기를 한다. 새벽으로 갈수록 판이 커지는 이유다. 이때가 기회지만 아직 승부처는 아니다. 다들 눈에 핏발이 서고 신경이 곤두서 있을 때 한 박자 쉬는 게 포인트다. 밖에 나가 찬 바람을 맞으며 주머니에서 비장의 무기 초콜릿 '자유시간'을 꺼낸다. 박카스도 다시 한 병 마신다. 당분을 보충하면 정신이 번쩍 든다. 판이 벌어지면 거의 이겼다. 하룻밤에 한 달 치 월급을 따기도 했다. 친구들은 운이 좋아서, 머리가 좋아서 이긴다고 했지만 천만의 말씀이다. 오로지 체력전이다. 준비하고 살피고 집중하면 기회는 온다.

파친코도 마찬가지다. 객장에 들어가자마자 빈자리에 앉거나, 종업원이 안내하는 자리로 가면 당한다. 내부를 천천히 두어 바퀴 돌다 보면 사람과 기계가 보인다. 워밍업을 하며 귀를 기울이면 손님들 사이에서 오가는 얘기가 들린다. 누가 돈을 따고 잃었는지, 어느 기계가 잘 터지는지 정보가 착착 쌓인다. 웨이터에게 팁을 찔러주면 공략할 과녁이 확실해진다. 하얀 셔츠 차림에 반짝반짝 빛나는 구두를 신고 머리를 단정하게 빗어 넘기고 가면 효과가 크다. 돈 좀 있겠다 싶으니 서비스가 달라진다. 점장은 폐쇄회로를 보며 손님을 살핀다. 허름하게 입었지만 계속 올 사람, 번지르르하지만 한탕 치고 갈 사람, 그냥 호기심에 온 사람…. 딱 보고 견적을 낸다. 매장과 손님의 머리싸움이지만 가게가 돈을 잃는 경우는 없다. 그러나 진짜 타짜는 다르다. 처음에는 눈에 띄지 않다가 조용히 쓸어 담고 사라진다. 물론 관리가 허술하던 오래전 얘기다.

> 고스톱은 재미가 없더라고요. 그래도 친구들과 어울리라기 위해 가끔씩 치긴 했어요. 어쨌거나 잃을 수는 없죠. 노름도, 사업도 전쟁이에요. 자신 없으면 칼을 뽑지 말고, 칼을 뽑았으면 끝을 봐야 해요. 빠지지는 않았어요. 노름은 노름일 뿐이고 통제력 시험대라고 생각해요. 자제하지 못하면 나락으로 떨어질 테니까요. 중독은 무서워요. 손가락을 자르면 발가락으로 해요. 영화 〈타짜〉에도 나오잖아요. 노름이 직업이 될 수는 없죠.

광화문사거리

26년

홍콩에서 왔습니다

1985년 11월 5일, 태평로 코리아나호텔이 문을 열었다. 코리아나는 플라자를 제치고 청와대에서 가장 가까운 호텔이 됐다. 22층 식당가에는 중식 레스토랑 대상해가 자리 잡았다. 호텔 측은 광화문사거리라는 위치를 활용해 대상해를 키우고자 했다. 최고급 시설을 갖추고 홍콩 유명 중식당에서 요리사 세 명을 데려왔다. 주방 요리사가 열다섯 명인데, 이들 셋의 월급이 다른 열두 명의 월급보다 많았다. "홍콩에서 왔습니다"라는 홍보 문구도 파격이었다. 본토 중식을 내세워 장안의 내로라하는 호텔 중식당들에게 던진 도전장이었다. 자원을 총동원해 대대적인 홍보에 나섰다. 하지만 시장 반응은 기대와 달랐다. 초빙 요리사들의 실력은 뛰어났으나 평가는 미적지근했다. 경영진은 해법 찾기에 나섰다. 사장 비서실장 격인 김영선이 매개 역할을 했다. 실장이나 과장으로 불리던 그는 당시 울산 코리아나호텔 경영을 맡고 있었다. 김 실장은 홍콩 셰프들이 요리만 알지 한국 분위기를 모르는 것 같다고 진단했다. 한국인 입맛을 고려하지 않고 곧이곧대로 홍콩식 음식을 낸다는 말이었다.

어느 날 도원에서 캡틴으로 있다가 대상해 지배인으로 간 최동철이 놀러 오라고 했다. 대만 연수를 다녀온 지 얼마 안 된 때였다. 대상해는 플라자호텔과 시청 광장을 사이에 두고 있었는데 걸어서 10분 정도 거리였다. 일을 마치고 구경 삼아 가니 처음 보는 얼굴이 있었다. 김영선이었다.

셋이 이런저런 이야기를 하며 저녁을 먹고 나니 한 잔 더 하자고 했다. 2차를 가는 길에 김영선이 핸들을 잡았다. 지금은 큰일 날 소리지만 음주운전과 흡연에 관대하던 시절이었다. 체스를 소재로 한 1960년대 영화 〈퀸스 갬빗〉을 보면 비행기에서 담배를 피우는 장면이 나온다. 한국에서는 버스·지하철·기차 같은 대중교통에서 담배를 금지한 해가 1995년이다. 김영선은 운전 중에 룸미러로 뒤를 흘깃거리며 살폈다. 용모를 살피고 있다는 느낌이었다. 얼마 뒤에 그에게서 연락이 왔다.

"대상해 주방장으로 오지 않겠습니까?"

도원에서 인정을 받으며 나름 탄탄한 길을 걷고 있던 참이었다. 경력을 더 쌓으면 주방장이 될 수 있다고 생각했다. 그래도 흔들리는 마음은 어쩔 수 없었다. 지배인에게 있는 대로 얘기하니 만류했다. 대상해는 규모가 작은 신생 호텔에 있고, 단골 VIP도 없고, 요리 수준도 도원만 못하니 전망이 없다고 했다. 게다가 주방에 노장들이 많아 관리가 쉽지 않을 테고, 책임 있는 위치에 간다 해도 일을 제대로 할 수 있겠냐고 했다. 줄줄이 옳은 말이었다.

> 김 실장에게 안 가겠다고 했어요. 그랬더니 윗선에 이미 보고를 마쳤다고 꼭 와달라고 해요. 주방장이면 내 뜻대로 일하고 싶은데 쉽지 않아 보여서 그런다, 대신 저보다 뛰어난 실력자를 소개해 주겠다고 했어요. 신라호텔 팔선에서 일하는 친구를 추

1986년 코리아나호텔 대상해 첫 출근한 날 현관에서 한 컷. 당시 대상해는 22층에 있었다.

천했지요. 그런데 무슨 이유인지 대상해에서 시큰둥했어요.

며칠 뒤 김 실장이 울산에서 비행기를 타고 올라왔다. 비 오던 날이었다. 서린호텔 커피숍에서 마주 앉았다.

"왕육성 씨가 꼭 와줘야겠습니다."

더는 버티기 힘들었다. 도원에 한 달 뒤 그만두겠다고 말했다. 후임 구할 시간을 주는 게 도리이기 때문이다.

드디어 주방장이 되다

1986년 7월 1일 대상해 문에 들어섰다. 꿈에 그리던 주방장이 됐다. 그것도 호텔 주방장이었다. 스카우트비로 2,000만 원을 받았다. 계장 직급이었다. 코리아나호텔의 위계는 부장-차장-과장-계장-주임-수장-평사원 순이었다. 주방장 자리가 생소하지는 않았다. 도원에서 부주방장이었지만 주방장을 대리하며 쌓은 경험이 꽤 됐으니 말이다. 그래도 막상 자리를 맡으니 어깨가 무거웠다. 주방장은 오케스트라로 치면 지휘자다. 무대 전체를 장악하지 못하면 공연이 망가진다. 식재료 수급, 메뉴 개발과 점검, 비용 관리는 기본이고 무엇보다 중요한 일은 사람 관리다. 주방 안팎만이 아니라 손님들도 꼼꼼히 챙겨야 한다. 화교 주방장과 그 아래 있던 홍콩 셰프들은 짐을 쌌다. 나머지 주방 인력은 그대로 승계했다. 대상해 출근 한 달 전부터 주방 사정을 살폈다. 세 살 어린 요리사 한 명을 뽑았다. 그는 나중에 주방장이 됐다.

버린 장사를 살리는 일은 쉽지 않아요. 장부부터 열어봤어요. 그간 어떻게 운영해 왔는지 알아야 다음 단계로 갈 수 있으니까요. 적혀 있는 식자재값이 시장가보다 비싸더군요. 또 장부와 냉장고 속의 식자재 재고가 맞지 않았어요. 이렇게 저렇게 솔솔 새는 비용이 보였고요. 그렇다고 제 입으로 말할 수는 없죠. 문제를 분석해서 조리부장에게 줬어요. 부장은 계장을 불러 물어보더군요. 부장이 돌아가는 사정을 왜 모르겠어요, 어떻게 나오나 보려고 제가 떠본 거지요. 계장이 얼굴이 벌개져서 아니라고 그럴 리 없다고 펄쩍 뛰더군요. 그러더니 저를 따로 보재요. 조용한 데로 가서는 그래요. 아니, 나보고 도둑놈이라는 거요?

적진에 홀로 떨어진 기분이었다. 그러나 믿는 구석이 있었다. 경영진은 대상해의 변화를 원했다.

사극을 보면 왕이 뜻을 펼치려 하지만 신하들이 발목 잡는 경우가 많아요. 편이 갈려서 한쪽이 찬성하면 다른 쪽이 극렬하게 반대해요. 밥그릇이 줄어드는 쪽에서 갖은 이유를 들어 트집을 잡는 거죠.

속전속결도 좋지만 그렇다고 분란을 일으킬 이유는 없었다.

직원들과 거리를 좁히는 일이 먼저였어요. 가까워져야 이야기가 통하니까요. 저는 여러분들 몫을 빼앗으려는 게 아니고 파이를 키우고 싶을 뿐이다, 우리가 함께 잘되면 지금 하나 먹는 거 두 개로 늘릴 수 있다, 관행을 깨면 달라진다, 손잡고 매출을 올려보자고 했어요.

사소한 불만은 대의 앞에서 명분을 잃는다. 얼마 뒤 김영선 실장이 불러서 가니 구매 담당 직원이 앉아 있었다. "왕 주방장이 원하는 물건은 무조건 사주세요." 자재 구매권을 넘겨주라는 말이었다.

저는 실장에게 그런 부탁을 하지 않았거든요. 제가 내부 저항 때문에 고전하고 있다는 말을 어떻게 들었나 봐요. 고맙게도 제 편을 들어줘서 일하는 데 불편하지 않도록 조치를 취해준 거죠. 구매 담당이 그런 일 있으면 직접 말하지 그랬냐고 하더군요. 실장 앞이라서 그랬는지 진심인지는 알 수 없었지만 기분이 좋아 보이지는 않았어요.

김 실장이 하여튼 그렇게 하라고 못을 박았다. 신임 주방장에게 힘이 실리는 순간이었다. 얼마 뒤 전복을 납품하던 거래처 사장이 전화를 해 차 한잔하자고 했다.

제가 식자재 관리에 까다롭다는 얘기를 들었나 봐요. 대상해가 거래처를 바꿀 수도 있다고 생각한 거죠. 무얼 원하는지 묻기에 까놓고 이야기했어요. 나한테 담뱃값 주려고? 그럴 돈 있으면 물건값에 투자해라, 거래는 끊지 않을 테니, 대신 A급 물건을 가져와라, 지금과 같은 품질이면 안 된다, 좋은 게 좋다는 식의 거래는 없다.

단순한 엄포가 아니라는 소문이 난 모양이었다. 들어오는 식자재 품질이 몰라보게 좋아졌다. 들쭉날쭉하던 납품가도 안정됐다. 다음은 자재 관리였다. 장부와 재고의 아귀가 맞지 않는다고 말하면 다들 기분 나빠할 터였다. 직원들을 불러 모았다.

제가 도원에 있으며 청와대 출장을 여러 번 갔습니다. 인상 깊었던 점이 주방 보안입니다. 아무나 출입할 수 없고 수량 관리에 빈틈이 없더군요. 와서 보니 우리 대상해 주방에는 잡상인도 들락거립니다. 그런데 냉장고에 자물쇠가 없어요. 혹시라도 외부인이 못된 마음을 먹으면 사고가 날 수도 있습니다. 여러분이 그럴 리야 없겠지요. 주방 안전과 식자재 관리를 위해 보안을 강화해야겠습니다.

기계실 직원이 냉장고에 자물쇠를 달며 들으라는 듯 말했다.
“새끼가 우리를 도둑놈 취급하네.”

느슨하던 조직을 조이고, 부문별 지출을 줄이고, 식자재 질을 높이며 구상한 바를 하나하나 실행에 옮겼다. 빌딩을 지을 때 가장 중요한 일이 터다지기다. 아무리 외관이 번쩍이고 최고급 내장재를 써도 기초가 부실하면 지진에 쉽게 무너진다. 대상해의 수준을 단기간에 끌어올리려면 파격이 필요했다. 바닥을 웬만큼 다진 뒤 요리에 집중하기 시작했다. 식자재값이 총비용의 3분의 1을 넘으면 안 된다는 통념을 깨고 45퍼센트까지 올렸다. 일곱 가지가 나오는 코스 요리를 1만 3,000원에 내놨다. 냉채·게살스프·샥스핀·왕새우·소고기브로콜리볶음 같은 요리 다섯 개와 식사·디저트로 구성된 코스다.

광화문사거리에 전망 기막힌 22층 호텔에서 식사하면 폼 나잖아요. 대접받는 사람은 기분 좋고, 가격 부담이 없으니 접대하는 사람도 편하고요. 입구에 입간판을 세웠는데 손님들 반응이 좋았어요. 처음에는 하루 30개 정도를 팔았는데 얼마 안 가서 50개, 100개로 점점 늘더군요. 200개 넘게 나가는 날도 있었어요. 결산을 하며 그날 실적을 확인하면 뿌듯했죠.

매출이 눈에 띄게 늘었다. 사장이 부서장 이상의 간부들과 회식하는 자리에 불려 갔다. 호텔 서열상 감히 낄 자리가 아니었다. 모두 어려운 분들이라 맨 끝자리에서 쭈뼛거리고 있었다. 사장이 옆자리로 부르더니 수고가 많다며 양주를 맥주 컵 가득 따라줬다. 거절할 수 없어서 단숨에 마셨다. 예의상 사장에게는 바닥에 조금만 따라 올렸다. 한 잔 더해요, 사장이 잔을 비우더니 다시 가득 따라줬다. 다시 주저하지 않고 마셨다. 술 좀 하네요, 한 잔 더 해요 하고 또 잔이 건너왔다. 다시 벌컥 마시니 그제야 더는 주지 않았다.

매일 손님들을 접대해야 하니 술을 멀리할 수 없었다. 그렇다고 손님들이 인사치레로 권하는 술을 다 받아내면 몸이 버티지 못한다. 일을 시작하기 전에 식사를 충실하게 했다. 속이 든든해야 견딜 수 있기 때문이다. 손님 테이블에 앉아서는 절대로 음식을 먹지 않는다. 보기에 좋지 않을뿐더러, 괜히 합석했다가 분위기를 깰 수 있기 때문이다. 한자리에 오래 있으면 다른 손님들을 보살필 수도 없다. 그래도 마다할 수 없는 상황이 생긴다. 어느 날 대만 외교관 열두 명이 왔다.

친하게 지내는 선임자가 저한테 고량주 한 잔을 따라줬어요. 인사치레죠. 중요한 손님이니 사양할 수 없었어요. 그런데 옆 사람이 본인 잔도 한 잔 받으라며 따라줘요. 또 마셨어요. 그랬더니 또 옆 사람이 권해요. 자꾸 마시면 안 될 것 같아서 사양하니 섭섭하대요. 누구 잔은 받고 누구 잔은 안 받느냐고요. 오늘 이 사람들이 술로 나를 죽이려고 작정했다는 생각이 들더군요. 그래? 하면서 연속으로 열두 잔을 다 받았어요. 안주도 안 먹고. 그렇게 먹다가 가지고 온 술이 다 떨어지자 자기네 사무실 가서 술을 더 가져왔어요. 결국엔 와인 잔으로 고량주를 원샷하고 끝냈어요. 이렇게 한 번 술 마시면 서로 엄청 가까워져요. 지금 생각하면 말도 안 되지만 그땐 그랬어요. 젊었으니까요.

4만 원짜리 샥스핀 전략

코리아나는 5성급 호텔이다. 6성급 특급호텔에 비하면 규모도, 시설도 부족하다. 대상해 요리 단가도 그만큼 낮았다. 직원들 사기도 또 그만큼 위축돼 있었는데 왕육성은 오히려 기회로 생각했다.

대상해라고 최고급 요리 못 낼 이유가 있냐는 생각이 들었어요. 한번 해보자고 하니 위에서 심드렁해요. 그런 거 이미 안 된다고 보고받았나 봐요. 애송이 주방장이 성공하면 본인들 위신이 깎이니 그랬을지도 모르겠네요. 제가 고집을 부렸어요. 해보자, 안 되는 게 어디 있냐 그랬더니 하고 싶으면 저보고 책임지라더군요.

입사 6개월이 지나며 요리 등급을 올리기 시작했다. 대상해가 싼맛에 가는 호텔 레스토랑이 아니라 귀한 요리도 잘한다는 걸 보여주고 싶었다. 4만 원짜리 샥스핀 코스 요리는 전략 메뉴였다. 특급호텔에서는 10만 원을 받았다. 맛을 본 오피니언 리더들이 괜찮다고 입소문 내주기를 기대했다. 원가 수준이었지만 감당할 수 있다고 판단했다. 생각보다 값이 싸면 손님들은 대개 다른 요리를 추가로 주문한다. 요리는 술을 부르니 밑지는 장사가 아니라고 생각했다.

종이매체 영향력이 막강하던 시절이었다. 대상해의 새로운 시도가 주간지에 조그마하게 실렸다. 광화문 주변에 있는 공무원, 대기업 직원, 일본을 비롯한 외국 기업 주재원들의 출입이 늘기 시작했다. 차로 금방 오니 청와대 사람들 발길도 이어졌다. 정치인과 기업인들도 많이 왔다. 한양건설 사장은 회식 때마다 직원 20~30명씩을 데리고 왔다.

전략은 적중했다. 1년 만에 매출이 10배가량 뛰었다. 하루 30~40만 원이던 매상이 300~400만 원을 찍은 날도 있었다. 매장을 통째로 빌려 최고급 요리와 술로 연회를 여는 기업인도 있었다. 대상해 요리는 특급호텔 못잖게 풍성해졌다. 북경오리·제비집수프·샥스핀·자연송이·소안심·해삼전복·바닷가재 같은 고급 요리를 거의 다 갖췄다. 샥스핀은 큰 덩어리로 내놨다. 해물은 커야 제맛이 난다. 국회의원 해장국이라고 불리는 4만 원짜리 불도장도 인기 메뉴였다. 다른 호텔에서는 8만 원을 받았다. 세간의 구설에 오를까 봐 대놓고 주력메뉴로 홍보하지는 않았다. 주방이 탄탄해지며 대상해는 궤도에 올랐다. 1988년 4월 급여명세서를 보니 이때 승급이 있었다. 본봉에 수당을 더해서 75만 8,900원을 받았다.

1986년에 아시안게임이 서울에서 열리고 1988년에는 올림픽이 열렸다. 강동구에서 송파구가, 강남구에서 서초구가 떨어져 나갔다. 삼성동에 현대백화점이 문을 열었다. 종합전시장 자리에는 종합무역센터가 들어섰다. 당시 공사를 따낸 극동건설은 '이윤

1원'을 써넣어 화제가 됐다. 원두커피 판매점 쟈뎅 1호점과 맥도날드 1호점(압구정점)이 문을 열었다. 미국의 수입개방 압력이 거세지고 3저 호황 시대가 저물고 있었다. 새로운 성장 동력이 절실하던 때 노태우정권은 선거 공약이던 주택 200만 호 건설에 나서 수도권에만 90만 호를 지었다. 분당·일산·중동·산본·평촌 같은 1기 신도기가 이때 생겼다. 1990년에 올림픽대교가 개통됐다. 한화는 압구정동에 갤러리아백화점을 열었다.

패밀리레스토랑 바람이 불며 외식산업의 품이 넓어졌다. 1992년 양재에 1호점을 내며 음료 리필 문화를 선보인 TGI프라이데이, 시푸드 뷔페 마키노차야, 퓨전 레스토랑 코다차야 등이 그들이다. 1993년 우루과이라운드가 타결됐다. 1996년엔 유통 시장이 전면 개방되며 대형 할인점 시대가 열렸다. 개발연대 속력 건설의 후유증이 한꺼번에 터져 나오기도 했다. 1994년 10월 성수대교가 무너지고, 충주호 유람선 화재가 일어나 많은 인명이 희생됐다. 1995년에는 대구 지하철 공사장에서 가스가 폭발하고 강남 삼풍백화점이 무너졌다.

마침내 오너 셰프가 되다

1997년 호텔 측은 당시 입점해 있던 한·중·일식당을 직영에서 임대로 전환하기로 했다. 호텔은 부대시설에 따라 등급을 매긴다.

등급이 떨어지면 객실 단가도 떨어진다. 객실이 500개는 돼야 거기서 나오는 수익으로 부대시설에 투자하는데 코리아나호텔은 320실에 불과했다. 객실 이익으로 식음료 부문을 받쳐주기 힘든 구조였다. 임대로 이런 딜레마에서 벗어나려는 계획이었다. 식당가도 접근성이 좋은 아래층으로 옮기기로 했다.

사장이 부르더니 상황을 이야기하며 중식당 부문, 그러니까 대상해를 맡으면 어떻겠냐고 제안을 했어요. 조건을 따져봤죠. 보증금에 매달 임대료와 인건비 등을 고려하니 계산이 나오지 않더군요. 가진 돈이 부족해 힘들겠다고 했더니 원하는 대로 해주겠대요. 호텔에서 인테리어를 해주고 권리금 없이 월세 1,500만 원을 내는 조건으로 인수했어요. 대신 요리 수준을 유지한다는 조건은 수락했지요.

주방장에서 주인장이 됐다. 서울 한복판의 번듯한 호텔 레스토랑 오너 셰프라니…. 중식계에 발을 디딘 지 25년 만에 이룬 성취였다. 뿌듯했지만 한편으로는 부담도 그만큼 커졌다. 양쪽 어깨에 짐을 걸고 등짐까지 얹은 기분이었다. 모든 걸 혼자 결정해야 했다. 월급을 받다가 월급을 줘야 하는 위치가 됐다. 호흡을 맞춰오던 후배를 지배인 자리에 앉혔다. 1997년 6월 1일, 22층에 있던 대상해는 3층으로 내려왔다.

문제는 불안한 경제 상황이었다. 김영삼정부 말기였다. 금융 시장에 경고등이 켜진 동남아시아 국가들이 휘청거리고 있었다. 한국도 유탄을 맞아 외환보유액이 뚝뚝 떨어졌다. 이미 1월에 한보철강, 3월에는 삼미그룹, 4월에는 진로그룹이 부도가 났다.

대상해를 인수한 6월에는 한신공영, 10월에는 쌍방울그룹이 부도가 났다. 곧이어 대만이 외환 방어를 포기하고 기아자동차가 법정 관리를 신청했다. 주가지수 500선이 무너지고 미국 투자기관인 모건스탠리는 아시아를 떠나라는 보고서를 냈다. 달러값이 뛰고 기업들이 운영자금을 구하지 못하며 은행 이율이 20퍼센트까지 치솟았다. 11월에는 해태그룹과 뉴코아가 부도났다.

마침내 11월 22일 정부는 IMF에 구제금융을 공식 요청했다. IMF의 구조조정 요구는 서늘했다. 기업 도산은 줄을 잇고 겨우 버티는 기업에서도 대량 해고가 이어졌다. 12월이 되자 한라그룹이 부도나고 대우자동차와 쌍용자동차가 해외자본에 넘어갔다. 해가 바뀌고 1월이 되니 나산그룹과 극동건설이 무너지고 현대그룹이 구조조정을 발표했다. 대우그룹은 충격을 이기지 못하고 1999년 7월 19일 공식 해체됐다. 대상해 인수 선물로는 고약한 외환위기였다. 혼란의 소용돌이 속에서 잠시도 긴장을 풀 수 없었다. 한 가지만 생각했다. 위기는 기회다.

나름 자신 있었지만 걱정은 되더군요. 겪어보지 못한 상황이었으니까요. 호텔 22층에서 아래로 내려오며 200평에서 64평으로 줄어든 매장이 전화위복이 됐어요. 예약 손님이 줄어들기는 했는데 버틸 만했거든요. 꼭대기 층에 그냥 있었으면 감당하기 힘들었을 거예요. 그래도 사태가 얼마나 갈지 알 수 없어서 버틸 방법을 찾아야 했어요.

제가 매사를 긍정하고 낙관해요. 호텔 레스토랑을 이용하는 분들은 대개 경기와 상관없이 돈을 써요. 위기에서 돈을 버는 사람들도 많으니까요. 하지만 부자라도 심리적으로 위축은 되고, 사람들 보는 눈이 있으니까 아무래도 조심하게 되지요. 이런 상황에서 대상해 위상에 맞는 메뉴가 뭘까 생각했어요. 저는 가격 부담이 적은 짧은 코스 요리를 택했어요.

간단한 요리 두세 가지에 식사가 나오는 비즈니스 A·B·C코스를 만들었다. 예약 좌석이 꽉꽉 찼다. 내친 김에 한 걸음 더 나갔다. 식재료비를 1~3개월짜리 어음으로 끊어주는 관행을 없앴다. 물건을 가져오면 현금으로 즉시 지불하니 쪼들리던 거래처들이 반색했다. 이들은 보답으로 더 좋은 식자재를 공급하고 납품가를 먼저 깎아주기도 했다. 덕분에 손님들에게 더 나은 요리를 낼 수 있게 되니 대상해 평판은 그만큼 높아졌다. 추가 지출 없이 모두가 이익을 보는 구조를 만든 셈이다.

위기 상황인데 오히려 수익이 늘었어요. 은행 이율이 높던 시절이었으니 저금한 돈이 불어나더군요. 하지만 한쪽에서는 불안도 커졌어요. 그때 현대증권 이익치 회장이 바이코리아를 선전

했어요. 이럴 때일수록 한국 주식을 사서 우량 기업들이 헐값에 외국에 팔려나가는 것을 막아야 한다는 논리였죠. 생각해 보니 맞는 말이더군요. 문제는 개인 투자자는 어떤 회사가 망하고 흥할지 알 수 없잖아요. 그래서 기업들을 묶어서 만든 펀드에 있는 돈을 다 집어넣었어요. 한국 경제가 수많은 고비를 넘으며 여기까지 왔는데 태풍 한 방에 날아가겠는가, 다시 일어서리라고 확신했거든요. 돈이 돌아야 기업이 살죠. 금모으기운동도 좋지만 증시에 돈을 넣는 일이 기업을 살리고 나라가 일어서는 길이라고 생각했어요. 나라가 망하면 돈도 주식도 어차피 휴지조각이 될 거잖아요. 한국은 영화처럼 다시 일어섰고요. 덕분에 수익을 제법 얻어 연희동에 작은 건물을 살 수 있었어요.

대상해 옆에서 고전하고 있던 한식 레스토랑도 인수해 객장을 140평으로 넓혔다. 혼란 속에서 대상해는 오히려 규모가 커졌다. 왕육성은 스스로 사장이라기보다는 대표 사원이라고 생각했다. 홀에서 손님을 모시면서도 주방을 항상 살폈다. 주방에 전용 화구를 하나 만들어 놨다. 손이 모자라면 양복을 입은 채로 뛰어들어 가 팔뚝 걷어붙이고 웍을 잡았다. 일하다 보면 옷에 금세 기름이 튀고 땀에 젖었다. 다시 홀에서 손님들을 맞아야 하니 하루에도 몇 차례씩 옷을 갈아입었다. 수시로 빨고 다리니 셔츠는 석 달이면 낡고, 양복도 1년이면 소매가 해졌다. 온몸을 써서 일하니 살이 붙을 틈이 없었다. 왕육성의 팔뚝은 지금도 군살 하나 없다.

1999년 가을이 되며 외환위기가 진정되기 시작했다. 경제가 안정을 되찾아가며 곧바로 벤처 열풍이 불었다. 테헤란로는 다시 들썩였다. 서울은 활력을 되찾았다. 1960년대 중반 서울 인구는 350만 명 정도였다. 1977년에는 772만 명, 1985년에는 964만 명이 됐다. 1988년 서울 올림픽을 기점으로 마침내 1,000만 명을 넘어섰다. 1999년에는 서강대교와 청담대교가 개통되고 강남 인구수가 강북을 넘어섰다.

교회 나오면 좋은 일이 있을 거예요

외환위기 막바지던 1999년, 대상해를 운영하며 우연찮게 사업을 확장했다.

> 어느 날 일을 보러 북창동에 있는 식자재상에 갔어요. 대우빌딩 지하에 있는 중식당 만다라가 가게를 내놨다는 말을 듣게 됐어요. 오래전에 제가 일한 홍보석이 있던 바로 그 자리예요. 매장이 굉장히 큰데 가보니 손님이 없어 더 썰렁하더군요.

대우건설 이사를 하던 분이 운영하고 있었는데 적자가 크다고 했다. 사실 그 자리는 무조건 되는 자리였다. 곡금초와 추본경에게 동업하자고 제안했다. 신촌 만다린에서 함께 일했던 곡금초는 이때 분당 만다린을 운영하고 있었고, 추본경은 만리장성 주방장으로 일하고 있었다. 가게 이름을 만다린으로 했다. 뒤에 곡 사부는 만다린 계열을 접고 동탄에서 상해루를 연다.

처음에는 추 사부가 주저했어요. 저랑 곡 사부는 다른 매장을 가지고 있으니 걱정 말라고 설득했죠. 수익이 나면 먼저 챙겨주겠다고요. 그래서 다같이 투자하고 경영은 추 사부에게 맡겼어요.

손님은 기다린다고 오지 않는다. 가뭄이 들면 땅을 파야지, 하늘만 봐서는 답이 나오지 않는다. 그 빌딩 인근에는 LG·SK 같은 빵빵한 대기업 계열사들이 있었다. 요리를 제대로 만들면 음식값을 30퍼센트 이상 올려도 승산이 있다고 판단했다. 매장을 정비하고 나니 예상대로 법인카드 결제액이 크게 늘어났다.

그런데 오피스 빌딩이라 점심에는 1시가 지나면 땡이에요. 점심과 저녁 한가한 시간에 손님받을 궁리를 했죠. 여행사와 손잡고 간단한 세트 메뉴를 만들어 외국인 단체 관광객 유치에 나섰어요. 큰길가라 관광버스 대기에도 좋거든요. 직장인들이 쉬는 주말에는 돌잔치나 결혼식 하객을 유치했고요. 한 달에 두세 팀만 모셔도 인건비는 빠졌어요.

빌딩 뒤에 남대문 장로교회가 있다. 종종 식사하러 오는 목사들이 예배 보러 나오면 좋은 일이 있을 거라고 말했다. 무슨 말인지 퍼뜩 알아들었다. 내켜하지 않은 추 사장을 예배당에 보냈다. 교인 손님들이 늘기 시작했다. 남대문경찰서 직원들과도 인연을 만드니 회식 자리도 많아졌다. 얼마 지나지 않아 운동장 같은 360평 매장이 평일과 주말 가리지 않고 붐볐다. 그런데 빌딩이 금호아시아나로 넘어갈 때 문제가 생겼다. 올려달라는 임대료가 터무니없는 액수였다. 마침 추 사장 건강이 좋지 않아 가게를 제대로 돌보지 못하고 있던 때였다. 왕육성도 대상해와 만다린을 오가며 매장을 관리하려니 힘이 들었다. 8년간 운영하던 가게를 정리하기로 했다. 2008년 만다린을 접고 난 뒤 곧바로 리먼 사태가 일어났다. 남다른 운도 따른 셈이다.

주5일근무쯤이야

2004년 3월 12일 국회는 노무현 대통령 탄핵소추안을 통과시켰다. 한나라당·자유민주연합·새천년민주당이 연합해 찬성 193표 반대 2표로 가결했다. 하지만 5월 14일 헌법재판소는 탄핵 심판을 기각했다. 탄핵을 전후로 촛불 시위 인파가 연일 광화문을 메웠다. 시위가 있는 날은 개점휴업이었다. 특히 주말인 토요일과 일요일, 공휴일은 공치는 날이었다. 정국이 불안하면 외국 여행객이 줄어들고 호텔 숙박 예약률도 떨어진다. 신라나 롯데 같은 특급호텔은 부유한 FITfreedom independent tourist(홀로 자유여행자)가 꽤 있어 타격이 적었지만 코리아나호텔은 그렇지 못했다. 탄핵정국이 지나자마자 7월 1일부터 공공기관 주5일근무 시대가 열렸다. 법은 일주일에 40시간 이상을 근무를 하지 못하도록 강제했다. 엎친 데 덮친 격이었다. 대상해에도 낙진이 떨어졌다. 다시 마주친 위기였지만 왕육성은 대비책을 마련해 두고 있었다.

주말 스페셜 메뉴를 개발했어요. 휴일이라고 매장 문을 닫을 수는 없거든요. 손님이 있든 없든 임대료와 인건비는 계속 나가니까요. 주말에 어떻게 하면 손님을 모을까 궁리했어요. 파격이 필요했지요. 반값 요리를 만들어 유명 음식 잡지 《에센》과 손잡고 시식체험단 30명을 모집했어요. 이들이 대상해 요리를 먹고 소개를 하는 행사였죠. 1·2·3등에게는 호텔 식사권을 경품으로 줬어요. 7만 2,000원짜리 호텔 코스 요리를 3만 6,000원에 즐길 수 있다는 소문이 금세 퍼졌어요. 주말에도 평일처럼 손님이 몰리더군요. 예약 없이 온 분들은 줄을 서서 기다려야 했어요.

승부수 연타, 월급을 없애다

주5일제 위기를 빠져나왔지만 직원들은 입이 나왔다. 대충 일해도 그만이었던 토요일과 일요일이 평일처럼 바빠졌으니 불만이 생길 법도 했다. 전화받는 태도를 보니 직원들이 알아서 적당한 수준으로 예약을 받는 분위기였다. 주방과 홀에서 짬짜미한 듯했다. 직원들을 소집했다.

"다음 달부터 월급을 없애겠습니다."

폭탄선언을 하자 모두 경악하는 표정이었다.

"대신 매출액에 연동해 여러분 각자에게 인센티브를 주도록 하겠습니다."

주방장 1퍼센트, 지배인 0.8퍼센트, 칼판 0.5퍼센트식이었다. 당시 월평균 매출 기준으로 따져봤을 때 직원들이 각자 받는 월급보다 많은 수준이었다.

"동의하지 않으면 퇴사해도 좋습니다."

반발을 예상했지만 의외로 다들 수용했다. 처음에는 당황했지만 다시 계산을 해보니 손해볼 일이 전혀 아니었기 때문이다. 매출이 느는 만큼 더 가져가게 되니 일하는 자세가 바로 달라졌다. 주말근무하는 불만도 당연히 사라졌다.

그러고 객장에 쏟던 관심을 줄였어요. 제 시간이 늘어나니 친구들 만나 세상 돌아가는 이야기를 좀 더 들을 수 있게 되더군

중식조리사협회장을 맡고 있을 때 중국 고위 공무원단이 협회를 방문했다. 단장이 '전파중화문명조리인간백미'라는 문구를 써주었다.

요. 그런데 사람이 참 묘해요. 시간이 지나니까 다시 적당히 일하는 모습이 보이기 시작해요.

주방은 잘 돌아가나, 식재료는 문제가 없나, 음식은 잘 나가고 있나, 서비스에 부족한 부분은 없나, 오너로서 하나부터 열까지 신경을 써야 했다. VIP 손님을 맞을 때는 혹시라도 실수가 있거나 소홀한 점이 있을까 봐 특히 신경이 쓰였다.

이즈음 중식조리협회(중국풍음협회) 회장도 맡고 있었다. 협회는 화교 요리사들 간의 친목 도모와 해외 교류 창구 역할을 한다. 덕분에 중국요리협회 초청으로 칭다오, 지난, 옌타이 등 산둥 일대와 베이징, 텐진 일대를 돌아봤다.

첫 방문지인 칭다오 공항에 내렸어요. 주최 측에서 1:1 의전을 하는데 함께 간 우리 요리사들의 이름을 다 알고 있어서 깜짝 놀랐어요. 서로 처음 보는데 말이죠. 치밀하게 준비한 거예요. 일정 내내 환대가 어마어마했어요. 한중수교 초기였는데 국가 차원에서 한국 시장에 큰 관심을 가지고 있다는 느낌을 받았어요.

돌아와서는 다시 쉬는 날 없이 일했다. 매일 밤 12시가 넘어야 하루 일이 끝났다. 틈이 날 때마다 끊임없이 생각하고, 판단하고, 결정해야 했다. 종일 음식 냄새를 맡으니 식욕도 돋지 않았다. 새벽 4시는 돼야 잠이 들었다. 몸 여기저기에 이상 신호가 오기 시작했다. 체력에 한계를 느꼈다. 때가 왔다고 생각했다.

대상해를 인수한 지 어느덧 18년이 됐다. 환갑을 앞두고 있었다. 스스로에게 다짐한 약속이 떠올랐다. 주방장과 지배인을 불렀다.

두 분이 대상해를 운영해 보시겠습니까?

학복춘 주방장이 맡아보겠다고 했다. 권리금 없이 넘겼다. 2013년 12월 31일이었다.

화교로
산다는
것

전세계 5,000만 명

화교는 고국을 떠나 해외에서 살아가는 중국인을 말한다. 90여 개 나라에 5,000만 명쯤 되는데 90퍼센트 이상이 아시아에 산다. 12세기 남송 때부터 간간이 이어지던 이주는 1840년 아편전쟁이 발발하며 물꼬가 터진다. 상업 이민의 대부분은 남부 광둥성廣東省과 푸젠성福建省 출신이다. 이들은 일찍부터 해외무역에 눈을 돌렸다. 앞에 펼쳐진 남중국해를 앞마당처럼 드나들며 말라카해협과 페르시아만, 아프리카 동부 연안을 잇는 해상 실크로드를 개척했다. 화교 네트워크는 서구 열강이나 아시아 각국과의 중개 무역 통로가 됐다.

어디서나 화교들은 억척스레 삶을 일궜다. 번영 뒤에는 눈물도 있다. 1868년 중국과 미국이 푸안천浦安臣조약을 맺으며 30만 명 이상의 중국 노동자들이 태평양을 건넌다. 혹독한 노동과 저임금, 차별과 모멸 속에서 이들은 서부를 개발하고, 철길을 닦고, 광산을 개발하고, 농토를 개간했다. 그 뒤 경제 상황이 나빠지며 해방된 흑인 노예들과 중국 노동자들이 일자리를 두고 다투게 됐다. 1882년 미국 의회는 정치 선동을 등에 업고 화교배척법을 통과시킨다. 화교들은 민심무마용 희생양이 됐다.

20세기 들어서는 중국 대륙이 전쟁 소용돌이에 휘말리며 이주 행렬이 꼬리를 물었다. 이 시기에 1,000만 명 정도가 지구촌 전역으로 흩어졌다. 제2차세계대전이 끝나며 곳곳에서 화교의

자본력과 응집력을 견제하고 나섰다. 재산을 몰수하고, 거주지에서 강제로 쫓아내기까지 했다. 말레이시아는 부미푸트라抑華扶馬정책으로, 인도네시아는 경제동화정책으로 화교를 억눌렀다. 베트남은 통일 뒤 150만 명을 추방했다.

산둥 화교가 한국에 많은 이유

한국의 화교는 구화교와 신화교로 구분한다. 구화교는 구한말부터 사회주의 중국이 들어서기 전에 이주해서 대를 이어 살아온 사람들이다. 한중수교 뒤 들어온 신화교는 대부분이 중국동포(조선족)다. 남부지역 광둥과 푸젠 출신이 많은 동남아시아나 일본과 달리, 한국 화교는 북부지역인 산둥 출신이 대부분이다. 지리적으로 한반도가 가장 가깝기 때문이다.

1882년에 일어난 임오군란이 한반도 화교사의 문을 열었다고 본다. 망해가던 대한제국의 구식 군대 집단해고가 발단이었다. 격분한 군인들이 들고일어나자 명성황후는 청나라에 구조 요청을 보낸다. 이때 청군을 따라온 상인 40여 명이 한국 화교의 뿌리라고 한다. 그 뒤 1899년에 시작된 의화단운동으로 혼돈에 빠진 산둥성 일대에서 많은 주민들이 한반도로 건너왔다. 대부분은 농업 이민과 노동 이민이었다. 광복 무렵 한반도 화교는 7만 2,000여 명이었다. 마오쩌둥이 대륙을 제패하며 화교 대부분은 고향으로 돌아가지 못했다. 구화교는 1976년 3만 2,436명으로 정점을 찍고 현재는 2만 명 정도 된다.

선대의 이주 경로를 더듬어 보려 2018년 3월 인천에 가봤다. 응봉산 서쪽 자락에 자리 잡은 차이나타운은 항구와 붙어 있다. 길 양쪽으로 가지각색의 중국음식점들이 늘어서 있다. 이제 명소가 된 차이나타운은 주말이면 떠밀려 다닐 만큼 사람들이 북적인다.

> 벼농사는 안후이성 화이허강淮河 이남에서 짓고, 북부지역인 산둥성은 밀과 수수 채소 농사를 많이 지었어요. 과거 인천 주안 주변에 채소 농사를 짓는 산둥 화교들이 많았던 이유죠. 이들은 한국에 없는 갖가지 채소를 키웠어요. 신포시장에는 이들이 내다 파는 상설 시장도 있었어요. 같은 바다를 사이에 두고 있으니 해산물도 크게 다르지 않아요. 옌타이산 대하와 전복은 한국산과 구별이 안 되거든요.

산둥성은 중국 최대이자 세계 3대 채소 생산지의 하나다. 1만 종이 넘는 채소 품종을 길러낸다. 특히 김장배추·마늘·부추·시금치·연근·토란·근대·강낭콩·미나리는 중국 전체에서 생산량 1위를 차지한다.

산둥의 동쪽 연안 지역인 푸산福山·룽청榮成·무핑牟平·원덩文登 사람들이 인천으로 많이 이주했다. 20세기 초 칭다오青島에 근대식 항구와 철도가 들어서며 옌타이를 밀어내고 산둥 상권의 중심이 됐다. 옌타이와 인근 지역 사람들은 일자리를 찾아 고향을 떠나기 시작했다. 대개 내륙으로는 베이징으로, 해외로는 인천으로 향했다. 인천으로 온 화교들은 한국에서 가장 먼저 중국요릿집을 열었다. 1907년 인천에서 공화춘을 연 우회광도 산둥 무핑 사람이다. 이제 옌타이가 된 푸산은 수많은 요리사를 배출했다.

푸산 출신 서광빈은 1890년 스무 살 때 조선으로 이주해 잡화상과 음식점 경리를 하며 돈을 모았다. 중국에서 요리사들을 데려와 1907년에 아서원을 열었다. 당대 최고 청요릿집이었다. 화교들이 중국요릿집을 꽉 잡고 있었다. 1950년대까지만 해도 한국인은 주방에 발을 들여놓지 못했다고 한다.

삼파도

한반도 화교들의 삶은 지난했다. 이주민의 설움에 일본의 식민지배, 한국전쟁과 뒤이은 분단의 질곡이 포개졌다. 일본은 화교와 한국인 사이의 갈등을 끊임없이 부추기고 방조했다. 1931년에 일어난 완바오산萬寶山사건이 대표적 사례다. 중국 지린성 만보산 인근에서 수로 공사를 하던 조선 농민과 중국 관헌이 충돌해 조선 농민들이 여럿 죽었다는 기사가 발단이었다. 소문이 불어나며 인천과 서울, 평양을 비롯한 전국에서 화교배척운동과 집단폭력

사태가 일어났다. 사망자만 조선총독부 발표로 119명, 중국정부 발표로는 142명이었다. 사실 이 기사는 기자가 일본 영사관에서 들은 이야기로만 쓴 오보였다.

1948년에 이승만정부는 외국인 입국을 막았다. 1949년부터는 마오쩌둥정권 또한 자국인의 해외 이동을 금지했다. 1950년 한국전쟁 직전에는 전국에 창고봉쇄령을 내리고 외국인의 외화 사용도 제한했다. 한국 기업들 편을 들어주기 위한 정책이었다. 중국음식점에 불리한 세율을 적용하고 음식 가격도 통제했다. 1953년과 1962년에 단행한 두 번의 화폐개혁은 결정타였다. 화교들이 가지고 있던 현금은 하루아침에 휴지조각이 됐다. 화교 경제는 암흑기로 접어들었다.

1960년 5.16쿠데타로 박정희정권이 들어섰다. 1961년 외국인 토지법에 공포됐다. 공공 목적에 필요한 구역이라면 외국인의 토지 취득을 금지 혹은 제약할 수 있다는 내용이 핵심이었다. 이듬해에는 시행령을 공포해 취득 금지 또는 제한 구역을 제시했다. 외국인은 정부 승인 없이 땅을 살 수 없게 됐다. 사실상 화교를 겨냥한 법이다. 대다수 화교들이 헐값에 땅을 팔아야 했다. 땅을 잃은 도심 화교는 외곽으로 밀려나고, 화교 농부들은 도시로 흘러들었다.

1968년 법을 개정하며 관련 조항은 강화됐다. 외국인이 소유할 수 있는 점포는 소유는 가구당 한 개로, 크기는 50평 이하로, 거주 목적의 토지 소유는 200평 이하로 제한했다. 토지 건물은 본인만 사용 가능하고 다른 사람에게 빌려줄 수 없었다. 논밭이나 임야를 취득할 길도 사라졌다. 이로 인해 화교들이 대형 고급 요리점을 운영할 길이 막혔다. 갖가지 명목의 세금을 걷어 갔고, 같은 가게에서 장사를 오래 할수록 세금이 많아졌다.

그때 토지 취득 심사를 국방부에서 한 걸로 알고 있어요. 군사상 중요한 지역은 외국인이 토지를 취득할 수 없다는 법 조항이 있어서 그랬나 봐요. 화교는 자기 이름으로 땅을 소유하지 못하니 아는 한국사람 명의를 빌리는 경우가 많았어요. 그게 2세로 넘어가면 상속이나 권리 이전 문제가 복잡해져요. 이름 빌려준 사람이 자기 땅이라고 잡아떼면 방법이 없잖아요. 당시 서울 명동과 북창동 일대에 화교 땅이 많았어요. 서울 장안 최고 요릿집 아서원 부지도 그즈음 롯데에 넘어갔어요. 플라자호텔 자리도 화교 소유였지요. 그 땅을 가져간 사람이 권력 핵심의 친척이라는 소문이 돌았어요.

경험과 학습은 집단의 기억으로 남는다. 지금도 많은 화교들이 부동산 소유를 꺼린다. 오랫동안 경제 활동과 재산권을 제한받았던 화교의 선택지는 많지 않았다.

중국 사람들은 식칼·가위·면도 셋을 삼파도三把刀라고 해요. 모두 날이 달린 칼이죠. 이를 이용해서 하는 일을 삼도업三刀業이라 하고요. 요리점·포목점·이발소가 대표적이에요. 기술만 익히면 먹고살 수 있는 직종이니까요. 학교 문을 나섰을 때 제가 할 수 있는 일은 사실 뻔했어요. 칼과 웍은 어쩌면 필연이었다는 생각이 들어요.

경계인

부모 고향은 중국 대륙, 태어나 사는 곳은 한국, 국적은 대만. 구화교 대부분의 이력이다. 한국에서 화교는 대만 여권을 쓰는 외국인이지만 그렇다고 대만 사람도 아니다. 대만에 호적도 없고 주민등록번호도 없다. 참정권도 제한을 받는다. 국적을 중국으로 바꿔도 문제는 있다. 해외 여행을 가거나 유학하려 할 때 불편하다. 구화교가 반공 세대인 만큼 중국에 대한 정서적인 거부감도 있다. 국가·민족·이념의 사이에 끼어 있는 경계인인 셈이다.

영주권 제도가 없던 시절, 화교는 외국인출입국관리법 적용 대상이었다. 1949년 공포한 '외국인의 입국출국과 등록에 관한 법률'에 따라 화교는 1년마다 거주 허가 연장을 받아야 했다. 1963년에는 이를 3년으로 연장하고 출국 때 신고 의무를 없애며 재입국 허가제를 만들었다. 재입국 기간은 단수 1년, 복수는 2년으로 했다. 거주 허가 기간은 1995년에 5년으로 연장됐다. 어쨌거나 해외에 나갔다가 돌아오지 못할 수도 있다는 의미다. 2002년에 영주권이 부여되며 비로소 신고 의무가 없어졌다.

거주 외국인으로 분류된 화교는 F-2 비자가 나와요. 장기체류자에게 주는 비자예요. 난민들과 같아요. 계속 한국에서 살려면 2년마다 체류 기간 연장 허가를 받아야 해요. 성인이 되면 독자 체류자격을 얻으려 여권상 본국인 대만을 일정 기간 다녀와야 하고요. 취직을 해서 일반 회사에 들어가도 마찬가지예요. 그런데 한국에서 태어난 화교는 대만이 낯설잖아요. 대만에 사는 친지가 없으면 관광객이나 다름없어요. 체류 기간 연장 때문에 이런 불편을 감수하며 살아야 해요. 해외 출장도 쉽지 않고요. 한국 여권을 가지고 있으면 이제 세계 대부분의 나라에 비자 없이 가잖아요. 그런데 한국 화교는 대만 여권을 가지고 있기 때문에 해당 국가 대사관에서 비자를 따로 받아야 해요. 명목상 고국인 대만에 갈 때도 비자를 받아요. 한국 주민등록증에 해당하는 신분증 번호가 없으니 대만인 여권과 같은 대우를 못 받는 거죠. 급한 일로 출장 가야 할 때 비자 문제가 걸리니 한국 기업들은 화교 채용을 꺼리고요. 또 화교는 공무원이 될 수 없어요. 변호사나 공인회계사, 의사처럼 국가가 인정하는 자격증을 딸 수도 없죠.

외환위기가 가져다준 아이러니

귀화도 쉽지 않다. 한국은행이 고시하는 전년도 1인당 국민총소득GNI 이상의 소득금액 증명원, 6,000만 원 이상의 금융재산(예금·적금·증권 등), 공시지가 6,000만 원 이상에 해당하는 부동산 등기사항증명서나 6,000만 원 이상에 해당하는 임대차보증금 등이 적힌 부동산임대차계약서 사본을 제출해야 한다. 웬만한 재산이 없으면 신청조차 할 수 없다는 말이다. 추천서 조건이 특히 문제다. 특정 분야에서 우수한 능력을 가진 사람으로서 국익에 기여할 것으로 인정되는 사람이 대상이다. 국회 사무총장·법원처장·중앙행정기관장·재외공관장·지자체장·4년제 대학총장 등의 추천서를 받아야 한다. 든든한 배경이 없으면 아는 사람을 통해 부탁을 해야 하니 보통 힘든 일이 아니다. 대를 이어 살며 귀화를 하고 싶어도 하지 못하는 사람들이 많은 이유다.

1997년에 몰아닥친 외환위기는 아이러니하게도 외국인에게는 숨 돌릴 공간을 만들었다. 자본 유치에 목을 맨 정부가 경제 활동 규제를 대폭 풀었다. 1961년에 생긴 외국인토지소유상한제를 1999년에 없애고 2017년에 완전 폐지했다. 2005년에는 지방참정권을 허용했다.

2006년 5.31지방선거에서 처음으로 투표를 했어요. 풍파를 거치며 세상 많이 달라졌다는 생각이 들더군요. 그래도 아쉬움이 많아요. 한국에서 태어나고 세금도 똑같이 내지만 화교는 기초생활보장제도 적용 대상이 아니에요. 기초연금·장애인연금 같은 복지 혜택도 없고요. 아이 가진 젊은 부모들은 어린이집 보육료 지원이나 아동수당을 못 받고, 65세 이상 노인인데도 지하철 일부 구간에서는 요금을 내고 다녀야 해요.

전설의 중식당들

한국 중화요리의 역사는 화교의 역사와 궤적을 같이한다. 출발점은 인천이다. 1883년 개항과 함께 화상華商들이 처음 발을 디딘 도시다. 공화춘과 중화루에서 짜장면을 처음 만들었다고 하는 근거다. 공화춘의 전신은 1905년에 문을 연 산둥회관이다. 중화루는 1915년에 문을 열어 7년 뒤, 지금은 중구생활사전시관이 된 대불호텔로 옮겼다. 중화루 맞은편에 있던 동흥루는 송죽루로 이름을 바꿨다.

자신들의 노동력으로 건설한 경인선을 타고 온 화교들은 서울역 가까운 순화동·북창동·소공동·명동 쪽에 자리를 잡기 시작했다. 일대는 인적 교류와 생활 정보가 오가는 교차로가 되며 아서원·대관원·금곡원·취천루·사해루 같은 중국음식점들이 속속 문을 열었다. 아서원은 1907년에 문을 열어 일제강점기를 지나 1960년대까지 한국 최고의 중화요릿집으로 이름을 날렸다. 총지

인천 차이나타운 짜장면 박물관. 1970년대까지만 해도 짜장면은 생일이나 졸업식처럼 특별한 날에나 먹을 수 있는 음식이었다.

배인 서광빈은 중화요리음식점조합 조합장을 맡기도 했다. 1932년에 문을 연 명동 취천루는 조그마한 호떡과 손만두로 이름을 떨쳤다. 주인장이 연로해 2013년 문을 닫고 마지막 주방장이 구파발에 낸 가게가 취사부다. 일제강점기에는 중식당 주인 90퍼센트 이상이 화교였고, 화교의 70퍼센트가 관련 일을 했다. 당시에는 중화요리는 여유 있는 일본인과 한국인들이 드나드는 최고급 식당이었다.

대륙에 사회주의정권이 들어서며 한국과 중국 간의 무역과 왕래가 끊겼다. 혼란한 와중에 생활이 곤란해진 화교들이 여는 음식점이 크게 늘어났다. 적은 자본으로 식구끼리 할 수 있는 그나마 쉬운 일이기 때문이었다. 대려도는 1950년 부산에서 개업한 뒤 서울 소공동으로 옮겼다. 그 자리를 금문도가 이어받았다. 서울대학교가 관악으로 이사 가기 전까지 동숭동 터줏대감은 진아춘이었다. 을지로3가에 있는 안동장은 1948년 창업해 같은 자리에서 3대를 이어가고 있다. 이승만 대통령도 다니던 곳이라고 한다. 한국에서 요리 출장이 가장 많은 가게였다. 오토바이 뒷좌석을 개조해 식자재와 화덕과 참숯 같은 장비를 싣고 다녔다. 용달차보다 간편하고 기동력이 좋으니 여러 곳을 쉽게 옮겨 다닐 수 있었다. 1945년에 문을 연 취영루는 플라자호텔 뒤에 있었는데 물만두 전문이었다.

이들 외에도 1960~1970년대 서울에는 동네마다 정통 중국요릿집들이 있었다. 광화문 우체국 뒤 태화관, 국일관 옆 대관원, 피카디리극장 옆 대명관, 남대문 한화장, 명동의 중화각·동해루·기산각·대홍운·동순루·개화·행화촌·일품향·야래향·오구반점·회빈장·동화반점…. 지금도 가업을 이어가는 가게가 있고, 없어지거나 자리를 옮기거나 주인이 바뀐 가게도 있다. 해삼주스와 시금치 만두로 알려진 신승관은 1964년 종로 피맛골에서 문을 열었다. 북창동을 거쳐 다시 종로로 돌아갔다. 연회장과 방을 갖춘 이름난 대형 중국요릿집은 정치인들의 아지트이기도 했다.

요정과 함께 정치 현장이었던 셈이지요. 기생들이 장구 치고 노래하고 접대부들도 나왔어요. 힘깨나 쓴다는 사람들이 최고급 요리 시켜놓고 놀면서 팁으로 만 원짜리를 팍팍 뿌렸어요. 고급 호텔이 줄줄이 생기고 가족 외식 시대가 열리며 이런 가게들은 내리막길을 걷기 시작했죠.

을지로4가에 있던 외백은 광동식 딤섬으로 1960년대 말부터 1970년대 초를 주름잡았다. 400평이 넘는 상가 4층을 통째로 썼다. 매장이 크니 동시에 2쌍의 결혼식을 올릴 수 있었다. 요리사만 40명이 넘었다. 제복 입은 종업원들이 코스 요리를 수레에 싣고 다녔다. 외백이 문을 닫으며 그 자리는 삼풍 아서원이 된다. 경술국치 이전에 생겼으니 아서원의 역사는 깊다. 1925년 4월 이곳에서 박헌영·김찬·김재봉 등 열아홉 명이 조선공산당 선언을 했다. 본래 을지로1가에 있었는데 그 자리에 롯데호텔이 들어서며 동대문의 신아서원, 삼풍 아서원으로 명맥이 이어졌다. 1979년 5월 박정희정권에 각을 세우던 신민당 당수를 뽑는 전당대회가 있었다. 그 전날 밤 YS파 단합행사에 가택연금 중이던 DJ가 등장해 지지 선언을 한 곳이 삼풍 아서원이다.

남대문 그랜드호텔 극장식 중식당은 그냥 '7층'으로 불렀다. 당시 서울 중심가 건물은 평균 2층이 채 되지 않아 7층에 올라가면 사방이 다 보였다. 무대에서 박춘석이 피아노를 치고 패티김이 노래했다. 게살스프·샥스핀찜 같은 광동요리를 한국에 처음 소개한 곳이다. 치파오 차림 여성들이 음식을 날랐다. 남자들의 은어

'홍콩 간다'라는 말이 여기서 나왔다는 얘기가 있다. 광동의 중심이 바로 홍콩이었다. 태화관, 금문도 같은 청요릿집이 명성을 날릴 때 호텔 중식당은 세종호텔과 조선호텔 정도가 있었다.

대관원에서 일할 때 북경오리를 찾는 손님들이 종종 있었어요. 그런데 메뉴판에는 있지만 주방에 오리 굽는 시설이 없었어요. 주문을 받으면 얼른 조선호텔 중식당 월궁에 연락을 한 뒤 받아다가 식탁에 올리기도 했죠."

서울 중심가 재개발은 화교 상권에 변화를 가져왔다.

을지로 명동 일대에 고층빌딩이 들어서기 시작했어요. 장사를 하고 있던 화교들에게 지금의 명동 입구에 가게 자리를 마련해 줬어요. 1969년에는 명동 차이나타운의 한 축인 한성 화교중고등학교가 연희동으로 옮겨 가요. 화교들 중 여유가 있는 사람들은 연희동으로, 없는 사람들은 연남동으로 이사하기 시작했어요. 당시 기찻길 옆에 연남순대국이 있었어요. 그 앞 공터가 쓰레기 집하장이었는데 우마차가 쓰레기를 실어 날랐어요. 환경이 좋지 않으니 그때는 땅값이 싼 동네였죠. 일부는 미아리로 갔어요. 그쪽에 한때 호떡집, 물만둣집, 족발집이 많았던 이유예요.

떠나는 화교들

1972년 미국과 중국이 수교했다. 세계 정세는 급변하고 있었지만 한반도의 냉기는 풀릴 줄 몰랐다. 화교들은 숨죽였다. 가족의 안전과 재산을 지킬 수 있을지 어느 누구도 알 수 없었다. 그러던 중 1976년 8월 18일 판문점에서 경악할 사건이 일어났다. 한국 인부들이 미군과 한국군 경호 아래 초소 시야를 가리는 미루나무 가지를 치고 있었다. 이때 북한군이 나타나 작업 중지를 요구했다. 이를 무시하자 수십 명의 북한 병력이 트럭을 타고 달려와 도끼와 몽둥이로 미군 장교 둘을 살해하고 아홉 명에게 중경상을 입혔다. 분노한 미국이 항공모함까지 보내며 한반도는 전쟁 일보 직전까지 갔다.

불안감에 이민을 떠나는 화교들이 줄을 이었다. 지금과 달리 당시엔 미국 이민 조건이 까다롭지 않았다. 요리사 자격증이 있으면 특히 환영받았다. 미국 캘리포니아로만 8,000여 명이 떠났다. 캐나다·호주로도 갔다. 지인이나 먼저 떠난 사람들이 초청을 하는 경우도 꽤 됐다.

그냥 돈 벌러 가는 사람들도 많았어요. 나가면 한국보다 두세 배를 더 받았거든요. 몇 년 바짝 고생하면 장사 밑천을 마련할 수 있었지요. 중동지역으로도 많이 갔어요. 건설 특수가 한창이라 한국 노동자들이 일하는 현장에 요리사 수요가 컸거든요. 한식만이 아니라 중식도 마찬가지였어요. 관광 비자를 받아 일본에 가서 취업하는 사람들도 많았고요. 저도 세 번 초청을 받았지만 갈 수 없었어요. 아버지가 뇌졸중으로 쓰러지셨거든요. 부모가 아프면 멀리 나가지 말라는 말이 있어요. 언제 무슨 일이 일어날지 모르니까요. 아버지는 결국 9년 투병 끝에 돌아가셨어요.

1977년에는 중국음식점의 65퍼센트에 달하던 화교 업소가 1993년에는 6퍼센트로 떨어졌다. 이민 영향도 있지만 가업을 이으려는 청년 화교가 줄었기 때문이다. 그런데도 전체 중국음식점 수는 크게 늘었다. 화교에게 배운 한국인 요리사들이 늘고, 체계적으로 요리를 가르치는 학교들이 생기며 진입 장벽도 낮아졌기 때문이다.

이러한 상황 변화가 기회이기도 했어요. 솜씨 좋고 이름난 요리사들이 많이 떠나니 주방 일손이 부족했거든요. 젊은 요리사들이 고속 승진하기 시작했죠. 20대 초반에 유명 식당 주방장이 된 친구들도 있어요. 또래보다 주방에 늦게 들어간 저에게도 일할 공간이 생긴 배경이에요.

중화요리 르네상스

서울의 아서원·태화관·대관원·중화각·대려도·열빈루, 인천 공화춘, 대구 군방각…. 주인장들이 이민을 떠나며 유서 깊은 요리점들이 줄줄이 문을 닫았다. 그 빈자리를 북경·사천·광동식을 내세우는 중식당들이 채우며 저변은 오히려 넓어졌다. 희래등·홍보석·금보석·동보성·만리장성·청원·만강홍·만다린·판다…. 신흥 강자들이 등장했다.

1974년 남산 외인아파트 1층에 희래등이 생겼다. 파본항 주방장이 지휘하는 세종호텔 중식당은 교양 있고 용모 단정한 전담 서비스 직원이 있었다. 대륙과 일본풍을 가미한 퓨전 스타일의 중식을 선보였다. 오학지·유옥하·유배무·순세민 등이 주방을 담당했다. 호화마케팅에 힘입어 감당할 수 없을 정도로 손님이 넘쳐났다. 남산복원사업으로 희래등이 없어지자 근처의 아리산과 동보성이 단골들을 흡수했다. 뒤에 동보성은 중국영사관에 터를 팔고 퇴계로로 내려왔다. 희래등 사장은 셋이었는데 그중 하나가 강남에 같은 이름의 가게를 열었다.

1960년대 한국 경제 평균 성장률은 8.8퍼센트, 1970년대는 10.5퍼센트, 1980년대는 8.8퍼센트였다. 신흥 중산층이 형성되던 시기였다. 허허벌판 강남은 아파트와 고층빌딩 숲이 됐다. 유례없는 호황을 등에 업고 외식 시대가 활짝 열렸다. 신흥 부촌 주변이 특히 뜨거웠다. 1970년대를 풍미한 동부 이촌동 홍보석은 소문난 사교 장소였다. 남진·앙드레김 등 당시 톱스타들이 단골이었다. 홍보석이 불을 댕긴 사천요리는 자금성·희래등·야래향·용궁·외백 같은 유명 매장으로 퍼져갔다. 메뉴판에 사천요리를 몇 개 끼워 넣고 유행 바람에 올라타는 식당들도 많았다. 국빈과 만리성은 정통 북경식 요리를 냈다. 대형 패밀리레스토랑 붐이 불며 강남에는 만강홍·만리장성·중국성·함지박·만다린·취영루처럼 대규모 매장들이 줄지어 생겼다. 만리장성은 요리사만 45명이 넘었다. 하루에 손님 2,000명을 받고 4,500만 원 매출을 기록하기도 했다. 강남 아파트 한 채가 4,000만 원이던 시절이었다.

특급호텔에도 중식 레스토랑들이 앞서거니 뒤서거니 들어섰다. 중식요리를 처음 선보인 곳은 세종호텔로 알려져 있다. 반도호텔은 서울 소공동에서 1938년에 문을 연 한국 첫 본격 상용호텔이다. 광복 뒤 미군사령부 하지 중장의 사무실이 있었다. 자유당 시절에는 정치인 사랑방 구실을 해 민간 국회의사당이라고 불렸다. 1960년대 말 그 지하에 용궁이 생겼다. 홍콩에서 온 주방장이 홍콩식 광동요리를 처음으로 선보였다. 정계·관계·재계와 스타 연예인들이 몰려들며 금세 명소가 됐다. 1974년에 퍼시픽호텔 야상해, 1975년에 사보이호텔 호화대반점이 문을 열었다.

1976년에는 플라자호텔 도원이 문을 열었다. 도원은 정주영 현대회장을 비롯한 정재계 명사들이 단골이었다. 1979년에 신라호텔과 롯데호텔이 이틀 간격으로 문을 열었다. 신라가 3월 8일, 롯데가 10일이다. 팔선이 자리 잡은 신라호텔 전신은 국빈 숙소였던 영빈관이다. 파격적인 투자로 단숨에 한국 최고의 호텔 중식당이 됐다. 샥스핀·제비집·불도장 같은 최고급 광동요리로 주가를 올렸다. 도림이 있는 롯데는 반도호텔 자리에 세워졌다. 웨스턴조선호텔에 있던 호경전은 신세계백화점으로 옮겨 가고 그 자리를 홍연이 이어받았다.

청백기 내려가고 오성홍기 올라가고

1992년 8월 24일 한국과 중국이 전격 수교했다. 한국 외무부 장관 이상옥과 중국 외교부장 첸지천은 외교관계 수립에 관한 공동성명을 발표했다. 한국전쟁 이후 적대 관계를 청산하는 내용이었다. 중국 유일 합법정부로 중화인민공화국을 승인하고 상호불가침, 내정불간섭, 한반도 통일문제 자주적 해결원칙 등을 합의했다. 주인이 바뀐 명동 대사관에는 청백기가 내려가고 오성홍기가 올라갔다. 한중수교는 화교 사회의 지형을 바꿨다. 1994년 한·중 여행자유화 조치 뒤 중국동포들이 밀려들기 시작했다. 이들을 따라 새로운 중국음식 문화가 들어왔다. 인천이 한국 중화요리의 뿌리라면 명동 일대는 줄기, 연희동과 연남동 일대는 가지, 자양동과 대림동은 잎이라고 할 수 있다.

연희동과 연남동 일대는 중식 경연장이 됐다. 목란·홍복·향미·구가원·하하·이화원·대복장·진보·백리향·구원·상해소

인천 차이나타운 짜장면박물관. 초기 '철가방'은 나무로 만들어 꽤나 무거웠다. 알루미늄 철가방은 한국디자인재단이 선정한 생활디자인 명품중 하나다.

홀·산왕반점·연교·이품·걸리부·진북경·구무전·향원·송가·매화·연경·라이라이·아미산·안동장·락락·대만야시장·리우·정순발·오향만두·편의방·띵하우 같은 가게들이 꼬리를 물고 생기고 없어지며 흐름을 이어갔다. 2000년대 들어 청담동을 중심으로 한 강남에 감각적인 중식당들이 줄줄이 문을 열었다. 이닝·리샨·칸지고고·연경·온더록·홀리차우·동천홍·현경·몽중헌·난시앙…. 대기업자본이 손을 뻗고, 중국 본토 브랜드가 들어오고, 24시간 배달에 나서는 매장까지 생겼다.

어게인 중화요리 르네상스

1970년대까지만 해도 중식은 최고급 요리를 상징했다. 입학식이나 졸업식, 생일 같은 날에나 구경할 수 있는 특별식이었다. 그러던 중식이 개발연대를 지나며 누구나 먹을 수 있는 대중 음식이 됐다. 그 뒤에는 당국의 물가 관리가 있었다. 노동자들은 후다닥 끼니를 때우고 일해야 했고, 식당 주인들은 회전이 빠른 간편 메뉴로 수지를 맞췄다. 시간이 걸리는 요리들이 뒷전으로 밀려나며 동네 중국집 메뉴판이 단출해졌다. 배달 오토바이들은 쉬지 않고 골목 구석구석을 누볐다. 소득 수준이 올라가며 건강식에 대한 관심도 그만큼 커졌다. 젊은 세대는 기름에 튀기고 볶는 중식이 열량이 높다며 경계했다. 이들에게 중식은 '라떼는 말이야' 세대나 즐기는 '구린 음식'이었다. 미식의 시대가 열렸지만 중식 침체기는 이어졌다.

어느 순간 상황이 달라지기 시작했다. 온라인으로 수평소통하는 시대가 열리면서다. 음식은 그 한 축이 됐다. 숨어 있는 맛집들이 입소문을 타고 뜨기 시작했다. 먹방과 쿡방이 폭발적으로 인기를 끌었다. 중식도 그 흐름에 올라탔다. JTBC가 2014년 방영을 시작한 〈냉장고를 부탁해〉가 불을 댕겼다. 이연복 셰프는 종합 승률 70퍼센트를 올리며 벼락스타가 됐다. 2015년 10월 방영을 시작한 SBS플러스의 〈중화대반점〉이 기름을 부었다. '4대 문파' 수장의 타이틀을 달고 이연복·여경래·유방녕·진생용 셰프 등이 팀으로 경쟁하는 프로그램이다. 스타 셰프들이 줄줄이 탄생했다. 유튜브와 SNS를 통해 숨어 있던 지방의 강자들도 속속 떠올랐다. 음식업계 유행 선도자들이 중식을 찾기 시작했다. 분위기를 타고 색다른 메뉴를 내는 밝고 경쾌한 중식당들이 생기기 시작했다. 중화요리 르네상스라 할 만했다. 이 흐름 속에 진진의 미쉐린 가이드 별이 있다.

중화요리 4대 문파

2008년 여름이었다. 대상해로 손민호 기자가 찾아왔다. 중화요리 계보를 취재한다고 했다. 아는 만큼만 얘기를 들려줬는데 11월 27일 자 《중앙일보》 주말 섹션 커버스토리로 기사가 나왔다. '중화요리의 전설을 되짚다'라는 제목이었다.

1면에는 화교 주방장 열네 명의 사진을 실었다. 하나같이 1960년대 이후 한국 중식업계의 기둥 역할을 해온 고수들이다. 대중 앞에 모습을 드러내기 꺼리는 이들도 많으니 한국 중화요리 역사에서 아주 귀한 한 장면이다. 등장하는 주방장 열네 명은 다음과 같다.

여경옥(루이 대표), 장명량(차이나 린찐 주방장), 유방녕(플라자호텔 중식당 도원 주방장), 왕육성(코리아나호텔 중식당 대상해 대표), 조창인(팔레스호텔 중식당 서궁 주방장), 주대흥(자오핑 주방장), 주업림

(주대가 대표), 장홍기(전 호화대반점 주방장), 후덕죽(신라호텔 조리 상무), 왕충옥(팔선각 대표), 대장리(대가방 대표), 이본주(태평로클럽 주방장), 여경래(소피텔앰배서더호텔 중식당 홍보각 대표), 이연복(목란 대표).

사진을 찍으러 오라기에 서소문에 있는 중앙일보 스튜디오에 갔어요. 깜짝 놀랐어요. 주방장들이 하나둘 나타나기 시작하는데 이거 뭐 분초를 다투며 사는 사람들이 다 모여 있는 거예요. 서로 알고는 있지만 한자리에서 만날 수 없는 조합이거든요. 누가 오는지도 몰랐어요. 게다가 모두 조리복을 가지고 왔더라고요. 사진을 찍으면서도 신기했어요. 주업림·장홍기 사부처럼 하늘 같은 선배들 틈에 제가 끼어도 되나 싶더군요. 화교 100년 역사상 장안의 특급 주사들이 조리복 입고 찍는 단체 사진은 처음이네, 대장리 사부가 그러더군요. 후덕죽 상무는 화교사에 길이 남을 일이라며 맞장구를 쳤어요.

왕육성도 중식 인생 35년 만에 처음으로 가게 밖에서 조리복을 입었다.

1970년대 호화대반점에서 같이 일했던 후배인 이본주가 그래요. 제가 조리복 입은 모습을 20년 만에 처음 본다고요. 이유가 있었지요. 제가 젊을 때는 중화요리를 낮추보고, 화교라고 우습

게 보고, 요리사를 깔보는 시선이 꽤 있었거든요. 그래서 주방을 나설 때는 항상 깨끗한 사복을 입었죠. 동네사람들도 제가 하는 일을 몰랐으니까요. 이제 요리사를 보는 시선이 크게 달라졌지만 그땐 그랬어요. 그 습관이 남아서인지 지금도 어디서든 옷차림에 신경을 쓰죠.

왕육성은 용모가 곧 그 사람의 내면이라고 생각한다.

항상 깔끔한 모습을 보이려고 해요. 그게 상대에 대한 예의라고 생각하거든요. 제 자존감을 지키는 일이기도 하고요. 기름때 전 꼬질꼬질한 옷을 입으면 그 정도 요리사밖에 안 돼요. 빳빳하게 다린 옷을 입으면 그만큼 기분이 좋아지고 손님들 앞에서도 떳떳해져요."

기사는 중화요리가 한국의 외식문화를 대표하던 시기에 서울 대표 중식당 네 곳이 배출한 주방장들이 각자 일가를 이루며 계보를 이어가고 있다는 내용이다. 무협지 용어를 빌려 '경성 4대 문파'를 대표하는 주방장들이라고 소개했다. 아서원, 홍보석, 호화대반점, 팔선 네 곳이다. 요리사들은 대부분 여러 가게를 거치며 수련을 한 뒤 개업하니 의미 있는 주방장 족보였다. 기사는 왕육성을 홍보석 가문 출신의 맹장으로 소개한다.

서울시 명예시민이 되다

서울시에서 받은 명예시민 상패. 매장에 올려두었다.

2016년 초 종로에서 중식협회 여섯 개 단체가 모여 신년회를 열었다. 대한민국 중식 발전에 족적을 남긴 1세대 요리사들, 중식 르네상스를 이끄는 중견 현역들, 청년 요리사들이 총출동했다. 장홍기 사부가 공로패를 받았다. 왕육성은 후덕죽·대장리·왕문영·추본경 같은 쟁쟁한 사부들과 함께 명수名手 이름을 받았다. 사부 중의 사부가 명수이니 크게 명예로운 호칭이다.

2019년 11월에는 서울시청에서 명예시민증을 받았다. 주한외국 대사 등 200여 명이 행사장에 "88올림픽 시기부터 사회 공헌 활동에 관심을 갖고 현재까지도 마포구 서교동 주민센터를 통해 기부와 음식 봉사를 진행"한 이유였다. 지역아동센터를 설립하고 후원해온 독일의 에델트루트Edeltrud Kim 여사, 서울 골목길 재생에 적극적인 미국의 마크 테토Mark Tetto, 방송으로 한국을 알리는 네팔 수잔 샤키야Shakya Sujan Ratna 등 14개국 열일곱 명과 함께였다. 한국이 큰 나라가 됐다는 생각이 들었다.

국적이나 국경이 무의미한 시대가 됐어요. 어느 나라에 사느냐보다 어느 경제 울타리 안에 있느냐가 우리 삶에 더 큰 영향을 미치니까요. 한국사회도 그간 아주 다양해졌어요. 거리에서 외국인을 만나도 그런가 보다 하잖아요. 한국은 부모님이 뿌리를 내리고 제가 태어난 나라예요. 내 가족과 형제들도 서울에서 살고 있고요. 그러니 한국은 그냥 우리나라죠.

津 津
Chinese Restaurant

3부

백년가게를 꿈꾸다

만난
사람만
100만 명

잊지 못할 사부들

지금까지 스쳐 간 사람이 얼마나 될까. 주로 매장에서 손님들을 만났겠지만 50년 동안 하루 50여 명을 봤다 치면 거의 100만 명의 사람들을 만나본 셈이다.

제가 돗자리 깔아도 돼요. 손님이 가게 문을 열고 들어오는 순간 어떤 분인지 알거든요. 사람마다 상대를 판단하는 기준이 있어요. 어떤 분들은 얼굴이나 피부를 보기도 하고 옷·시계·구두 같은 차림새를 보고 판단한다고 하더군요. 저는 분위기를 봐요. 걸음걸이·자세·목소리·눈빛에 지성의 정도가 담겨 있거든요. 허름한 차림이라도 내면이 충만한 사람은 여유가 배어 나와요. 명품으로 온통 치장을 하고 와서 주위를 아랑곳없이 떠들어 옆 좌석에서 눈살을 찌푸리게 하는 사람도 있고요.

간객하채접看客下菜碟. 홀에서 일할 때 가장 먼저 배운 말이다.

손님을 보고 요리를 권해라, 요리보다 손님이 먼저라는 뜻이지요. 볶음밥 먹으러 왔는데 팔보채를 권하면 기분 나쁘고, 금샤오롱 먹으러 왔는데 짜장면 권하면 자존심 상하죠. 일행이 있다고 터무니없이 비싼 요리를 추천하면 바가지 씌우는 가게라고 소문이 날 테고요. 또 한턱내러 왔는데 허름하게 입었다고

요리 대신 식사 메뉴를 추천하면 마음이 상하겠죠. 사람을 꼼꼼히 살피고 응대하는 일은 그래서 중요해요. 매출보다 손님을 먼저 생각하면 괜찮은 가게라는 소문은 저절로 퍼져나가요.

영풍상회·대성원·성수원·대관원을 거치며 손님 마음을 읽는 법을 배웠다. 홍보석 주방에 들어가며 본격 요리사의 길을 걸어왔다. 중국에서는 요리사를 주사廚士라고 부른다. 요리를 가르쳐준 스승은 사부師父라고 부른다. 왕육성에겐 잊지 못할 사부가 넷이 있다. 왕춘량·등배신·장홍기·곽보광 사부다.

사부1 홍보석 왕춘량

해당화에 근무할 때 홍보석 부주방장으로 있던 친구다. 왕춘량이 다리를 놓아준 덕에 문턱 높은 홍보석 주방에 들어가 비로소 칼을 잡았다. 처음으로 정식 주방 식구가 되었으니 더는 어깨너머로 배울 필요가 없었다. 인성도 좋은 춘량의 솜씨는 일찍부터 장안에 파다했다.

왕춘량은 초등학교 졸업하자마자 바로 중식을 시작했어요. 두 살 차이지만 요리 경력이 저보다 훨씬 많았지요. 그의 매형은 머리가 좋은 분이었어요. 덩치가 작아서 공반절이라는 별명으로 불렸는데 장안에서 둘째가라면 서러워할 실력자였죠. 그런 매형에게 일찍부터 기술을 배웠으니 못 하는 요리가 없었어요."

왕춘량은 남다른 예술적 감각으로 화려하고 창의적인 요리를 만들었다. 갖가지 재료로 꽃이나 새처럼 난이도 높은 조각을 만들어 음식을 탐스럽게 장식했다. 맛도 맛이지만 작품성이 뛰어나 먹기가 아까울 정도였다. 지금은 미국으로 이민을 가서 중식당을 하고 있다.

사부2 만다린 등배신

신촌 만다린에 들어가니 주방장이 등배신 사부였다. 홍보석 주방장 출신으로 자타가 공인하는 장인이었다. 신촌 갑부의 아들 황의강 사장이 만다린을 열면서 전격 스카우트했다. 월급이 50만 원으로 장안 최고였다. 당시 웬만한 주방장의 두 배 이상이었다.

제가 홍보석에 근무할 때 등 사부는 전설이었어요. 어마어마한 실력자라는 말을 많이 들었지요. 같이 일하던 둘째 칼판이 어느 날 그래요. 등 사부님이 만다린으로 오라는데 같이 가자고요. 만다린을 열 때 칼판이 세 명 필요했거든요. 두말 않고 옮겼어요.

이미 요리의 기초는 다 익히고 난 터였다. 등 사부와 같은 주방에 있으면 한 단계 높은 기술을 보고 배울 수 있겠다 싶었다. 등 사부는 덩치가 큰데도 동작이 제비처럼 빨랐다. 귀신같은 솜씨로 간을 조절했다. 만드는 과정이 복잡한 요리들, 사람들이 찾지 않아 잊혀가는 옛 요리들을 척척 해냈다. 왕춘량이 토대를 닦아주었다면 등 사부는 그 위에 기둥을 세워주었다. 등 사부도 나중에 미국으로 이민을 갔다.

사부3 호화대반점 장홍기

장 사부는 사보이호텔 호화대반점에서 만났다. 호화대반점의 위세가 하늘을 찌르던 때였다. 주방장이 장홍기 사부였다. 장씨 가문은 당시 장안 중식업계를 휩쓸고 있었다. 웬만한 유명 중식당에는 일가친척들이 포진해 있었다. 장 사부의 큰 매형이 그 중심이었다. 딸이 많은 집안이라 혼인을 통해 방계가족이 계속 늘어났다. 장 사부 생일날이면 집 안은 찾아오는 사람들로 미어터졌다. 손님들이 방과 거실에 다 들어가지 못할 정도였다. 대기업 빌딩이나 호텔에 입점한 괜찮은 중식당에서 일자리를 얻고자 하는 이는 장 사부를 통하면 수월했다. 장 사부는 신의를 중시하고 절

제력이 뛰어나 술과 담배를 하지 않았다.

호화대반점에서 일했던 사람들이 모여 친목회인 '호화회'를 만들었다. 회장이 장 사부인데 그 많은 후배들을 넉넉히 품고 있다. 회원들은 지금도 명절이면 장 사부 집에 모여 음식을 나누며 논다. 30년 넘게 이어온 관계다. 관계를 유지하는 법, 상대를 존중하는 법, 적을 만들지 않는 법…. 장 사부에게 많은 것을 배웠다.

사부4 도원 곽보광

곽보광 사부는 요리를 보는 시야가 넓었어요. 호텔 중식당은 규모가 크고 VIP들이 많이 오잖아요. 그만큼 신경 쓸 일도 많고요. 배포가 약하면 일하기 힘들어요. 곽 사부 곁에서 자기중심을 잡고 흐름을 읽으며 방향을 만들어 가는 눈을 키웠어요. 요리사로는 처음으로 방송에 출연했으니 스타 셰프의 원조라고 할 수 있겠네요. 청와대나 연희동에 함께 출장을 많이 갔어요. 미국으로 이민을 가며 저보고 자질이 있으니 방송을 이어서 하라고 권하더군요. 아직 배울 게 많고 체질에 맞지 않아 사양했지만요.

곽 사부는 음식의 핵심은 간이라며 양념을 과감하게 썼다. 입맛은 천차만별이다. 모든 손님을 만족시킬 수 없다. 그래도 기준은 있으니 그걸 잡아내서 소신 있게 밀고 가라. 손님이 짜다거나 싱겁다고 해도 휩쓸리지 마라. 내 기준으로 결정하고 그대로 가라는 가르침이었다.

> 중화요리는 불맛, 짠맛, 감칠맛을 어떻게 조화시키느냐에 따라 크게 달라져요. 짠맛도 여러 가지가 있는데 감칠맛을 더하지 않으면 고통스럽죠. 손님 열 명이 모두 맛있다면 그냥 인사치레예요. 그중 두 명 정도는 짜다고 해야 돼요. 물론 안전한 길을 갈 수도 있어요. 손님 건강 생각한다며 싱겁게 만들고는 입에 맞지 않으면 간장 찍어 먹으라는 요리사도 있거든요. 말이 안 돼요. 맛을 끌어올리려는 노력을 포기하는 거죠. 생간장을 찍으면 더 이상 요리가 아니지요.

내 기준을 만드는 법, 한발 떨어져서 상황을 보는 법, 큰살림을 꾸려나가는 법을 곽 사부에게 배웠다. 덕분에 대상해를 운영할 바탕을 체득했다.

곡금초와 이연복

곡금초와 이연복은 고락을 함께한 동료다. 곡 사부는 1977년에 만났다. 두 살 위지만 친구처럼 허물없이 지내왔다. 각자 빈

대상해에서 '호화대반점'이란 이름의 디너 갈라쇼를 할 때 이연복과 함께 주방에 들어갔다.

손으로 시작해 풍파를 헤쳐왔다. 불을 다루는 솜씨가 일품이다. 1970년대 초, 금문도 주방에서 왕수선 사부에게 배웠다고 했다. 열아홉 살에 서울 명동 기산각 주방장이 됐다. 신촌 만다린 주방에서 같이 일했다. 사업수완이 뛰어나 배달 전문 중식집도 운영하고 만다린 체인 사업도 했다. 한때 관리하던 점포가 열세 개나 됐다. 동탄 상해루를 지역 명소로 키워냈다. 좋은 재료에 아낌없이 투자했다. 탕수육·대게살볶음·오룡烏龍해삼을 잘 만들었다. 오룡해삼은 기아 김선홍 전 회장이 유독 좋아해서 '기아해삼'이라는 별명이 붙기도 했다. 건강이 나빠져 일찍 세상을 떠나 안타깝다.

이연복은 누구나 인정하는 한국 최고의 중식 스타 셰프다. 열세 살에 일을 시작했다. 열일곱 살에 명동 사보이호텔 중식당에 막내로 들어가 2년 만에 둘째 칼판이 됐다. 스물두 살에 주한 대만대사관 최연소 조리장이 됐으니 실력이야 말할 것도 없다. 일본에 건너가 10년 동안 고생도 많이 했다. 한국 대표 중식당이 된 목란도 세 번을 옮겨 다녔다. 그는 냄새를 잘 맡지 못한다. 20대 중반에 축농증 수술을 잘못한 후유증이다. 요리사로는 치명적인 약점이지만 자기 관리를 통해 극복했다. 뒤늦게 때를 만나 지금은 펄펄 날아다니고 있다. 겸손하고 의리가 남다르다. 곡금초가 고전하고 있을 때 방송에 출연할 수 있게 다리를 놔주었다. 덕분에 '탕수육의 달인' 곡 사부의 숨은 실력이 세상에 알려졌다.

동반자 황진선

2006년 7월 26일은 뜨거웠다. 국회의원 재·보궐선거가 있던 날이다. 서울에는 비가 살짝 내렸다. 앳된 청년 한 명이 대상해에 들어왔다. 지금 진진을 총괄하고 있는 황진선이다. 대상해 오너일 때라 왕육성은 주방에 들어갈 일이 크게 없었다. 일주일에 한두 번 정도 오가며 얼굴을 봤다. 꾸지람을 들으면서도 전쟁 같은 주방 허드렛일을 잘 해내고 있었다. 두달 쯤 지났을 때 처음 말을 걸었다.

"너는 누구니?"

"황진선이요."

"황비홍?"

"네? 하하하."

첫 면접이나 다름없었다. 정을 주지는 않았다. 대부분의 젊은 이들처럼 언제 떠날 지 알 수 없으니 말이다. 1년을 버티기에 '어, 이 친구 봐라' 하는 생각이 들었다. 1년을 더 지켜보고는 불러서 물어봤다. 비로소 정식 면접을 본 셈이다.

"돈을 벌고 싶니, 기술을 배우고 싶니."

사실 답은 뻔하다. 돈 벌 목적으로 요리를 배우면 오래 버티지 못한다. 이런 친구들은 대개 기술 몇 가지를 익히고 떠난다. 다른 곳에 가서 또 그렇게 한다. 이렇게 만든 이력을 내세워 가게를 연다. 유명 식당에서 한두 달 근무하고는 주방장으로 근무했다고 뻥을 치기도 한다.

"기술이요."

"요리는 가르쳐 줄 수 있어. 월급은 많이 주지 못하는데 그래도 해보겠니?"

"네."

황진선은 태권도 선수를 하다가 다리를 다쳐 그만두었다. 음악을 좋아해 친구들과 밴드 활동도 했지만 그마저 형편이 어려워 그만두었다. 진로를 고민하다가 대상해 문을 두드렸다고 했다.

어리다고, 익히는 속도가 느리다고 만만하게 보는 선배들이 있었어요. 저는 다르게 봤어요. 물론 눈치 빠르고 톡톡 튀는 재주를 가진 직원들이 예쁘긴 하죠. 그런데 능력은 다 제각각이잖아요. 재능보다 중요한 덕목이 성실이에요. 속도가 미덕은 아니거든요. 요리를 평생 직업으로 삼을 생각이라면 차근차근 공부하는 게 먼저죠.

누구든 열심히 하는 직원에게 기회를 준다. 진심으로 배우고자 하면 조건 없이 가르쳐 준다. 사정이 안 되면 식당을 하는 다른 친구에게라도 소개해서 어떻게든 도와준다. 많은 후배 요리사들이 대상해를 들어오고 나갔다. 몇 푼 더 받겠다고 기회를 박차고 나간 요리사들도 많다.

황진선은 한눈팔지 않았어요. 묵묵히 견디며 자기 일을 했어요. 다른 식당에서 스카우트 제의도 받았던 모양인데 가지 않더군요.

그러던 어느 날 주방에서 사달이 났다. 황진선이 막내로 일할 때였다. 주방에서 넘어져 다리 인대가 파열됐다. 진선의 어머니가 응급실로 달려왔다. 괜찮을 거라고 위로해 주었다. 진선의 상태는 생각보다 심각했다. 큰 수술을 하고 5개월 정도 재활치료를 했다. 다시 출근하게 된 진선에게 차를 한 대 내줬다. 다리를 다친 제자를 배려하고 싶었다. 대중교통을 이용하다가 다리를 또 다치면 안 될 일이었다. 그 차로 진선과 장을 보고 낚시도 같이 다녔다. 이야기를 나누면서 진선에 대해 더 많이 알게 됐다. 얼마 후 진선을 부주방장으로 임명했다.

왕육성은 황진선의 가능성을 보고 있었다.

> 기술만 좋다고 훌륭한 요리사가 되지는 않아요. 이 친구가 그저 그런 장사꾼이 될지, 아니면 품 넓은 사업가로 클지는 알 수 없었어요. 자질과 노력이 기본이지만 옆에 누가 있느냐도 중요해요. 호랑이나 사자 같은 맹수들은 야생에서 새끼들을 가르치잖아요. 주방에만 있으면 시야가 좁아져요. 가끔 함께 다니며 요리와 세상 얘기를 했어요. 스스로 미래를 설계할 수 있도록 발판을 마련해 주고 싶었거든요.

2013년, 인생 2막을 결정하던 시기에 왕육성은 황진선에게 이야기했다.

> 내가 대상해에 없으면 너도 재미없을 거야. 이제는 작아도 네 가게를 열 준비를 해야지. 도와줄 테니 함께 해볼래? 앞으로 난 2년은 쉴 생각이니 그동안 다른 데 가서 뭐든 해. 그동안 월급은 내가 줄 테니 걱정하지 말고.

津 津
Chinese Restaurant

황진선은 묻지도 않고 따르겠다고 했다. 그만큼 서로 간에 믿음이 있었다. 진선이 두 달 먼저 대상해를 그만뒀다. 나간 뒤 다른 호텔 중식당에서 일해보고 하루 일당 일도 뛰어봤다.

> 밖에 나가본 진선이 그러더군요. 대상해 때가 천국이었대요. 다른 주방에 들어가 보니 이건 도저히 아니다, 이러다가는 오히려 실력이 줄겠다는 생각이 들었다더군요. 이상한 데서 일하다가 여태까지 배운 거 다 날아가겠다는 걱정을 했대요. 그러며 계획해 온 일을 시작했으면 하더군요. 때가 됐다고 생각했어요.

참새라도 오장육부가 다 있는 것처럼 한 평짜리 가게라도 일은 똑같다. 주방과 홀 관리, 재료 수급은 물론 재무와 인력 관리까지 황진선의 영역을 차근차근 넓혀줬다. 진진의 앞날을 생각해서였다. 개업하고 1년이 지나자 진선이 말했다.

"지난 한 해 동안 익힌 게 지금까지 살아오면서 배운 것보다 많아요."

2021년 1월, 꽤나 추운 어느 날이었다. 진선이 쓰러졌다. 동파된 진진가연 주방을 손보던 중이었다. 스스로 깨어났기에 망정이지 주위에 아무도 없어 큰일 날 뻔한 상황이었다. 여러 매장을 관리하며 쌓인 피로가 원인 아닐까 생각했다. 한동안 가게에 나오지 못하게 했다. 도약을 하려면 힘을 비축할 때라고 생각했다. 진진 문을 열고 들어가면 큼직한 흑백 사진이 걸려 있다. 이제는 동업자가 된 왕육성과 황진선이다. 스승은 가게보다 제자를 아끼고 제자는 그런 스승에게 깍듯하다.

손님, 최고의 인테리어

가끔 음식을 타박하거나 위생을 문제 삼는 손님이 있다. 주방 식구들은 모두 위생모를 쓰고 일하며 조리대부터 바닥까지 수시로 청소한다. 그래도 실수할 수 있다. 지적을 받으면 두말없이 다시 음식을 내드린다.

음식에서 못이 나왔다고 호통치는 분이 있었어요. 아무리 생각해도 있을 수 없는 일이에요. 하지만 이럴 땐 변명해 봐야 소용없어요. 무조건 사과부터 해요. 그런데 그럴수록 손님 목소리가 커져요. 손님을 진정시키는 한편 혹시나 해서 CCTV를 돌려보라고 했어요. 아니나 다를까 그 사람이 주머니에서 뭔가를 꺼내 음식에 집어넣는 모습이 생생하게 나오더군요. 조용히 그 장면을 보여주니 얼굴을 붉히며 부리나케 가게를 빠져나갔어요.

상식에 벗어나는 행동을 하는 손님을 만나면 부딪치기보다 한

발 떨어져서 바라본다. 아무리 마음이 상해도 화를 내면 안 된다.

> 손님이 큰소리를 낼 때는 우리가 무슨 소홀한 점이 있겠거니 해요. 그런데도 자꾸 악을 쓰면 다른 손님들이 참다못해 나서요. 조용히 합시다, 먹기 싫으면 나가시든지요, 당신 때문에 우리까지 불편해, 갑질 좀 그만하지. 뭐 이런 말들이 여기저기서 나와요. 그러면 대개 부끄러워하며 일어나요.

어떤 경우라도 손님과 싸우지 않는다. 모두가 보고 있으니 말이다. 물론 직원들이 잘못하는 경우가 있다. 사인이 맞지 않아 엉뚱한 요리가 나가거나, 나르던 음식이 손님에게 튀거나, 술이나 물을 엎지르기도 한다. 같은 상황이라도 어떻게 대처하고 수습하느냐에 따라 손님은 악연이 되기도 하고 인연이 되기도 한다. 물론 손님 대부분은 점잖고 품위 있다. 진진 최고의 인테리어가 손님들인 이유다.

9,000원짜리 포도주

열일곱 살에 일을 시작했다. 돌아보니 요리 인생 50년이다. 절대빈곤 시대를 지나왔다. 생계와 생존이 목표였던 그때는 남을 부러워하거나 처지를 비관할 겨를이 없었다. 필요한 돈은 벌어서 써야 했다. 구슬치기, 동전치기도 이기려고 했다. 있는 집 애들은 잃어도 그만이지만 없는 집 애들은 가진 것을 잃으면 더 이상 그 판에 끼어들 수 없었으니 말이다. 절약이 습관이 돼 지금도 전단지를 잘라 메모지로 쓴다.

쪼들리며 살고 싶지 않아서 결혼도 늦게 했어요. 돈 없이 일찍 결혼한 친구들은 집이 없어 이사를 자주 다녔거든요. 없는 살림에 부모님 모시고 애들 키우느라 얼마나 힘들겠어요. 아껴 쓰며 벌어 내 가게에서 내 장사를 하겠다고 다짐했거든요.

눈 깜짝할 새에 세상이 변했다. 가게에서 늙어오는 동안 한국은 가난을 벗고 부자 나라가 됐다. 인생에는 8미味가 있다. 1미는 맛난 음식, 2미는 즐거운 일, 3미는 풍류, 4미는 친구, 5미는 봉사, 6미는 공부, 7미는 건강이고 8미는 그렇게 깨닫는 인생이란다.

일에 빠져 8미를 제대로 모르고 살아왔어요. 예로부터 중국에선 서書, 기棋, 금琴, 화畵 넷을 중요하게 생각했어요. 품위 있게 인생을 사는 바탕이 되니까요. 하지만 이런 삶은 여유 있는 선비들 이야기죠. 저는 요리밖에 몰라요. 살기 위해 잠을 줄여가며 일했으니 우아하게 인생을 즐기는 법을 배울 시간이 없었어요. 대신에 미쉐린 가이드 별까지 받았으니 요리사로는 인정을 받은 셈이에요.

어느 순간 욕심이 없어졌다.

큰 집이 뭐가 필요해요. 청소거리만 늘어나잖아요. 고급 차도 처음 탈 때만 기분 좋죠. 저는 운전을 안 해요. 자전거를 타거나 걸어 다니는 게 편하거든요. 술도 집 앞 슈퍼에서 파는 9,000원짜리 포도주면 족해요.

이제는 돌려줄 시간

팬데믹은 지나가겠지만 앞으로 또 무슨 일이 벌어질지 알 수 없다.

중국 알리바바 회장 마윈馬雲이 공식 석상에서 사라졌어요. 시진핑習近平에게 밉보였다는 소문이 무성하죠. 저는 경제생태계를 파괴하는 전자상거래에 대한 경고로 보여요. 당국이 마윈에게 경고를 했겠죠. 혼자 다 해먹지 말고 공생해야 한다고요. 그런데 마윈이 겉으로는 따르는 척하며 뒤로는 잔돈푼까지 긁어 들이며 사업을 확장했어요. 시사하는 바가 커요. 한국도 마찬가지거든요. 예전엔 명동 놀러 나가면 쇼핑하고, 밥 먹고, 차 마시고, 영화도 보며 하루를 즐겼잖아요. 온라인쇼핑이 대세가 되고 팬데믹까지 덮치며 상권이 무너졌어요. 약육강식, 승자독식 논리가 판을 치고 있어요. 이런 시기에 부자들은 더욱 부자가 돼요. 지금 한국의 불평등 정도가 프랑스 혁명기보다 심하다는 얘기도 있어요. 상위 10퍼센트가 아니면 살기 힘든 세상이 됐어요. 세상이 그렇게 돌아가면 안 되잖아요. 혼자만, 일부만 잘살면 무슨 재미가 있겠어요.

고비마다 혼자 결단했지만 좋은 분들 덕에 여기까지 왔다고 생각한다.

이제 받은 은혜를 손님들과 후배들에게 돌려줄 시간이에요. 진진에서 10을 얻으면 그중 6은 다시 손님들에게 가야죠. 제 나름대로 정한 6:4 원칙이에요. 선한 후배들이 쩔쩔매는 모습을 보면 도와주곤 했어요. 공식적인 비즈니스가 아니라면 차용증도 안 써요. 제가 고리대금업자도 아니니까요. 그 사람 인품을 믿는 거예요. 떼인 적도 많아요. 큰돈을 벌고도 갚지 않는 사람도 있고요. 세월이 흘러 돌려주려니 아깝다는 생각이 들었겠죠. 돈이 자기 살에 붙어버린 거예요. 배신당했다고 생각하지 않았어요. 돈 때문에 친구를 잃을 수는 없잖아요. 씨앗 열 개 뿌린다고 모두 싹이 트지는 않아요. 그중에 여섯 개만 거둬도 충분하거든요. 진짜 농부는 씨를 뿌리며 수확량을 미리 걱정하지 않지요. 주는 게 받는 것, 이 간단한 사실을 아는 데 50년이 걸렸어요.

오랫동안 뜻한 바가 있다.

돈 한 푼 남겨주지 않은 아버지가 섭섭하지 않아요. 그 때문에 몸 던져 일했고 덕분에 여기까지 왔으니까요. 빈손으로 왔으니 빈손으로 가는 게 맞다고 생각해요. 떠날 때는 통장 잔고가 0이 되면 딱 좋겠어요. 제 뒤에 남을 가족들이 어렵지 않게 살 수 있을 정도는 준비해야겠죠. 거기까지예요. 진진을 대물림할 생각이 없어요. 가장 좋은 유산은 돈이 아니라 덕이거든요. 진진이 계속 좋은 식당으로 발전한다면 그걸로 된 거죠.

중국음식
5대 천왕
이야기

짜장면, 그때 그 맛은 어디로 갔을까

조치원에서 한국식 짜장면을 처음 먹어봤다.

일곱 살 즈음 아버지랑 충주 외삼촌네 집에 갈 때였어요. 아침 일찍 전주에서 출발해 호남선 상행열차를 타면 충북선으로 환승하는 역이 조치원이에요. 점심 무렵 역 앞에 내려 중국집에 갔죠. 아버지가 아는 화교 식당 같았어요. 주인장이 내준 방에 들어가니 곧바로 짜장면이 나오더라고요. 걸쭉한 소스에서 풍기는 향기가 어질어질하고 졸깃졸깃한 면은 환상이었어요. 이럴 수가, 세상에 이런 맛이 있다니 했지요. 빵빵하게 먹고 잠시 눈을 부쳤다가 충주에 도착하면 밤이었어요. 그 짜장면을 잊지 못해 해마다 충주 가는 날을 기다렸어요.

어머니가 만들어 주던 짜장면은 중국식이었다. 삶은 국수에 집에서 담근 짭짤한 황두장(면장)을 얹어 비벼 먹었다. 당시 화교 가정에는 대개 장 단지와 돼지기름 항아리가 있었다. 한중수교 뒤 중국산 황두장이 들어오고 아파트 생활이 늘며 면장 담그는 집이 사라졌다. 중국은 남쪽과 북쪽의 장이 다르다. 따뜻한 남쪽 지역에서는 달달한 첨면장을 담근다. 북경오리에 찍어 먹는 장이다. 추운 북쪽 지역에서는 짭짤한 황두장을 담근다. 이를 한국에서는 춘장이라고 부른다. 현재 국내 시장을 장악하고 있는 사자표

춘장은 1948년에 나왔다. 초기에는 사자표·호랑이표·천일·몽고 같은 업체들이 경쟁했는데 사자표가 패권을 잡았다. 시판장은 짧은 기간에 숙성한 것이라 색이 누렇다. 오래 묵어야 나는 적갈색을 캐러멜 색소와 갖가지 첨가제를 넣고 물을 타서 양을 불린다.

시판장이 흔해지기 전까지 웬만한 중국 식당들은 장을 담가서 썼다. 1973년도에 잠시 머물렀던 대구 기린원 옥상에도 커다란 장 항아리 네 개가 있었다. 해가 나면 주인 아저씨가 항아리 뚜껑을 열어놓으라고 했다. 흐려지면 뛰어 올라가서 뚜껑을 덮었다. 한여름이면 항아리가 달아올라 장에서 기포가 폭폭 올라왔다. 아래에 판때기 달린 긴 막대기로 장을 골고루 휘저어야 했는데 꽤나 고된 일이었다. 말라서 검게 변한 윗부분과 노란 아랫부분이 섞이며 장은 점점 검어진다. 당국은 위생을 구실 삼아 식당에서 춘장을 만들지 못하게 했다. 그 뒤에는 탈세를 막으려는 계산도 있었을 테다. 현금 거래를 하니 장부도 대충 만들고, 세금도 주먹구구로 매기던 시절이었다. 납세액이 적다 싶으면 세무서 직원이 문 앞에 앉아 손님 수를 세기도 했다. 그렇게 이틀이 지나면 주인은 두 손 두 발 다 들고 항복할 수밖에 없었다.

짜장은 전날 만들어 놓기도 하고 당일 아침에 만들기도 한다. 가스를 쓰기 전에는 연탄을 쪼개 지그재그로 쌓아서 넣다 뺐다 하며 화력을 조절했다. 화덕에서 연통으로 가는 불길을 만들어 놓고 그 위에 면수·육수·짜장·기름솥 등을 올려놨다. 동네 중국집에서는 주방장 혼자 갖가지 배달 요리와 홀 식사까지 만들었으니 참 대단했다.

제가 애송이 요리사였던 시절엔 지금처럼 기계가 없어 모든 면을 손으로 뽑았어요. 뽀얀 밀가루에 물과 소금만 넣어 반죽했지요. 손으로 치댄 면은 탄력이 넘쳐요. 큰 식당마다 전설 같은 면판들이 활약했어요. 명동 기산각과 동해루가 짜장면으로 알아줬는데 거기 출신 면판들의 자부심은 대단했어요. 동해루는 유니짜장이 특히 유명했는데 하루에 밀가루 열 포를 쓴다고 했어요. 기산각은 여섯 포고요. 밀가루 한 포로 면 120인분을 뽑으니 손님 수가 어마어마한 거죠.

양파 없는 짜장면은 '앙꼬 없는 찐빵'이다. 그렇다고 양파가 처음부터 짜장면에 들어가지는 않았다. 가격이 비쌌기 때문이다. 만만한 게 무말랭이여서 채 썰거나 데쳐서 넣었다. 고구마, 감자, 늙은 호박도 들어갔다. 배추도 넣었지만 수분이 배어 나와 많이 쓰지는 않았다. 시대에 따라 계절에 따라 짜장면에 들어가는 재료가 조금씩 달라진 셈이다.

어린 시절 짜장면은 동경이고 선망이고 행복이었다. 짜장면 세례를 받지 않고 자란 사람이 있을까. 언제부턴가 잔재주를 부리지 않은, 수수하고 소박한 짜장면을 만나기 힘들어졌다. 불이 미어져라 씹는데 밀가루 냄새가 푹 퍼지기도 한다. 면을 잘라보면 아니나 다를까 속이 덜 익었다. 화력과 수온에 따라 삶는 기술이

다른데 끓는 물에 풍덩 던졌다가 금방 꺼내니 그렇다. 뚜껑 덮어 속까지 익히고, 찬물로 숨을 죽이고, 건져서 헹구는 과정을 꼼꼼하게 거쳐야 고루 익고 졸깃한 면이 나온다. 면만 먹어도 맛있던 시절이 있었다. 대충 삶은 면의 물기를 제대로 빼지 않고, 돼지기름으로 볶은 춘장도 없고 제대로 된 기술을 가르쳐 주는 사부도 찾아보기 힘드니 풍미를 말해 무엇 하랴. 퍼지지 말라고 소다를 넣어서 만든 면을 먹고 자란 사람들은 짜장면 면발이 으레 그러려니 한다. 졸깃한 면과 질긴 면은 식감부터 다르다. 질긴 면만 아는 이들이 졸깃한 면을 맛보면 면발이 왜 이러나 한다. 예나 지금이나 짜장면 만드는 과정은 같다. 재료의 품질과 들어가는 정성이 다를 뿐이다.

짬뽕과 우동, 엇갈린 운명

볶음밥과 우동은 식사 메뉴 대표선수였다. 손님들은 밥을 좋아하면 볶음밥을, 국물로 속을 풀고 싶으면 우동을 택했다. 언제부턴가 견고하던 불문율에 균열이 가기 시작했다. 뇌관은 빨간짬뽕이었다. 대체 빨간짬뽕이 무슨 짓을 한 걸까.

전주에 살 때 친구인 중흥관 아들과 놀다 보면 친구 어머니가 음식을 내주곤 했다. 그때 짬뽕을 처음 구경했다. 당시 메뉴판에 초마면이라고 쓰여 있던 짬뽕은 지금의 백짬뽕과 비슷했다. 국물이 스파게티와 우동의 중간 정도로 자작하다. 국물이 적으니 그릇도 얕았는데 면 위에 관자·키조개·비단조개·백소라·해홍·꽃조개·백합·새우 같은 고명이 고봉으로 쌓였다. 오징어도 살오징어가 아니라 당시에 흔하던 갑오징어를 썼다. 삶은 백고동이나 참소라도 얇게 떠서 올렸다. 운송에 시간이 걸려 선도를 유지하기 어려운 내륙과 달리 전주는 바다가 가까운 고장이라 싸고 신선한 해산물이 풍부했다. 식당 뒷마당에는 전복 껍데기가 산더미처럼 쌓여 있었다. 백두산처럼 올라간 해산물 고명과 면을 국물에 비벼 먹는데 어린아이가 먹기에는 양이 엄청났다. 게다가 해산물에서 나온 진한 국물의 감칠맛이 어찌나 강한지 비위에 맞지 않았다. 조미료를 잔뜩 친 맛이었다. 그때만 해도 미원은 귀하신 몸이라 주인에게 타서 썼다. 주방장이 졸병을 보내면 주인이 안방에서 덜어줬다.

재료가 많이 들어가는 짬뽕은 우동보다 비쌌다. 그보다 해물이 적은 우동이 국물도 많고 담백해 입맛에 맞았다. 어른들은 우동 국물에 고춧가루를 풀어 마시며 하나같이 말했다. "아, 시원하다."

1974년 대관원에 들어갔을 때만 해도 메뉴판에 초마면은 있는데 우동은 없었어요. 짬뽕 색깔은 여전히 하얀데 전주에서 먹던 거보다 국물은 조금 많아졌고요. 고기가 들어간 유슬짬뽕에 가까웠어요. 이즈음 짬뽕 색깔이 슬슬 변하기 시작해요. 1973년에 일어난 4차중동전쟁이 석유파동으로 이어졌지요. 에

너지가 모자란다며 정부는 음식점과 목욕탕 등을 한 달에 두 번 강제로 문 닫게 했지요. 구정 사흘, 단오 하루, 추석 하루 합쳐 한 해 닷새만 쉬다가 노는 날이 갑자기 늘어나니 신났어요. 어느 날 시내에서 놀다가 짬뽕을 주문했는데 이상한 거예요. 매운탕처럼 색깔이 빨갰거든요. 빨간짬뽕은 처음이라 이거 뭐지 했어요. 눈길을 확 잡아끌고 정신이 번쩍 나는 맛이었어요. 고춧가루가 많이 들어가고 국물이 많아지니 그릇도 깊어졌고요. 빨간짬뽕은 금세 대세가 됐어요. 국물 있는 식사거리를 찾을 땐 대부분 밋밋한 우동 대신 화끈한 짬뽕을 찍잖아요. 1976년에 해당화로 옮기니 빨간짬뽕이 메뉴판에 올라가 있더군요.

손이 많이 가거나 손님이 찾지 않는 음식들은 점점 잊혀간다. 짜춘권炸春卷이 그렇다. 야채를 볶아서 지단을 부쳐 싸고 튀겨서 내려면 최소 30분은 걸린다. 그동안 다른 요리를 못 하니 주방에서 반가워할 리가 없다. 대관원에 있을 때 종종 미군들이 찾아왔는데 꼭 손이 많이 가는 짜춘권이나 멘보샤를 시켰다. 매운 요리나 짜장면은 쳐다보지도 않았다. 주방에서 볼멘소리가 나오는 건 당연했다. 하얀짬뽕·우동·기스면은 빨간짬뽕의 적수가 되지 못했다. 짜춘권처럼 메뉴판 뒷방으로 슬금슬금 물러났다. 하얀짬뽕은 한동안 자취를 감췄다가 매운 음식을 꺼리는 이들 덕에 부활했다. 그래도 빨간짬뽕 제국의 위세는 꺾일 줄 모른다. 우동은 옛 영광을 되찾을 수 있을까.

볶음밥, 밥 위에 핀 계란 프라이 꽃

찬밥은 볶음밥이 은인이다. 찬밥 신세가 될 뻔하다가 덕분에 따끈한 대접을 받게 됐으니. 물론 가정에서 그렇다는 얘기다. 먹다 남은 식은 밥으로 식당에서 밥을 볶아낼 리는 없다. 예전엔 화덕에 연탄을 피워서 가마솥에다 밥을 했다. 뜸이 드는 동안 바닥에 눌어붙은 누룽지 향이 밥알에 서서히 입혀진다. 훈제 밥이니 맛이 남다를 수밖에 없다. 밥이 다 되면 대나무 소쿠리에 퍼서 소창(광목)을 덮어놓았다. 밥알은 서서히 식으며 골고루 퍼지는 수증기 덕에 딱딱하게 굳지 않는다. 볶음밥 주문이 들어오면 돼지기름을 국자로 떠 넣고 고슬고슬한 밥을 채소와 함께 볶아낸다. 요즘은 주로 볶음밥에 짜장 소스를 곁들여 주는데 예전에는 그렇지 않았다. 짜장밥이 따로 있으니 볶음밥은 볶음밥이고 짜장밥은 짜장밥이었다. 요즘은 전기밥솥으로 지은 밥을 냉장고에 넣었다가 볶는 가게가 많다. 비용을 줄이기 위해서 그러겠지만 설렁설렁 볶아내니 밥알이 입 속에서 돌아다닌다.

볶음밥의 꽃은 가장자리가 노릇하게 탄 프라이다. 계란을 밥과 함께 볶아내는 가게도 많지만. 처음에는 계란이 아니라 오리알을 썼다. 계란보다 큰 데다 가격이 싸서 가성비가 좋았기 때문이다. 집에서 닭이 알을 낳으면 짚으로 꾸러미를 만들어 장날 내다 팔던 시절의 이야기다. 우동이나 울면에도 오리알을 풀었다. 오리알 특유의 비린 맛은 참기름 몇 방울 떨어트리면 거짓말처럼 없어진다. 국물에 풀거나 밥에 넣어 볶으면 요리사들도 오리알인지 계란인지 구분을 하지 못한다. 공장형 계사가 등장하며 계란이 볶음밥 세상을 평정했다. 그러다 누군가가 밥 위에 올려 내놓은 프라이가 유행을 타기 시작했다. 볶음밥에 들어갈 날계란을 깨먹고 혼나기도 했다. 없어진 계란과 팔린 그릇 수만 세어보면 금세 알 수 있으니 말이다.

볶음밥은 짜사이랑 먹으면 더 맛있어요. 그런데 짜사이는 본래 반찬이 아니라 전채였어요. 종자는 같은데 대만산보다 중국산이 쪼글쪼글해요. 염장을 많이 한 중국산은 그냥 먹으면 왕소금 맛인데 우려내면 대만산보다 식감이 좋아요. 플라자호텔 도원에서 근무할 때 중국산을 처음 만났어요. 비슷한 시기에 생긴 특급호텔들처럼 플라자도 일본에 경영을 위탁했어요. 도원 중화요리 메뉴도 기술 지원을 받았지요. 일본이 한국보다 중국과 먼저 수교해 본토 요리가 일찍 들어갔거든요. 중국산 짜사이가 일본을 통해 들어온 이유예요. 초창기에는 보따리장수들이 수입했는데 북창동 잡화점에서도 구하기 힘들었어요. 친분 없는 사람이 주문하면 대만산과 섞어주기도 했고요. 한중수교 뒤 정식으로 수입하기 시작했지요. 호텔에서만 내놓다가 요리사들이 독립해 나가며 널리 퍼지게 된 거예요. 지금은 중국산이 시장을 평정했어요. 산둥에서 많이 들어오는데 원산지는 사천이에요.

양파와 단무지도 빼놓으면 섭섭하다. 단무지의 고향은 일본인데 언제부턴가 한국에 있는 중국집 식탁의 감초가 됐다. 기본 반찬을 쫙 깔아주는 한국 식당들을 의식했거나, 뭐 씹을 거라도 없냐며 젓가락으로 식탁을 두드리는 손님들 입을 막으려거나 아니면 둘 다였을 수도 있다. 정작 일본에서는 단무지 서비스가 없다. 대만에 가서 음식을 시켰더니 단무지는커녕 물도 주지 않았다. 양파도 식탁의 원년 멤버가 아니었다. 대파와 자웅을 겨루다가 한판승을 거뒀다. 양파 재배가 늘며 단가가 내려가고 또 여러 요리에 쓰임새가 많은 덕이다.

탕수육, 바삭한 맛동산처럼

대성원에서 일할 때였어요. 주인이 주방장에게 가끔씩 봉투를 찔러줬어요. 계모임 하러 온 아줌마들이나 술 마시러 온 동네 아저씨들이 음식 맛있다고 이구동성으로 칭찬을 하니 기분이 좋았던 거지요. 새로 온 주방장 탕수육 솜씨가 기가 막혔어요. 고기 위에 소스를 부으면 대개 튀김옷 숨이 죽어요. 그런데 이건 다 먹을 때까지 그대로예요. 딱딱하지 않고 맛동산처럼 바삭해요. 이야 이거 신기하다, 배워야 되겠다고 생각했죠. 얼핏 보니 전분에 설탕과 식초를 넣어 소스를 볶듯이 만들어요. 그 비율이 핵심이었어요. 그때 대충 감을 잡았어요.

소스를 국자로 뜨면 꿀처럼 실타래가 일어났다. 전분(녹말)을 많이 쓰지 않으니 죽처럼 흐르지 않고 고기 위에 부어도 튀김옷이 허물어지지 않았다. 고구마 전분이 비밀 아닌 비밀이었다. 고구마 전분이 들어간 옷을 입혀 8분에서 10분 정도 튀기면 속까지 골고루 튀겨진다. 이때는 고구마 전분이 흔하고 감자 전분은 귀했다. 화장품 원료로 감자 전분을 유럽에서 수입하면서 가격이 내려가 식당에서도 쓰기 시작했다. 전분은 고구마·감자·옥수수·녹두·연근 등으로 만든다. 녹두는 탱탱하고 식감이 좋아 당면 만들 때 쓴다. 콘스타치라고 하는 옥수수 전분은 값이 싸지만 튀김을 딱딱하게 만들어 맛을 버린다. 장단점이 있긴 하지만 그래도 연근이 최고다. 감자는 고구마보다 색깔이 희고 조금만 넣어도 효과가 좋아 대세가 됐다. 시장 경쟁에서 감자가 고구마에게 '감자'를 먹인 셈이다. 감자와 옥수수 전분 섞은 튀김옷을 바삭하다고 말하는 이들도 있다. 딱딱한 걸 바삭하다고 하는 건데, 딱딱한 건 딱딱한 거고 바삭한 건 바삭한 거다.

튀김 정도는 기름 온도에 따라 달라진다. 고온에 튀기면 바삭하고 좀 더 낮은 온도로 튀기면 눅눅할 것 같지만 반대다. 너무 뜨거우면 겉만 튀겨지고 속은 미처 익지 않아 찐득하다. 이런 탕수육을 육즙이 살아 있다고 좋아하는 손님들도 있다. 그렇다고 너무 낮은 온도의 기름에 집어넣으면 겉이 흐물거린다. 튀김옷을 속까지 골고루 입혀서 너무 높지 않은 온도에서 오래 튀겨야 속까지 바삭해진다. 주방 화력, 기름 온도, 튀김옷 두께, 튀기는 시간에 따라 맛이 달라지니 한눈팔다가는 망하기 십상이다. 정답은 없다. 주방장마다 소신이 있고, 손님마다 취향이 다르니 말이다. 본래 중국 탕수육은 옷이 얇고 속이 부드럽다. 한국식은 고기를 조금 쓰고 옷을 두껍게 입힌다. 풍성하고 뭔가 있어 보이기 때문인 듯하다.

튀김용으로는 돼지기름이 단연 최고다. 어릴 때 어머니는 돼지고기를 살 때 꼭 비계를 받아 왔다. 기름을 내서 음식을 할 때 쓰기 위해서다. 비계는 기름을 내기도 하고 짜장에도 넣고 만두에도 넣었다. 그때는 식당에서 대개 돼지기름을 썼다. 맛은 좋지만 만드는 데 시간이 걸리고 번거로우니 값싼 쇼트닝이 나오며 임무 교대를 했다. 돼지기름은 굳으면 아이스크림처럼 부드러운데 쇼트닝은 돌멩이만큼 단단하다. 쇼트닝이 건강에 좋지 않다는 인식이 퍼지며 콩기름이나 카놀라유 같은 식용유가 그 자리를 차지했다. 요즈음은 집에서 돼지기름을 만들어 쓰는 사람들이 다시 늘고 있다.

만두, 배달 경쟁이 밀어낸 진짜의 맛

예전에는 만두만 파는 중국집이 꽤 있었다. 본래 만두 가게에서는 한두 가지 간단한 요리를 팔았다. 주문한 만두가 나오기 전에 고량주 한잔하며 먹는 안주거리다. 돼지 장다리(사태)로 만드는 오향장육이나 오향족발이 대표적이었다. 만들어 놓고 손님이 오면 썰어내면 그만이니 손이 크게 가지도 않는다. 본래 산둥 요리인데 5향(회향·산초·팔각·정향·진피)을 넣어 조리한다고 이런 이름이 붙었다.

술 한잔하다 보면 김이 모락모락 오르는 만두가 나온다. 한쪽 귀퉁이를 베어 먹고, 몸통을 기울여 풍성한 육즙을 호로록 마시고, 나머지를 천천히 음미하면 만두를 좀 아는 분이다. 남은 만두를 구우면 또 별미가 된다. 손으로 만드는 정통 군만두는 한쪽만 굽는다. 반쪽은 지지고 반쪽은 찌는 셈이다. 어느 틈에 느긋하던 만둣집 정경이 깨졌다. 도화선은 오토바이였다. 철가방을 실은 오토바이들이 골목을 누비기 시작하며 배달 경쟁에 불이 붙었다. 단골을 사수하려는 안간힘 속에서 군만두 서비스가 등장했다. 공장에서 찍어내는 냉동 만두를 사다 쓰니 원가도 싸다. 탕수육 만들 때 같이 튀겨내면 그만이다. 그러니 배달 만두는 군만두가 아니라 그냥 튀긴 만두일 뿐이다. 오늘도 오토바이는 공짜 만두를 싣고 달린다. 유탄을 맞은 만두 전문점들 메뉴판에는 요리가 늘기 시작했다. 만두만 팔아서는 수지가 맞지 않아서다. 고급 만두가 하루아침에 처량한 신세가 된 연유다.

중국에서 만두饅頭는 본래 밀가루만으로 만든 빵을 말한다. 고추잡채 싸 먹는 꽃빵을 생각하면 된다. 한국식 만두를 중국과 일본에서 교자餃子라고 부른다. 예전에 친구네 호떡집에 놀러 가니 손님이 중국 만두, 그러니까 밀가루빵을 먹고 있었다. 무슨 맛일까 했는데 설탕을 찍어서 콩물과 함께 먹었다. 콩물에는 설탕이나 소금을 타기도 한다. 호떡집은 화덕 하나로 온갖 빵을 굽고 쪄냈다. 설탕 호떡, 공갈빵, 꽃빵, 소 없는 찐빵, 팥소 넣은 호빵, 반죽에 칼집을 내서 구운 칼빵…. 뭐니 뭐니 해도 계란 넣어 구운 계란빵이 최고 인기였다. 이마저도 서양 빵에 밀려 호떡집도 추억이 됐다.

존중하면

존중받는다

딱 보면 안다, 흥할 집 망할 집

음식업계는 전쟁터다. 전쟁에 낭만은 없다. 죽거나 살아남거나 둘 중 하나다. 가게를 열어도 5년 동안 생존율이 20퍼센트에 그친다고 한다. 살아남아도 대박 나는 가게는 극히 적다.

제가 들어가지 않는 식당이 있어요. 문 앞이 지저분하거나, 손님이 없거나, 규모에 비해 메뉴가 지나치게 많은 곳이에요. 가게는 주인을 닮아요. 청소도 제대로 하지 않는데 음식이라고 깨끗하게 만들겠어요? 또 아무리 경기가 좋지 않아도 웬만한 가게는 피크 타임에 적어도 두세 팀은 있거든요. 하나도 없다면 틀림없이 주인이나 종업원에게 문제가 있어요. 문을 열고 들어가면 인사는커녕 시큰둥하고 화난 얼굴로 손님을 대해요. 직원은 주방과 홀 두 명인데 메뉴가 몇십 가지인 가게도 있어요. 신의 손이 아니라면 이걸 다 어떻게 맛나게 만들까요. 인스턴트 식품을 사다가 끓여내기도 바쁘겠죠. 식자재 관리도 안 돼요. 생태찌개가 하루 평균 두 개 나간다고 딱 그만큼만 준비할 수는 없어요. 만일을 대비해 10인분을 준비해 놓는다고 해요. 팔리지 않는 재료는 그대로 냉동고로 들어가 쌓이겠죠."

줄 서는 집이라고 다 실속이 있는 가게는 아니다.

津津
휴 입니다.
에스원
SECOM
에스원
CCTV 작동중
SECOM
津津 본관은
12:00 ~ 15:00
17:00 ~ 22:00
津津

가성비 맛집에 손님들이 몰리지만 겉보기와 다른 경우가 많아요. 계산이 안 서니 주인이 종업원을 쓰지 못하고 직접 주방과 홀을 뛰어다니는 거죠. 정말 장사가 잘되면 주인이 바쁘지 않고 종업원들이 많아 여유가 있어요.

모두가 성공하고 싶어 하지만 현실은 반대다.

나를 보지 않고 남만 보니 그래요. 물론 음식이 맛있어야겠지만 그 전에 갖춰야 할 기본이 있어요. 제가 지금까지 장사하면서 타협하지 않고 지켜온 원칙이 있어요. ▸사람이 먼저다 ▸만약을 대비하라 ▸신용은 생명이다 ▸무조건 웃어라 ▸그리고 기다려라. '이런 말 누가 못 해? 당연한 말이잖아!' 하는 분들이 많겠지요. 그런데 쉬워 보이는 이 몇 가지를 행동에 옮기기 쉽지 않아요. 하지만 이것만 지키면 성공보다 실패가 어려워요.

직원을 존중하면 손님이 존중받는다

진진을 열며 직원 처우에 신경을 많이 썼다.

젊은이들이 대기업을 선망하잖아요. 월급 많고 복지 수준이 높기 때문이지요. 지갑의 두께와 자존감은 비례해요. 외식업계도 마찬가지예요. 믿을 만한 직원 구하기가 쉽지 않아요. 주방이나 매장 일은 체력이 많이 소모되고 고강도 정신노동이기도 해요. 그래서 이직이 잦아요. 일에 재미를 붙이지 못하면 조금이라도 더 주는 곳으로 옮겨 가지요. 저는 작정했어요. 임금이 다가 아니지만 동기 부여를 하는 데는 큰 몫을 하죠. 직원을 존중하면 그들이 손님을 존중해 줘요.

주방장이 핵심기술을 빼낸 뒤 사라진 유명 설렁탕집을 봤다. 입사 전에 계약서도 제대로 쓰지 않았단다. 기술 새고, 사람 잃고, 당장 대타를 구할 수도 없으니 주인은 속이 끓을 테다. 그래서 직원을 뽑을 때는 미리 평판을 두루 듣는다. 만나서는 됨됨이를 꼼꼼히 살핀다. 이력서에 적힌 요리 경력은 참고사항일 뿐이다. 이력은 화려한데 문제를 일으키는 경우도 많다. 원만하고 성실하며 배우려고 하는 자세를 갖춘 사람에게 끌린다. 요리는 가르칠 수 있지만 됨됨이는 쉽게 가르칠 수 없기 때문이다. 젊은 직원들은 황진선 총괄 셰프에게 맡긴다. 젊은 세대 생각은 젊은 사람이 잘 알 테니 말이다.

저는 사람을 볼 때 그가 만나는 친구를 함께 살펴봐요. 직원을 뽑을 때나 거래처 사람을 볼 때나 마찬가지예요. 말을 나누거나 인상만 봐서는 어떤 사람인지 잘 판단이 안 되는 경우가 있어요. 세상을 긍정하는 사람은 주위에 밝은 사람이 모이고, 불만투성이인 사람은 삶도 친구들도 그렇거든요.

일하다 보면 작은 일도 물어서 하는 직원이 있다. 시키지 않아도 알아서 척척 해내는 직원도 있다. 자신을 단순한 월급쟁이로 생각하는 사람은 주인이 있을 때만 손님들에게 잘한다. 목표가 있으면 주인이 있거나 없거나 한결같다. 품성 좋은 사람들이 모이면 이미 절반은 성공이다.

토끼굴은 세 개다

초등학교 때는 『삼국지』와 『손자병법』을 끼고 살았다. 라디오도 없던 때였다. 지금도 등장인물들이 눈에 훤하다. 무수한 인간 군상들을 보며 세상 돌아가는 모습을 어렴풋하게나마 봤다. 보는 것만 믿는다. 듣는 것은 참고할 뿐이다. 흐름을 읽으면 대비할 수 있다. 쉬지 않고 시장을 살피는 이유다. 2017년에 광주와 전남을, 2018년에 부산과 영남을, 2019년에는 대전 충청과 전북을 돌았다. 대만과 중국과 일본도 틈나는 대로 간다. 다니다 보면 대를 잇는 식당의 비결과 유행하는 음식의 이유를 알게 된다.

홍대나 명동 같은 주요 상권들도 자주 돌아요. 주로 걸어 다니는데 그래야 제대로 보이거든요. 확연하게 달라진 점이 있어요. 팬데믹 전에는 줄 서는 가게, 제법 되는 가게, 안 되는 가게 세 종류가 있었어요. 팬데믹 이후에는 중간이 없어지고 줄 서는 가게와 안 되는 가게로 둘로 나눠졌어요. 연남동에서 꽤 잘 되는 가게가 썰렁해서 주인에게 물어보니 제법 있던 단골도 안 온대요. 젊은 사람들이 특히 안 온대요. 그 옆에 있는 줄 서는 가게는 매달 몇백만 원을 블로그 노출에 쓴다더군요. 온라인이나 SNS를 이용해 판로를 개척한 가게는 줄을 서고 대책 없이 버티던 가게들은 문을 닫거나 고전하는 거예요. 불티나던 매장이 하루아침에 없어지는 경우도 많고요. 이런 추세가 또 어떻게 바뀔지 몰라요."

그래서 일을 계획하고 실행할 때는 항상 세 가지 방안을 마련한다. 교통사고가 났을 때 우회로가 없으면 하염없이 서 있어야 한다.

교토유삼굴狡兎有三窟, 영리한 토끼는 굴 세 개를 파놓는다는 말이에요. 무슨 일을 할 때는 반드시 대안과 빠져나갈 구멍을 만들라는 뜻이죠. 어릴 때 어른들에게 수없이 들으며 자랐어요. 주식도 분산투자가 집중투자보다 안전하잖아요. 저는 어떤 일을 하든 이 원칙을 철저하게 지켜요. 제주도에서 미쉐린 가이드 갈라쇼를 할 때였어요. 제주 돼지를 이용한 요리를 내기로 했는데 이런 행사에서는 재료 수급이 무엇보다 중요해요. 외지인들은 현지 유통 사정을 잘 모르잖아요. 같이 가기로 한 우리 직원에게 물었어요. 갑자기 폭우가 쏟아지거나 태풍이 오면 어떻게 할래? 대개 여기까지는 생각하지 않아요. 제가 미리 일기 예보를 보니 장담할 수 없더라고요. 재료를 구하지 못할 경우 대체할 음식과 그걸 만들 방법이 있어야죠. 손님들과 한 약속인데 행사를 하지 못하면 신뢰에 금이 가니까요.

통신대란을 피하다

2018년 11월 24일 오전 11시 12분, 갑자기 가게 전기가 일제히 나갔다. 휴대전화까지 꺼졌다. 서울 서대문구 충정로에 있는 KT 아현지사 통신구에서 일어난 화재 때문이었다. 서울 북서부 일대는 날벼락을 맞았다. 마포구, 서대문구를 비롯한 강북지역과 고양시 일부 통신망도 먹통이 됐다. KT 이용자들의 인터넷, 유·무선 전화, IPTV 이용에 장애가 생겼다. 인터넷을 이용해 송출탑과 연결하는 마포FM은 방송을 중단했다. 신촌 세브란스병원은 업무에 큰 혼란을 빚었다. PC방들도 속수무책이었다. 버스 도착 안내 전광판, 서울역과 용산역의 승차권 자동발매기가 작동을 멈췄다. 카드 결제가 안 돼 사람들이 지하주차장에 갇히기도 했다. 119에 연락을 못 해 사망하는 노인까지 생겼다.

자영업자들의 피해가 특히 컸다. 결제 단말기와 POS가 멈추며 카드 결제가 되지 않았다. 모바일 이체도 KT 이용자에게는 그림의 떡이었다. ATM기조차 이용할 수 없어 곳곳에서 난처한 상황이 벌어졌다. 가게에서 미처 잔돈을 마련하지 못해 현금을 받지 못하기도 했다. 인터넷 앱과 전화로 주문받는 배달음식업계도 발을 동동 굴렀다. 어쩌지 못하고 문을 닫는 매장이 많았다. 불은 11시간 만에 껐지만 통신망이 정상으로 돌아오기까지는 일주일이 걸렸다.

진진은 이 혼란을 피했어요. 네 개 매장 중 본관은 신관과 길을 사이에 두고 있고, 가연과 야연은 붙어 있어요. 매장을 늘리며 만일의 사태에 대비해 통신 결제 시스템을 두 개 회사로 나눠 놨거든요. 본관과 야연은 SK로 신관과 가연은 KT로요. 국가비상사태가 아니라면 통신사 두 곳이 모두 멈춰설 일은 없겠죠. 사고가 발생한 뒤 곧바로 신관은 길 건너 본관을 이용하고, 가연은 바로 옆 야연을 이용해서 결제했어요. 토끼굴처럼 위험을 분산해 둔 덕이었지요.

좋은 재료, 좋은 음식, 좋은 사람

좋은 음식은 좋은 재료에서 나온다. 좋은 재료는 좋은 사람이 가져온다.

납품업자를 을로 생각하는 업주들이 있어요. 식자재를 사주니 칼자루를 쥐고 있다고 생각하지요. 저는 반대로 생각해요. 품질 좋은 재료를 공급해 주는 분들이 갑이에요. 정기적으로 그분들을 만나 제가 밥 사고 술도 사요. 명절이면 작으나마 선물을 드리며 성의를 표시해요. 인간적으로 친해져야 좋은 물건이 오거든요. 대금은 즉시 현금으로 지급해요. 영세한 상인들은 한 푼이 급하잖아요. 돈이 빨리 돌아야 일하는 기분도 나고요. 여유가 있는데도 관행이라며 외상이나 어음 거래를 하는 사람들이 있어요. 내가 납품업자라면 누구에게 품질 좋은 재료를 넣어줄까요?

게다가 한꺼번에 많은 양을 주문하면 단가를 낮출 수 있다. 공급하는 입장에서는 그만큼 수고가 줄어들고 수익이 커지니 서로 윈윈이다. 식자재를 보는 눈이 아무리 밝아도 전문업자를 넘어설 수는 없다. 호의를 권리로 착각해 뒤통수치는 사람도 있다. 한 업자가 하급 재료를 슬쩍슬쩍 끼워서 납품하고, 가끔은 품질보다 단가를 높여 부르기도 했다. 모른 척했다. 그가 가져온 재료는 손님 식탁에 올리지 않고 식구들끼리 나눠 먹었다. 눈치 빠른 업자는 아차 싶었는지 얌체 짓을 멈췄다. 정도를 벗어나면 결국 부메랑을 맞기 마련이다.

잔머리 굴리지 않으면 서로 편하잖아요. 처음 일을 배우던 시절에는 체계가 없어 주먹구구식이었어요. 윤리의식도 희박했지요. 어딜 가나 편법과 반칙이 판쳤어요. 양심껏 사는 사람이 바보가 되기도 했고요. 그 시절을 지내오며 저도 시류에 순응하고, 해서는 안 될 일도 해봤어요. 하지만 경험이 쌓이며 시야가 넓어지니 뭐가 중요한지 보이더군요.

신뢰를 쌓는 방법은 삼성 그룹과 관계하며 배웠다. 삼성은 연말이 되면 협력 업체들과 회식 자리를 마련한다. 우수 업체에게는 상을 주고 고마움을 표한다. 뒷돈을 받거나 갑질을 하는 직원들은 엄하게 다스린다. 괜히 일류 기업이 아니다. 이를 본받아 대상해 운영에 도입하고 진진에서 한 단계 더 발전시켰다. 진진은 1~2만 원대 요리에 호텔급 재료를 쓴다. 그 비밀 아닌 비밀 중의 하나는 거래처와의 신뢰다. 믿고 맡기면 그만큼 신경 쓸 일이 줄어든다.

탄탄한 관계가 있으면 시간을 절약할 수 있어요. 잔신경을 쓰지 않아도 되니까요. 그렇게 번 시간으로 또 다른 식재료를 찾고, 이런 재료들이 모여 진진 메뉴가 됐지요. 칭찡우럭을 예로 들어볼까요. 생선은 선도가 중요해요. 수족관에서 하루 이틀 지난 생선은 진이 빠지고 살이 퍽퍽해서 못 쓰죠. 새벽에 노량진수산시장에 가면 단골 가게에서 힘센 활어를 내주죠. 전복도 활전복만 쓰고요. 삶아보면 알아요. 살아 있는 놈은 살이 껍데기 밖으로 나오지만 죽은 놈은 살이 껍데기 속에 파묻혀요. 1킬로그램을 삶으면 A급은 400그램 정도 살이 나오지만 C급은 280그램에 그쳐요. 속일 수가 없어요.

손님이든 직원이든 납품업자든 누구에게나 한 약속은 지킨다. 거짓은 복을 날리고 신용은 사람을 부른다.

친절 따라 삼천리, 웃음 따라 삼천리

먼저 웃어라. 충주 영풍상회에서 주인 할아버지에게 배워 생활이 된 습관이다. 대상해에 들어가서 똑같은 말을 전혀 다르게 들었다. 전 직원 친절교육 시간이었다.

강사를 초청했는데 하나마나한 말을 뻔하게 하니 졸리기만 했어요. 그런데 총지배인이 교육을 마무리하며 던진 두 마디에 졸음이 싹 달아났어요. '친절 따라 삼천리, 웃음 따라 삼천리.' 절대 잊을 수 없는 말이에요. 지배인이 연단을 내려오며 그래요. 여러분은 이 두 마디만 기억하면 전국 어디 가나 밥 잘 먹고 삽니다. '무궁화 삼천리 화려 강산'이라는 애국가 가사를 따서 만든 말인데 심장에 콱 박히더군요. 그날 이후 지금까지 저도 이 말을 써먹으며 살아왔어요. 맞는 얘기잖아요. 제가 여기까지 오면서 웃음 덕을 많이 봤거든요. 그래서 후배들에게 얘기해요. 친절도 웃음도 연습이다, 마음만 먹으면 된다, 돈도 들지 않는다, 이 두 가지면 어느 식당에 들어가도 성공한다, 다른 일을 해도 똑같다, 자동차를 팔든 화장품을 팔든 마찬가지다. 저는 '어서 오세요' 하기 전에 얼굴로 먼저 웃어요. 처음에는 어색해도 연습하면 어느 순간 몸에 배고 습관이 돼요. 요리 기술도 실력이지만 웃는 얼굴도 실력이죠. 사실은 더 중요하다고 봐요."

임계점을 넘는 순간

TV나 유튜브를 보면 요리 프로그램이 널렸다. SNS에는 음식 얘기가 흘러넘친다. 방송에 나오는 셰프들은 젊고 잘생긴 데다 말솜씨까지 뛰어나다. 칼만 들면 누구나 유명해지고 돈도 벌 수 있어 보인다. 요리사는 아이들이 가장 선호하는 직업 중 하나가 됐다. 요리를 배울 수 있는 길도 많아졌다. 진진에도 요리를 배우겠다며 젊은이들이 종종 찾아온다.

그런데 누가 면접을 보는 건지 헷갈려요. 주5일근무 지키나요? 월급 얼마예요? 하루 몇 시간 일해요? 먼저 묻고는 자기 생각과 하나라도 다르면 바로 일어서서 가버려요. 어느 날은 한 젊은이와 얘기하는데 마지막에 이래요. 자기는 아침에 일찍 못

일어난다고요. 할 말이 없더군요.

화면 속 스타는 환상이다. 요리사는 빛나는 직업이 아니다.

주방에서 매일 섭씨 1,000도가 넘는 가스불과 싸워요. 노동은 길고 고된 데다 임금은 박하고요. 그래서 얼마 버티지 못하고 포기하는 친구들이 많아요. 빨리 배워서 빨리 독립하고 빨리 유명해지고 싶은데, 해보니 현실을 깨닫는 거죠. 길게 보며 참고 기다려야 하는데 그걸 못 해요. 예를 들어 멘보샤는 제법 까다로워요. 불 다루기가 핵심이거든요. 그래서 멘보샤를 제대로 만들 줄 알면 탕수육은 눈 감고도 할 수 있어요. 조금만 참고 배우면 이 단계를 넘어서는데 그걸 못 버텨요. 게다가 시대가 달라졌잖아요. 과거에는 주방장이 되려면 수백 가지 요리를 알아야 했어요. 혼자서 왜 그 많은 걸 알아야 하죠? 이제 한 가지만 잘해도 인정을 받는 시대가 됐는데요.

땀이 쌓이고 쌓이면 어느 순간 임계점을 넘는다. 왜 요리를 하려는가, 정말 요리를 하고 싶은가. 한눈팔지 않고 갈 수 있는가. 진심이 있으면 이미 반은 요리사다.

세 가지
희망

희망1 친구들의 놀이터

왕육성이 처음 구상한 진진은 식탁 대여섯 개짜리 조그마한 가게였다.

친구들과 어울리며 느릿느릿 늙어가고 싶었어요. 그날그날 제 마음대로 준비한 요리를 편한 사람들과 수다 떨며 즐기는 거죠. 손님과 주방장이 따로 없는 분위기 있잖아요. 그런데 생각과 달리 규모가 커지고 뜻하지 않게 조명을 받게 됐어요. 이제 나름대로 자리를 잡았고 황진선 총괄이 잘 꾸려가고 있으니 크게 신경을 쓸 일은 없어요.

진진에 오는 손님들은 다채롭다. 서로 다른 재능으로 그만큼 다양한 일을 하는 분들이다. 요리사와 손님의 관계를 넘어 인간적으로 가깝게 지내는 분들이 많다. 손님들 자리를 오가며 귀한 얘기를 많이 듣는다. 칼과 웍에 묻혀 사느라 공부를 하지 못했다. 이제 나이 들어 눈이 침침하니 글자가 눈에 잘 들어오지 않는다. 그런데 손님들은 알지 못하는 분야의 이야기들을 들려준다. 사람 하나가 우주라는 말이 허튼소리가 아니다. 이만한 세상 공부가 없다.

제가 놀려고 만든 진진이 이제 손님들의 놀이터가 됐어요. 뭐

어때요. 누구든지 즐거우면 좋잖아요.

희망2 마음을 읽는 요리사

닛산식품을 세운 안도 모모후쿠安藤百福(1910~2007)는 일본 라면의 아버지로 불린다. 대만에서 태어나 일본으로 귀화했다. 젊은 시절부터 갖가지 사업을 하다 쫄딱 망해 겨우 집 한 채가 남았다. 제2차세계대전 패전 후라 너나없이 곤궁하던 시절 아내가 만드는 튀김을 보고 눈을 번쩍 떴다. 밀가루 면을 튀긴 꼬불꼬불한 라면은 이렇게 세상에 나왔다. 회사는 불같이 일어났다. 그러나 호황도 잠시, 여기저기서 짝퉁이 등장했다. 1964년 안도는 뜻밖의 결단을 내린다. 라멘공업협회를 설립해 특허권을 양도하고 제조법을 공개했다. "독점을 통해 들판의 한 그루 삼나무처럼 영예를 누리기보다는 커다란 숲이 되어 함께 발전하는 편이 좋겠다"는 생각이었다.

제가 여러 가게들을 거쳤지만 기술을 흔쾌히 가르쳐 주는 선배는 없었어요. 각자 눈치껏 배워야 했어요. 주방에 정식으로 들어가고 나서도 그랬어요. 궁금한 점을 물어보면 욕먹기 십상이었죠. 그저 부지런히 움직이며 눈치껏 살폈어요. 국자나 프라이팬으로 얻어터지기도 하고요. 알고 보면 대단한 기술도 아니었어요. 사실 집중해서 공부하면 웬만한 요리는 1년이면 다 배울 수 있거든요. 재주가 있다면 그보다 시간을 더 줄일 수 있고요.

기술은 성공을 보장하는 절대조건이 아니다. 주방과 홀에서 정말로 배워야 하는 일이 있다. 요리를 하는 마음, 손님을 모시는 마음이다. 아무리 기술이 뛰어나도 진심이 없으면 상대에게 감동을 주지 못한다.

저는 요리를 배우러 오면 홀 서빙부터 권해요. 진짜 요리사는 손님 마음을 읽지만 기술자는 영혼 없이 음식을 만들 뿐이거든요. 큰 요리사가 되려면 다양한 경험을 통해 시야를 넓히는 일이 먼저예요. 진진도 젊은 후배들이 계속 오고 가죠. 저는 누구에게나 뭐든 숨김없이 보여줘요. 일을 배워 독립한다면 박수를 쳐주고요. 제가 그렇게 살아왔으니까요. 진진에서 익힌 노하우로 가게를 차리고 키우면 또 여러 사람에게 일자리가 생기잖아요. 진진이 이런 선순환 구조의 한 축이 된다면 더 바랄 게 없어요.

희망3 백년가게를 꿈꾸다

경상남도 진주에 있는 비빔밥집인 천황식당은 1927년에 문을 열었다. 경기도 안성에 있는 설렁탕집 안일옥은 1920년에, 활복찌개와 웅어회로 알려진 논산 황산옥은 1915년에 출발했다고 한다. 100년은 역사다. 강산이 열 번 변하도록 가게를 이어왔으니 말이다. 오래된 가게는 도시의 연륜을 상징하고 동네의 깊이를 더해준다. 단골들과 나이를 함께 먹어가는 가게는 품위가 있다.

2018년부터 중소벤처기업부는 백년가게를 선정하고 있다. 경영자의 혁신 의지, 제품과 서비스의 차별성, 영업 지속 가능성 등을 기준으로 삼는다. 2020년 12월 기준으로 전국에 724개가 있다. 서울 종로 선천집, 을지 OB베어, 원주 진미양념통닭, 인천 신포순대, 군산 이성당, 부산 내호냉면, 전주 가족회관처럼 음식점이 가장 많다. 필살기 하나씩은 있는 가게들이다.

진진도 초심을 유지하면 백년가게가 되겠죠. 아직 아장아장 걷는 단계지만 내력은 꽤 됐어요. 제 요리 인생이 모두 녹아 있으니까요. 진진이 곧 왕육성이라고 생각하는 분들이 많아요. 제 이름을 걸고 창업을 했으니 그럴 만도 하지만 이제 저는 진진의 일부일 뿐이에요. 진진이 뿌리를 내리는 일까지가 제 역할이었어요.

오래된 가게는 클래식 음악처럼 변하지 않는 품위가 있다.

진진은 잘 짜인 시스템이 있어 흔들리지 않아요. 변하는 세상도 항상 주시하고 있고요. 변화에 눈감으면 나도 모르게 도태되거든요. 원칙을 유지하지만 그렇다고 고집하지 않아요. 진진은 계속 자랄 거예요. 제 생에서 완성하고 싶은 욕심은 없어요. 규모가 커지면 주식회사로 갈 수 있고 전문경영인 체제도 가능하겠죠. 브랜드 가치가 커지면 코스닥이나 나스닥에 입성하는 날이 올지도 몰라요.

철가방 시절부터 대상해까지 40년, 인생 2막을 시작한 지 10년이 다 돼가니 진진에는 왕육성 50년 세월이 녹아 있다.

미래를 대비하고, 사람에 투자하고, 끝까지 선한 식당이 된다면 황진선 셰프가 백년가게를 만들 거예요.

나오며

Wang Ju-Chen
津津
Chinese Restaurant

코스트코는 제임스 시네갈James Sinegal이 1983년 시애틀에서 창업했다. 출발은 미미했다. 코스트코가 문을 열 당시 월마트는 미국에만 1,200여 개의 매장을 거느리고 있었다. 시네갈은 월마트와 다른 길을 걸었다. 하나만 생각했다. '이윤만 좇으면 고객은 떠난다.' 더 좋은 물건을 더 싸게 팔고, 직원 임금을 올려주고, 경력개발을 도와주면 사업은 저절로 성장한다고 믿었다. 코스트코의 마진율은 15퍼센트, 월마트는 20~25퍼센트 정도다. 코스트코는 똘똘한 상품 한두 개만을 갖춰 소비자의 선택 고민을 대신해 준다. 2021년 시간당 최저임금은 월마트가 11달러, 코스트코가 16달러다. 연회비를 내는 회원은 1억 명이 훌쩍 넘는다. 총 영업이익의 70퍼센트 정도를 연회비가 차지한다. 그 대신 줄일 수 있는 다른 비용은 최대한 줄인다.

트레이더조는 미국의 대표적 유기농 마트다. 소비자 매장 선호도를 조사하는 MFI 마트 분야에서 매년 1위를 달린다. 《비즈니스위크》가 뽑은 서비스 톱50 기업에서 스타벅스를 제치고 5위에 오르기도 했다. 홀푸드에 비해 매장 평균 면적은 8분의 1, 제품 수는 10분의 1에 불과한데 면적당 매출은 트레이더스조가 두 배 많다. 흔한 물건을 팔지 않고, 농장과 직거래하고, 광고·쿠폰·세일을 없앴다. 줄인 비용을 제품값에 반영해 유기농 제품이 비싸다는 통념을 깼다. 창업자 조 코론비Joe Coulombe는 직원 급여가 중산층 수준이 돼야 한다는 원칙을 내걸고 밀고 나갔다.

일본 교토의 니시키시장 상인들에게는 33계명이 있다. 수백

년 동안 쌓아온 지혜의 산물이다. 몇 가지를 보자.

- 고객 한 사람이 곧 1만 명이라고 생각하라.
- 가게를 지키는 길은 오직 근면과 검소뿐이다.
- 검소하게 살되 꼭 필요한 데는 써라.
- 마음이 성실하면 신도 지켜준다.
- 신용이 우선이고 이익은 나중이다.
- 손님을 신분에 따라 차별하지 말라.
- 늘 물건의 질을 따져라. 많이 판다고 좋은 것이 아니다.
- 한번 만족한 고객은 최고의 세일즈맨이 된다.

코스트코와 트레이더조스에는 공통점이 있다. 불필요한 과정을 생략하고, 선택과 집중을 통해, 품질 좋은 상품을, 거품 뺀 가격에 내놓는다. 허세를 버리고 내용에 충실하다는 말이다. 교토 상인 계명은 그 실행지침이랄 수 있다. 작은 가게 진진에는 이들이 구사하는 전략과 전술이 구석구석 스며 있다. 왕육성은 모두가 아니라고 할 때 스스로 된다고 믿었고 결과로 보여줬다. 왕육성의 실험은 선하다. 상대를 배려하고 존중한다. 승자만 있는 윈윈 게임이다.

2년 넘게 이어진 팬데믹은 외식업 물길을 바꾸는 대홍수였다. 셀 수 없이 많은 가게들이 큰물에 쓸려 갔다. 하지만 진진은 흔들리지 않았다. 탄탄한 기본기 덕이었다. 격변기에 살아남는 방법은 두 가지다. 변화를 이끌거나, 재빨리 적응하거나. 변화를 택한 왕육성은 지금 또 다른 미래를 구상 중이다. 취재를 하며 인상에 남는 세 가지 장면이 있다.

장면1

바닷가 중국집을 살펴보려 목포에 가는 길이었다. 용산에서 출발한 KTX가 영등포를 지날 즈음, 왕육성이 돋보기를 쓰고 가방에서 뭔가를 꺼냈다. 뒷자리에서 보니 경제신문이었다. 1면부터 넘겨 가며 정치·국제·경제·산업·증권 면을 거쳐 맨 뒤에 있는 오피니언 면까지 빠짐없이 읽었다.

장면2

마무리 인터뷰를 한 날은 영하 10도였다. 홍대입구에서 버스를 내려 길을 건넜다. 종종걸음으로 진진가연에 가는데 누가 빗자루로 가게 앞을 쓸고 있었다. 두꺼운 파카와 청바지 차림의 왕육성이었다. 걸음을 늦추고 멀찍이서 한참을 살폈다. 왕육성은 큰길에 이어 옆 가게 앞까지 내 집처럼 치웠다. 열일곱 살에 사회에 나와 맨 처음 배운 일이 비질이다.

장면3

왕육성의 손가방에는 손톱깎이가 들어 있다. 1986년부터 가지고 다녔으니 30년이 훨씬 넘은 물건이다. 코리아나호텔 대상해에

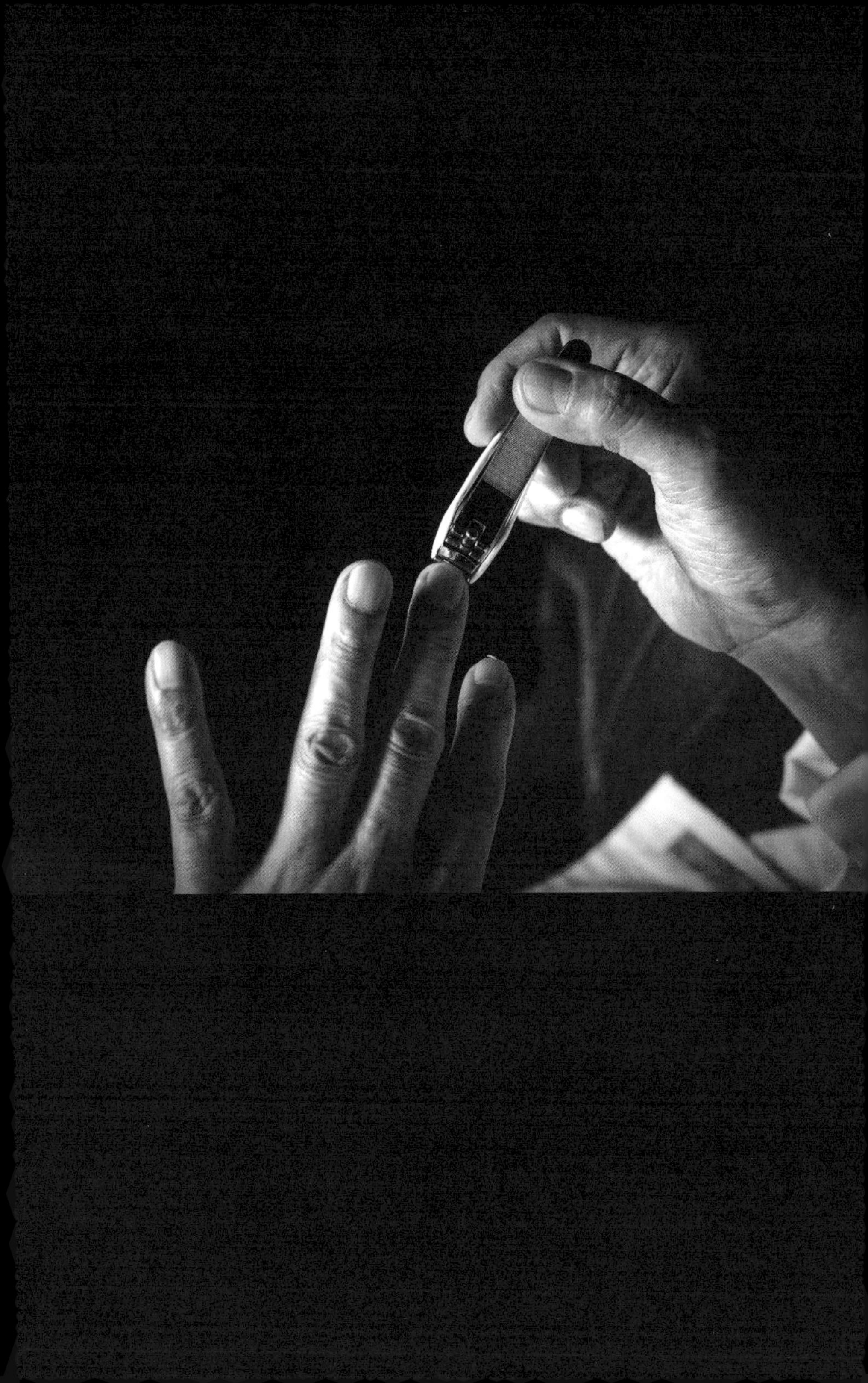

들어갈 때 동료에게 받은 선물이다. 청결과 위생을 잊지 말라는 뜻이었다. 요리사 손톱의 때는 게으르다는 증거이니 항상 몸에 지니고 다닌다. 아침마다 주머니에서 꺼낸다. 손톱을 다듬고 마음을 가다듬는다.

참고 자료

왕언메이 저, 송승석 역, 『동아시아 현대사 속의 한국화교』, 학고방, 2013년.

이정희 저, 『화교가 없는 나라』, 동아시아, 2018년.

최백순 저, 『조선공산당 평전』, 서해문집, 2017년.

김종엽·김성보 외 저, 『한국현대생활문화사』, 창비, 2016년.

김명호 저, 『중국인 이야기』, 한길사, 2012년.

가쓰미 요이치 저, 임정은 역, 『혁명의 맛』, 교양인, 2015년.

박찬일 저, 『짜장면: 곱빼기 있어서 얼마나 다행인가』, 세미콜론, 2021년.

유중하 저, 『짜장면: 검은 유혹, 맛의 디아스포라』, 섬앤섬, 2018년.

박정배 저, 『만두』, 따비, 2021년.

권운영·김경석 외 저, 『중화미각』, 문학동네, 2019년.

도판 저작권

이 책을 위해서 좋은 사진 찍어주신 중앙일보 사진전문기자 권혁재 님에게 깊은 감사의 뜻을 전합니다.

진진, 왕육성입니다

미쉐린 가이드를 홀린 골목식당, 백년가게를 꿈꾸다

초판 1쇄 찍은날 2022년 4월 22일
초판 1쇄 펴낸날 2022년 4월 30일
지은이 안충기
펴낸이 한성봉
편집 최창문 · 이종석 · 강지유 · 조연주 · 조상희 · 오시경 · 이동현
콘텐츠제작 안상준
디자인 정명희
마케팅 박신용 · 오주형 · 강은혜 · 박민지
경영지원 국지연 · 강지선
펴낸곳 도서출판 동아시아
등록 1998년 3월 5일 제1998-000243호
주소 서울시 중구 퇴계로30길 15-8 [필동1가 26] 2층
페이스북 www.facebook.com/dongasiabooks
인스타그램 www.instargram.com/dongasiabook
블로그 blog.naver.com/dongasiabook
전자우편 dongasiabook@naver.com
전화 02) 757-9724, 5
팩스 02) 757-9726

ISBN 978-89-6262-426-7 03810

만든 사람들
책임편집 강지유
디자인 studio forb
크로스교열 안상준